中國歷代書目題跋叢書

〔清〕汪璐 輯 〔清〕傅以禮 撰 〔清〕李希聖 撰

李慧 主父志波 標點

杜澤遜 審定

藏書題識

華延年室題跋

鴈影齋題跋

圖書在版編目(CIP)數據

藏書題識．華延年室題跋．雁影齋題跋／(清)汪璐輯；(清)傅以禮撰；(清)李希聖撰．李慧，主父志波標點．—上海：上海古籍出版社，2018.12

(中國歷代書目題跋叢書)

ISBN 978-7-5325-9103-9

Ⅰ.①藏… ②華… ③雁… Ⅱ.①汪… ②傅… ③李… ④李… ⑤主… Ⅲ.①題跋—作品集—中國—清代 Ⅳ.①I264.9

中國版本圖書館CIP數據核字(2019)第020804號

中國歷代書目題跋叢書

藏書題識　華延年室題跋　雁影齋題跋

[清]汪璐 輯　[清]傅以禮 撰　[清]李希聖 撰

李慧　主父志波 標點　杜澤遜 審定

上海古籍出版社出版發行

(上海瑞金二路272號　郵政編碼200020)

(1)網址：www.guji.com.cn

(2)E-mail：guji1@guji.com.cn

(3)易文網網址：www.ewen.co

蘇州越洋印刷有限公司印刷

開本850×1168　1/32　印張13　插頁5　字數274,000

2018年12月第1版　2018年12月第1次印刷

ISBN 978-7-5325-9103-9

G·705　定價：62.00元

《中國歷代書目題跋叢書》出版説明

漢代劉向、劉歆父子編撰《别録》《七略》，目録之學自此濫觴，在傳統學術中發揮了重要作用。歷代典籍浩繁龐雜，官私藏書目録依類編次，繩貫珠聯，所謂「類例既分，學術自明」（《通志·校讎略》），學者自可「即類求書，因書究學」（《校讎通義·互著》），實爲讀書治學之門户。而我國典籍屢經流散之厄，許多圖書真容難睹，甚至天壤不存，書目題跋所録書名、撰者、卷數、版本、内容即爲訪書求古的重要綫索。至於藏書家於題跋中校訂版本異同、考述版本淵源、判定版本優劣、追述藏弆流傳，更是不乏真知灼見，足以津逮後學。

我社素重書目題跋著作的出版，早在二十世紀五十年代，我社就排印出版了歷代書目題跋著作二十二種，後彙編爲《中國歷代書目題跋叢書》第一輯。此後，我社又與學界通力合作，精選歷代有代表性和影響較大的書目題跋著作，約請專家學者點校整理。至二○一五年，先後推出《中國歷代書目題跋叢書》第二至四輯，共收書目題跋著作四十六種，加上第一輯的二十二種，計六十八種，極大地普及了版本目録之學。面對廣大讀者的需求，我社將該叢書陸續重版，並訂正所發現的錯誤，以饗讀者。

上海古籍出版社
二〇一八年八月

總目

藏書題識

〔清〕汪璐　輯
李慧　標點
杜澤遜　審定

標點說明

《藏書題識》，清汪璐輯。汪璐，字仲連，號春園，汪憲次子。浙江錢塘人。生于清乾隆十一年（一七四六），卒于嘉慶十八年（一八一三）。終年六十八歲。其父汪憲，字千陂，號魚亭。生于清康熙六十年（一七二一），卒于乾隆三十六年（一七七一），終年五十一歲。汪憲雅好藏書，有藏書處爲「振綺堂」。汪憲卒後，振綺堂藏書由汪璐繼承。汪氏藏書，多名家題跋，汪璐認爲這些題跋爲「昔人意見所到，常于流覽之餘，信筆而書，散漫不復收拾。其議論之卓絕，往往無由傳述。即或感慨時事，記述景光，短幅長篇，皆從卷軸中醞釀而出，後人讀之，借資不淺」，不忍「任其散失飄零」，因而輯錄諸家題跋，以成此編。

《藏書題識》中所記多「家鄉前輩所儲」之書，自漢至清，二百一十六種，多珍秘之本。其中有其父汪憲的題跋，又有姚咨、吳焯、朱彝尊、丁敬身等人的題跋。而已失之書則照錄朱文藻《振綺堂書錄》。諸家題跋多記版本之優劣，校勘之精粗，間及書籍流傳、書林掌故。《藏書題識》共五卷，惜今僅存二卷，經、史、子三部，收書僅存一百零一種。集部及補遺不存。

其所據《振綺堂書錄》爲朱文藻撰。汪璐稱朱氏「昔年編錄，頗費苦心，且于書頗所正定」。朱文藻，字暎湑，號朗齋，又號碧溪居士，浙江仁和人。生于雍正十三年（一七三五），卒于嘉慶十一年（一八〇六），終年七十一歲。朱文藻和當時的文獻大家汪憲、鮑廷博、吴騫、阮元、孫星衍等相交游。朱文藻《知不足齋叢書序》曰：「余館于振綺堂十餘年，君借抄諸書，皆余檢集，君所刻書，余嘗預點勘。余與君同嗜好、共甘苦，君以爲知之深者莫余若也。」此處所指「君」，即當時振綺堂主人汪憲。《藏書題識》中所録朱文藻題跋居多，即取自其《振綺堂書録》。

此書傳世鈔本，有民國間一篛一劍館綠絲欄鈔本、民國間海寧陳氏慎初堂鈔本、民國間鈔本。又有民國二十七年趙詒琛、王大隆排印《戊寅叢編》本，皆係二卷殘本。本書所有鈔本今俱藏于國家圖書館。本次點校所選底本爲民國間一篛一劍館綠絲欄鈔本。此書内容幾全爲引文，尤以朗齋題跋爲多，亦間有朗齋案語。故抄録朗齋所言，以及他人跋語單獨成段者，則低二字以示引文，不用引號標示。而未單獨成段者，俱以引號標出，以明各人所言之起訖。跋語中有引用他人所言者，亦以引號標明起訖。書中明顯訛誤及避諱改字，均予改正，不出校記。因書中文字訛謬衍奪至文義不明或上下出入時，則加以改正，并出校記在本條末。爲便于檢查，書前加編目次。本書由李慧點校，杜澤遜審定。不當之處，敬請批評指正。

李　慧

二〇〇七年十二月

藏書題識目錄

卷二

子部 三十五種

自序

書籍流傳，藉乎刊刻。大江南北，不乏好古之人。昔時珍秘之本，近日頗多精槧，固不患傳布之難矣。第昔人意見所到，常于流覽之餘，信筆而書，散漫不復收拾。其議論之卓絕，往往無由傳述。即或感慨時事，紀述景光，短幅長篇，皆從卷軸中醞釀而出。後人讀之，借資不淺，顧可任其飄零散失已哉。昔竹垞先生輯《明詩綜》，搜羅評跋，刊入者凡二十五家，亦云富矣。顧此外豈無遺佚，且繼出之筆墨又不知凡幾。今人刻書，不能一一輯入，書中手蹟，輾轉流傳，終歸灰燼，傷何如之。余家藏弆無多言，家鄉前輩所儲，傳歸架上者，簡端册尾，朱墨猶新。爰於繙閲之時，鈔寫成帙。即已刻者，亦間列一二，用誌珍惜之懷。其中已失之書，據朱朗齋所訂《書録》録之。而朗齋跋語則低一字書于後，以其昔年編録，頗費苦心，且于書多所正定也。若夫旁搜遠采，侈示大觀，則力有未逮，姑就所有而彙録之，稍資考證之一助云。

嘉慶甲子臘月二九日春園汪璐記。

藏書題識卷一

經部

周易原意二卷 抄自序載補遺

國朝張世犖撰。字寓椿，號無夜，錢唐人。乾隆甲子領鄉薦第一。

朱文藻記曰：此書周鍇手抄。按：無夜先生壽登七旬而卒。此書是四十以前未舉時所作，祇上下二經，不及《繫辭》以下。其云「來歲當更增入經、史、子、集」云云，其後續完與否，竟不可知。余生也晚，得見先生者僅數面。頗聞流俗悠悠之口，謂先生注《易》，語多不經。今觀此書，亦屬訓詁常譚，無甚矜異。時人未見其書及序論大旨，徒見其舉止迂疎，不合時宜，遂併其書同聲毀之。余謂舉者習經，譚何容易。天下焉有纔閱五月，而能注一經了無遺憾之理。但先生天資高妙，潛心禪學，頗有頓悟之境。此書雖成之速，視鈍根人終身無是識力者，固相去萬萬也。觀序作「經世」，今標題作「原意」，殆由「經世」未成，姑以「原意」目之，恐是吾友皆山所爲。是書原稿藏其家，人間傳鈔，僅見此本，宜珍惜之。

讀書管見二卷

元王充耘撰。

王三省跋曰：《讀書管見》多前賢未發之意，而訓釋明暢，一洗世儒牽強補輳之謬，有功于九峯也鉅矣。郡政之暇，余過後渠先生精舍，論《尚書》，馬先生出此示之。攜歸公退之室，讀之忘倦。爰命訓導秦蘭校正，刻之郡齋。嘉靖乙未六月。

儀禮章句翼四篇儀禮集說七篇儀禮今古文一卷 又補遺

國朝周鍇撰。字皆山。錢唐諸生。

朱文藻記曰：此書周鍇手稿。鍇，吾友也。與東軒主人魚亭先生極友善。先生嘗以論史屬藻，而以論經屬周君。此稿甫就未及半而先生辭世。使先生無故，此書當觀其成矣。周君潛心讀書，而賦性迂僻，立論又好摘先儒之過。臨江鄉人之語，誠足救其失。嘗與魚亭先生書云：「前日見臨江鄉人，甚□。自來注家指斥前儒之說，有似詈駡，便爲居心不醇。弟因思附論，大不可存。但先儒之說，弟所去取，皆非偶言，則又不能默默，不知如何乃免譏議。」然庸人千論，必有一得。知其說者，當有以考其是非也。文藻又不通是經，不敢妄爲去取，姑存之以不沒其用心而已。年來與周君疎闊，不知其所業進退。然觀是書，知其用功之勤，當不間也。

吹豳録五十卷

國朝吳穎芳撰。字西林，仁和臨江鄉布衣。

朱文藻曰：先生講樂律，親試諸器，故知之審而論之確，不同空爲臆說者。時館于振綺堂，主人索其書鈔爲十册。

說文解字五音韻譜十二册

朱文藻案曰：漢許慎《說文解字》十四卷，序目一卷。宋初徐鉉校定爲三十卷，始一終亥本也。先是鍇苦許氏偏旁奥密不可意知，因令弟鍇以切韻補其四聲，庶幾檢閱，力省功倍。名曰《說文韻譜》。其書十卷，此本十二卷。無刊人姓氏年月，大要仍《韻譜》之舊，而分析其卷也。今世始一終亥善本甚尠，通行于世者，惟此本。而有識者往往譏其失許氏本意，非復《說文》面目云。

説文解字繫傳四十卷附考異二十八篇附録二卷

《繫傳》南唐徐鍇撰。《考異》、《附録》朱文藻撰。

朱文藻跋云：南唐徐鍇《説文解字繫傳》四十卷，今世流傳蓋尠。吾杭惟城東郁君陛宣購藏鈔本。昨歲因吳江潘君瑩中獲謁吳下朱[一]丈文游，從其插架借得此書，歸而録之。復取郁本對勘，譌闕之處，二本多同，其不同者，十數而已。正譌補闕，無可疑者，不復致説。其有與今《説文》互異，及《傳》中引用諸書，隨案頭所見，有與今本異者，並爲録出，作《考異》二十八篇。又采諸書中論列《繫傳》及徐氏事蹟者，別爲《附録》，分上下二篇，並附于後。又此書惟校寫一過，無別本。

[一]「朱」原誤「宗」。朱文游，即朱奐，與汪憲、朱文藻爲友。

説文凝錦録一卷

國初萬光泰撰。字循初，秀水人。

丁敬身朱跋云：茅簷坐雨，聊閲一過。家書盡焜，復審靡從，豈能釋然于懷？俟神明澄澈，再作片晌消遣。敬身記。

史部

三國志六十五卷

晉陳壽撰。宋裴松之集注。

朱文藻曰：此南監板。卷中有墨筆注語，乃丁亥年有書賈持馮夢禎所刻《三國志》求售，中有此注，因合數手，竟日夜録之。按：馮刻《志》中，有朱筆評語，標籤題目曰：「馬巽倩評閱。」又每卷尾各有朱書，繙閱年月皆李師周筆。師周字廷基，一字東方。卷首又有跋語三條。一曰：「五月十七日，燈下偶閱二序、表、傳，時疎雨蛙聲，甚覺有味。」一曰：「此亦巽倩先生評閱。余得其評閱《文選》，復購得其《三國志》，吾以重[一]價購，後起者慎毋以重價易也。戊申冬杪基志于正本堂西牖。」一曰：「自申至卯，歷有八載，今覩昔語，殊爲不美。姑存之以示勉耳。」其卷中別有朱墨筆及夾紙細書，字跡信是杭世駿堇浦所注。今取監本録一過，又別録爲《補注》一書，馮本亦並存。當珍惜之。

[一]「重」下原衍「購」字。

三國志補注六卷

朱文藻曰：　此書文藻手鈔。往歲丁亥，有書賈以《三國志》求售，見其上方多墨筆細注，不書姓名，觀其筆迹，是前輩杭世駿手書。杭字大宗，號堇浦。武林耆宿也。余既合數人力錄稿于史書之上，又別爲莊書一通，釐爲六卷，題曰《三國志補注》。蓋其中引用諸條，皆裴注所未備也。

宋史筆斷十二卷

正誼齋編集，不著撰人姓名。

卷首上方墨書云：「作書者必能求聖人之道，養浩然之氣，惜乎姓名不傳，俟後訪問博識者。」卷末書云：「是書陳義推[一]事，咸中理道。指夷簡、安石之奸邪，別王旦、王曾之得否，可謂不惑俗評矣。惜寇準之不敝虜，司馬公之右安石，英哉其言乎！　甲午春後渠識。」又朱書云：「此書詞則後世之規，義則先王之旨。不駁不迂，有體有用，尤足起人忠正之氣。妙作！　妙作！」

朱文藻曰：　卷中亦多硃墨評點，不知何人手筆。

[一]「推」原文作「摧」。

遼史拾遺二十卷

國朝厲鶚撰。字太鴻，號樊榭，錢唐人。

朱文藻曰：此書文藻乙酉歲初館振綺堂首抄。是書先是書賈以抄本求售，檢校，闕卷四之一。後又得手稿，主人屬余彙録成完書，釐爲二十卷。越歲戊子，吴西林同館，復取郁陛宣本校過，遂成善本。

史糾十七篇

明婁上朱明鎬昭芑撰。其書糾史之失，自《三國》迄《宋》、《遼》、《金》，而《晉書》闕然。

朱文藻曰：此書抄本。案：盧抱經先生文弨嘗云：「頃借得明人朱明鎬《史糾》兩本，疑係删節。此書有人記云一百四十六頁。今所見本，前六十三頁，北周二頁之後缺，不完。後七十八頁，合計之，尚少五頁」云云。今此本，則前七十三頁，北周後共四頁，完。後五十八頁，合計之，較抱經所見又闕十頁矣。

宋史記二百五十卷《列傳》第七十五以下皆闕，僅存九十四卷。

明王惟儉撰。字損仲，河南人。

朱文藻曰：此書小山堂鈔本。自凡例、目録，以迄六十六，皆朱筆評點改抹。六十七卷以下則無。據《居易録》稱，改正目録是湯義仍親筆。此本目録當依湯本朱筆謄寫。而卷中間有朱書一清案語。一清者，小山堂主人趙谷林先生之子，字誠夫也。又有丁敬身墨筆標籤。盖小山主人聚書，父子賓客環坐。校勘之勤，於此可見。其七十五以下闕卷。鮑綠飲嘗云：「王氏圖書，沉於汴水。此半部從水中撈起，世間流傳，惟此而已。」然考之《靜志居詩話》云：「損仲《宋史記》，予從吴興抄得之。未見出人意表。」則吴興潘本潘昭度。見王士禛序。全書傳抄非一，不知何時得見也。

十六國春秋一百卷

魏崔鴻撰。字彦鸞。

朱文藻曰：吴丈西林常云：「此書非崔鴻原本，似是後人取晉載記文託名者。以《太平御覽》引用崔書，多卷中所不同故也。」文藻案：晉載記文與此敘述大異，似非取之僞託。若以爲非元本，則不可知。辛卯之冬，振綺族人欣然重刻，才數十版，不竣工而罷。

十國春秋一百十四卷

國朝吴任臣撰。字志伊，仁和人。

朱文藻曰：此書康熙十七年回回堂彙賢齋梓行。其書大卒裒集舊文，不加論斷。即以南唐而論，紀、傳皆取馬、陸二書連綴成篇，雜采他書、馬注及其大端補入正文。然引用諸書，或有謬誤，不能悉加改正。如：《徐鍇傳》載《說文通釋》四十卷、《說文繫傳》四十卷。《通釋》即《繫傳》中標目，楷書只四十卷。《宋史・藝文志》誤分爲二書，而此處亦仍其譌。蓋采輯羣書，難于校訂，理勢然也。此書板已散佚，印本無多，當藏之。卷中間有墨筆著論，是吳石蒼手筆，尤可貴也。

江南野史十卷

宋龍袞撰。

朱竹垞跋云：「《江南野史》，鄭樵《藝文志》載有二十卷，此本止錄十卷。當再于別志察之。」案：《通考》引晁氏曰凡八十四傳。今此本止三十四傳，其非完書明矣。

錦里耆舊傳四卷 缺卷一至卷四

宋句延慶撰。字昌裔，平陽人。

姚咨跋曰：是編得之門人秦汝操氏，汝操又得之沈辨之氏。惜乎祇後四卷，缺前四卷，未得爲全書。大抵古書之存于世者，多殘缺不全。先達邵文莊公嘗云：「麟角鳳毛，奚以多爲。」愚于是編亦云。嘉靖戊午冬十一月月幾望，勾吴皇山人姚咨舜咨甫識，時年六十有四。

丁希曾跋云：竹垞所見只三卷，此多一卷，洵是善本，第卷帙詮次非舊。丁亥冬仲，鮑丈以文從吴中歸，購得明時舊抄，因爲勘正，并錄明人兩跋于後。正見此書在洪武年尚完好也。冬至前三日，錢唐丁傳誌。

朱文藻曰：此書抄本不精。丁亥歲鮑渌飲買得吴下本。借此本，屬丁希曾校過，改正處甚多。且補書《書錄解題》一條，姚咨跋一則。又在家道人跋一則，是洪武年舊跋。

吴越備史四卷補遺一卷雜考一卷

吴越掌書記范坰、巡官林禹撰。抄本。

吴焯尺鳧卷首跋云：案此編正卷四，補遺一，爲卷凡五。卷帙似與《通考》後一條合，而實非也。今以前一條所見之年考之，此編第三卷已盡石晉開運四年，依陳氏當止此。今第四卷盡開寶元年。陳氏所云「闕者已全」，豈散佚後復得耶？抑後增補耶？陳氏云「又增三卷，至雍熙四年」。今補遺一卷，終俶之世。考宋俶卒於真宗端拱元年，即雍熙四年之明年。陳氏志其闕，今并仍其舊矣。今觀補遺，卷首原稱後人增補，因前補者既闕，而後人重補之。第采本傳與家傳，以足成此書耳。至第四卷末，有錢中孚錄寫，題名「錢湙」，又署跋尾，洵爲儼所撰原本。古今卷帙或有歸併，第十二卷不應簡畧如是，當求儼原序考訂也。康熙己未夏五月，雨窗乘暇考訂，因記。繡谷亭主。

又卷末跋云：偶客吴興，得吴越二十四世孫受徵刊本，中小傳頗多删節，缺畧其後序，題萬曆庚子。此本前有馬藎臣論，亦屬明嘉靖間定本。至萬曆時，不知何以又有删削。此抄本爲當時林、范原撰本，亦尚未可定也。據受徵刊本，武王二卷，文穆王、忠獻王、吴越國王各一卷，凡五卷。《吴越補遺》爲一卷，云是越中比部德洪所纂。則前有錢中孚跋尾者，原是五卷。此抄本標題誤也。卷帙雖合，稽之陳氏之論，究難定此本爲林、范原本。乙未六月十有九日，繡谷亭主再記。

朝鮮史畧六卷

不知作者。

朱文藻曰：此書明萬曆丁巳所刊。字畫端楷，卷末各有校書題名：一、莆中郭天中聖僕。二、吴郡趙宧光凡夫。三、吴郡黄習遠伯將。四、吴郡葛一龍震父。五、閩中何璧玉長。六、秣陵廖孔悦傳生。

東國史畧六卷附百夷傳一卷

《東國史畧》即《朝鮮史畧》，而易其名。《百夷傳》，錢古訓撰。字未詳，武肅十六世孫，餘姚人。

趙琦美《東國史畧》跋曰：《東國史畧》六卷，不著姓氏。于燕京馮滄洲仲纓齋頭見之，因借録一册。其書雖簡畧，而上下數千年間事歷歷可指諸掌，至如幽奇理亂之迹亦少概見，可謂東國之良史也。滄洲别有《東國通鑑》三十册，爲東明石大司馬星取去。聞其史更精於此，惜不得覩之。馮嘗從事于東征，有全城之功而不見賞。今鬱鬱長安，索五斗不能，侏儒之飽腹也，悲夫！萬曆庚戌三十八年季秋朔後三日，海虞清常道人趙琦美書于金臺承恩寺之邸中。

又跋曰：予欲集古今叢史，患遐陬之弗及周知矣。歲庚戌，補考在京師，閑步刑部街，因見此書，遂買之，録一册以隨奚囊。盖亦山經水志之一班云。萬曆三十八年庚戌十一月十有三日，清常道人趙琦美識。

朱文藻曰：此書本趙清常家藏鈔本。二跋是清常墨迹，有印。其後歸于孫慶曾家。《百夷傳》有夏原吉後序並詩。

李侍郎經進六朝通鑑博議十卷

宋李燾撰。

朱文藻曰：此書從鮑渌飲借得影鈔宋本。屬兒子運復影鈔後半册，而自爲鈔其前半册。按：侍郎《乞尚史學劄子》，大旨不過欲朝廷制策取士，宜兼采用六朝，不得專尚漢唐。及觀其第一卷

《序論》之旨，則深欲主上堅恢復之志，審制敵之策，故其書一名《制敵得失通鑑博議》。合爲百篇，離爲十卷。其用意深矣。

類編皇朝中興大事記講義二十七卷

宋吕中撰。起高宗迄寧宗。

卷末亡名字。朱書跋云：「高宗時事，讀之頗醒人心目，至孝宗而平衍無足觀矣，光寧迂腐可厭，幾成廢物。其意亦趍附時相耳，不足道也。崇禎丁丑七月十日道迄于姑蘇道上。是日始聞脫距之報。」

宋季三朝政要六卷

不知作者。明張萱刊並序。

《目錄》前題云：「理宗，國史載之，過此無復可考。今將理、度兩朝聖政，及幼主本末纂集成書，以備他日史官之采擇」云。

肅皇外史四十六卷

明范守己撰。紀世宗一朝事。

朱文藻曰：此書鈔本。中有朱書補注，不知何人。卷首有澹生堂印，又有山陰祁氏印。首葉有印文曰：「澹生堂中儲經籍，主人手校無朝夕。讀之欣然忘飲食，典衣市書恒不給。後人但念阿翁癖，子孫益之守弗失。曠翁銘。」

明列朝實録

朱文藻曰：已上實録十一部，據《書録》，實十二部。俱係鈔本。吴石倉家藏，中間有朱筆校勘處。每部各有存缺單一紙，是石倉手書。今較原單，新缺之卷亦多。此外尚有太祖、憲宗、熹宗三朝未備，其惠帝、景帝，當代革除，已編入太宗、英宗之内。莊烈帝本無實録，其《穆宗實録》但有其名，雖存實缺。須求善本，悉爲鈔補，誠快事也。

兩漢詔令六卷

宋程俱輯。

陳德跋曰：「余有嗜書之癖，見片紙隻字，輒掇而藏之。癸丑之夏，見杜氏童偶挈《管》、《韓》二子，趙彥生《含玄齋集》併《兩漢詔令》，裝潢雖不甚佳，然鎸法頗類宋人手迹。因鬻而有之，以資耳目之一助云爾。萬曆癸丑孟秋十日，汝章子書于淥陰深處。」末有「陳德圖書」。

獨斷二卷 影宋抄本。

漢蔡邕撰。

末有跋云：「邕采古及漢興以來百度，類見此書，而傳本多誤。淳熙乙亥建人熊克刊于赤城書院。且聞嘉祐間有余擇中者，嘗爲考正，釋以己意，題曰《新定獨斷》，恨未之見也。七月十日記。」

唐會要一百卷 鈔。

宋王溥撰。

朱文藻曰：「是書乾隆丙戌借得寫本，鈔十之四。明年丁亥又借得瓶花齋本補完。俱未校過。其中卷七之十、卷九十二、九十三，原書缺失，雜寫他書，兩本俱同，無從補正，今並闕而不錄。按朱竹垞跋云：『第七卷至第九卷失去，雜以他書。第十卷亦有錯雜文字。九十二卷缺第二翻，以後九十三、九十四二卷全缺』云云。與此本小有不合。

近事會元五卷

宋李上交撰。

簡末跋云：　太歲乙酉，避亂于洋蕩之村居。是年六月，夏悶無聊，遂手書此本，二十日而畢。是書秦季所藏，余從孫岷自借抄之。七月六日孱守□人記。

歷代帝王傳國璽譜一卷玉璽博聞一卷

《譜》宋滎陽鄭文寶撰，祇四葉。末有嘉靖辛丑伍忠光跋。《博聞》九葉，末題「阜昌宋隆夫書于淮西無爲州之官舍」，想即其人作也。後有成化辛卯姑蘇吳寬跋。隆夫，元時人。

趙清常曰[一]：　予家有《傳國璽譜》，未見所謂《玉璽博聞》也。癸卯二月九日，因謝吊至赤岸李氏，譚間因及此書，予異其書名，即令童錄于舟中。其間原多行草，童懵不知，書多舛譌焉。又急于解維，不及一校，因以意改數字，未得悉釐正之，尚俟異日再圖一閱。此中所載事，大畧與《譜》所紀同，不足多也。此公博雅，多蓄異墳，如《錄鬼簿》、《湘山野錄》等書正多也。又説其里中人有宋本《管子》云。清常道人志。

［一］「曰」下原衍「曰」字。

寶祐四年登科録一册 宋刻，已失。

朱文藻曰：此書因文天祥而存也。前有殘缺處二十餘葉，後缺《文文山廷對策》及《門謝表》，中間模糊之處亦多。乾隆丁亥得鮑淥飲所藏鈔本，缺者補之，互異者標識于上，兩家藏本畧稱完善。惟以朱喇已下尚有二十四人未詳，《廷對策》下《門謝表》前缺文一段，並無從考補爲憾。

歷代建官考一册

題曰：「豫章李國祥休徵撰，錢唐陳伊傑我人訂。」無序，不知撰人時代。

吴石倉跋云：此吾友陳我人手訂之書。我人早逝，無子，其弟以此售吾。其撰人爲豫章李休徵，無從考其時代矣。石倉記。

龍飛紀畧八卷

明吴朴撰。

朱文藻案：朴又有《秘閣元龜政要》十六卷。趙一清跋曰：「右《秘閣元龜政要》，不詳作者姓氏。閲其書，知爲閩之漳州人，嘉靖時嘗從征安南者。按：吴朴《龍飛紀畧》自序云：『先大夫范長、劉辰除和遺事，太祖大見欣納。臣于征伐、禮樂，采而輯之，久藏巾笥。以議處安南，爲與議者聞于當道，流遁數遠。提學副使田，行文取覽，直名爲國朝綱目』云云。其中論斷語，亦多徵用之，則是書疑即朴所作。朴字華甫，漳州詔安人。所謂副使田，即吾鄉先達田公汝成叔禾也。書凡十六册，首葉有『曾在李鹿山處』圖記。李公諱馥，亦閩人，嘗撫吾浙，以事罷去。不數年間，所藏遂散亡流失，良可慨矣。又檢諸簿録中，惟《絳雲樓書目》有之，册數與此合，而不注明卷數。按：明太祖以壬辰起兵，是書始於丙申。太祖在位三十一年，是書終于二十八年，首尾俱有遺脱。内失甲辰至丁未四年事，又失丁巳至己未三年事。而行款點畫之舛誤者，不可悉數。是本既爲虞山錢氏舊鈔，宜其精善完好，而紕繆若此，信乎藏書之難也。予方苦足疾，兀坐無聊，因取《高皇文集》並《實録》諸書參校，庶幾十得其五云。雍正九年冬至前二日，匆藥子記。」此書插架所未備，近在書局見此書，惜匆藥手跋，考據精詳，録歸附此。既存趙文，且因此益見吳氏之學也。

闕史二卷

唐參寥子撰。

趙昱曰：《唐闕史》上下卷，得西亭汪氏鈔本，匆遽録就。復得秀野草堂刊本，校勘訂正譌字數百。然細閲刊本，尚多舛錯，亦未稱爲完善也。雍正丙午除夕前一日，谷林識。

邵氏聞見録二十卷

宋邵伯溫撰。

末有跋云：嘉靖十三年夏日，對宋本校勘一過。前本與中間一册，在予家四十年始得輳完，可見奇書則不能遇也，保之保之。野竹居士謹記。

揮麈前録四卷後録十一卷餘話三卷三録三卷

宋王明清撰。

朱文藻曰：右書四種，合爲一書，裝六册，皆鈔本。吳石倉手校，有印。觀其筆記，雖省墓必攜之舟中。前輩讀書之勤，于此可見。

曲洧舊聞十卷

宋朱弁撰。字少張，徽州人。

末有跋云：「辛丑正月元宵後二日，石倉校畢。」然譌字猶未盡也。

清波别志三卷

宋周煇撰。字昭禮，淮海人。

楚龔[一]頤正跋曰：吳陵周氏昭禮，客遊都城，居清波門。日往來湖山間，把酒賦詩，悠然自得，其樂或謂可追和靖之風流。比有傳其所著《清波三志》，讀之起敬，不但如前所云。

吳焯跋曰：《稗海》中有《清波雜志》。觀昭禮此序，《前志》係十二卷，《稗海》删摘，僅存三卷。《續文獻通考》有此目，不著卷帙。是編係《别志》，宋人說部中最佳筆也。

又曰：余觀《前志》中，昭禮自云祖居錢唐後洋街。此後跋云居近清波門，即以所居之地名其書。猶周密居癸辛街，即稱《癸辛雜識》是也。就李侍郎抄本，今藏繡谷亭。康熙乙未夏至展觀，因記。

又曰：此編載中興諸事，燦然可觀。其論平燕始末，足以參決正史。戊戌上元吳焯手識。

朱文藻曰：此書鈔本。吳焯字尺鳧。繡谷其家，庭有古藤一本，花時爛漫如繡，構亭其上，顔曰「繡谷」，因以自號。藏書最富。其子名城，字敦復，號歐亭。嗜書，能善繼之。余見時，年已七十矣。其增蓄書處曰「瓶花齋」，距振綺堂數百武而近。兩家主人常以文酒娱佳日，借書之伻往來無虚日。今俱相繼辭世，追憶舊事，不覺黯然。

[一]「龔」字原脱，今補。

朱氏筆記六册

明朱文撰。睢陽人。

朱文藻曰：此書抄本。無序。卷末有「睢陽世家」印，蓋文手稿也。不署撰人姓名，祇從第五册見其自敘家世，始知姓名。案：題名碑成化甲辰進士二甲十名。朱文，直隸蘇州府崑山縣民籍，益知文本世籍睢陽。其母鄭孺人，家崑山，因寄籍焉。

國朝名臣言行畧四卷

明劉廷元撰。常州人。

二十卷。末有跋云：「辛丑嘉平朔日，積雪初晴，午前酬應慶吊事，歸坐北軒，繙閱盡此卷，歲行暮矣。此中佳趣，恐未能常享耳。希真書。」「佳趣」之「佳」末闕一畫，當是避其家諱。

昭忠録一卷

不知作者。皆宋末殉難諸人列傳。鈔本。

末有朱跋云：此書字多譌謬，取原本校之，改正一二，未能盡也，當再求善本勘過。庚戌秋七月初七日記。

夏忠靖公遺事一卷

明夏藴輝撰。諱原吉，字維喆。

末跋云：甲戌夏，先外父自山左量移江右，便道歸南，余逗遛鹿城，晤公乘内弟於水閣。圖書滿架，中有《夏公遺事》一集，假以携歸。又于内父尺木居見夏公小照，即摘數語于上，以示高山之仰。一時兩快，俱無意遇之。庚寅中秋六日丹臣記。

鄭端簡公年譜七卷

公諱曉，號淡泉。明鄭履洵刻，鄭履淳論注。洵、淳，公二子。

朱文藻云：後有墨筆三行云：「景山錢老先生編次并序，養白馮老先生集文並序，二敘付梓未完。」據此，則是書履淳出其家藏文稿，畧爲撰集。錢、馮兩公，實有編次之力，而書成之日，則履洵刻之，兩序未刻，當俟異日耳。

四明文獻志九卷補志一卷

明李堂撰。字堇山。郡人。

朱文藻曰：此書抄本。中夾全謝山跋語一紙，是《乾道四明志跋》。無預此書，慮其散失，其文不傳，故仍附卷中。而并録其文曰：「四明志乘于天下爲最完。自胡尚書《寶慶志》、吴丞相《開慶志》、袁學士《延祐志》、王總管《至正志》、楊教授《成化志》、張尚書《嘉靖志》，無佚失，足以豪矣。顧以不得張制使《乾道志》爲恨。歲在戊午，自京旋里，重登范氏天一閣，其書在焉。不知前此何以不及省録也。爲之狂喜。而揚之小玲瓏山館馬氏，杭之小山堂趙氏，皆來借鈔。顧予猶疑非足本。嘗見《成化志》中於慈谿遐追山二廟下紀劉穀、胡韍諫吴越無納土事，謂出自《乾道志》。今竟無之，則脱簡尚多。然要屬難得之書，可寶愛也。鮚埼亭長全祖望。」按：小山堂抄本書多歸振綺堂，《乾道四明志》抄本獨不見。

小號録一卷

宋徐光溥撰。

末題云：「至正壬寅九月廿五日丁卯，華亭孫道明寫於泗北村居映雪齋。時年六十又六也。」又一行云：「虞山錢曾遵王藏書。」

烈女傳一卷

國朝吴穎芳撰。字西林。

朱文藻云：此即西林翁手寫本。乾隆丁亥所作。先是魚亭先生官西曹時，留意各省節烈案件，欲撰成《烈傳》以表揚之。屬解組歸寓書同曹尹嘉銓亨山先生，俾胥抄錄各司節烈案件，起乾隆初元，迄二十八年而止。郵寄數册，乃屬翁撰成《烈傳》一卷。其後，以卷中尚少陝西、廣西、雲南、貴州及遼東諸省，又斷以三十年爲限，尚少二年。時湯憲吉甫在京師，續寓書托其叔萼棠韡齋先生，公餘之暇，檢得成案二册携歸。正欲續撰以補未備，而魚亭先生已捐館舍，不獲完其志，可悲也已。卷中《序》一篇，亦翁所代述之作，蓋將爲版行地也。

吴郡志五十卷 有二部。一部茂苑韓氏藏板，宋刻抄補。一部汲古閣刊。

宋范成大撰。趙汝談序。

毛晉跋曰：余應童子試，受業于伯暐高師。師爲府學博士員，率予登大成殿，禮夫子像。次謁韋刺史祠，見西廡方策半架，塵封蠹蝕，抽而視之，乃《吴郡志》。不知何人所作，何代所鐫也。梟從太史錢師榮本樓，獲宋刻范文穆公《吴郡志》，珍爲髻珠，亦不知其版何在也。適禹修方公爲雲間刺史，葺理郡志，馳書招予與眉山先生共事。因携此帙入頑仙廬，眉公開卷，見門類、總目，擊節嘆賞。得未曾有，題數語於後。時有史辰伯在座，眉公指謂余曰：「貴郡文獻都在此老腹笥中。」史因掀髯縱譚，撫卷曰：「此志爲趙宋紹定刻板，藏學官韋刺史祠中。」余恍然昔年所見，深愧童蒙，覿面失之。亟理棹入吴門，再拜韋祠，但見朽木五片，叠香爐下，模板尋行，與藏本無二。叩訪其餘，已入庖丁爨煙矣。此題「汲古閣刊本」。

朱文藻曰：此書卷一至十八皆宋刻，十九抄本，二十至二十二宋刻，二十三已下俱抄茂苑韓氏所藏。有「元覽閣書畫印」。又一部是汲古閣刊本，有毛晉跋。觀跋語，則宋本《吴郡志》真當寶如拱璧也。毛氏去今又百數十年，重刻之書已不多覯，況宋刻耶？

太平寰宇記二百卷目録二卷

宋樂史撰。

朱文藻曰：此書抄本。精楷。缺卷第四，第二十九、三十，第一百七、一百八，第一百十三至一百十九。案朱竹垞云：「康熙癸亥，抄自濟南王祭酒池北書庫，闕七十餘卷。後二年，復借崑山徐學士傳是樓本繕寫補之。尚缺河南道第四卷，江南西道第十一至十七卷。聞黄岡王少詹購得上元焦氏所藏足本，及詢之，則卷數殘闕同焉。」今此本所闕，較竹垞所闕同，而又加闕二十九、三十、一百七、一百八共四卷。此四卷似尚可補，何時再覓善本足之？

吳中舊事一卷

不署姓氏。據顧跋，知是元陸友仁撰，吳郡人。

末跋云：余嘗見陸友仁書《吳中舊事》一卷于衡山先生几上。後數年，過蒼雲館，見已裝帙，且用「松雪翁印」印之。遂假歸，亦録一册。仍係徐顯克昭所著《稗史雜録》友仁小傳于後，以見非松雪翁筆也。隆慶改元丁卯四月，安雅生顧德育記，時年六十有五。

乾道臨安志三卷

宋周淙撰。字彦廣，吳興人。

厲鶚宋本跋曰：《乾道臨安志》十五卷，宋臨安尹吳興周淙彦廣所修也。此宋槧本僅一卷至三卷，無序目可稽。覲其稱孝宗爲今上，紀牧守至淙而訖，其爲《乾道志》無疑。吾郡志乘之傳世者，北宋圖經久矣無有。南渡建爲行都，則此志居首。今孫君晴崖從都下獲此《乾道志》，雖僅什之一二，而當年宫闕、官署及城中橋梁、坊巷具存，職官亦燦如指掌。武林掌故之書，莫有或先焉者。淙尹京時，撩湖浚渠，綽有政績，其書更可寶也。

朱文藻曰：此書影抄宋本。乾隆己丑七月，從鮑渌飲處見孫氏所藏宋槧本，厲跋在卷首。因校勘改正數字，而録厲跋于卷末。

武林舊事十卷

題曰「四水潛夫輯」。序曰：「乾道、淳熙間，三朝授受，兩宮奉親，古昔所無。一時聲名文物之盛，號『小元祐』。豐亨豫泰，至寶祐、景定，則幾于政、宣矣。予曩于故家遺老，得其梗概。及客修門，間聞退璫老監譚先朝舊事，輒耳諦聽，如小兒觀優，終日夕不少倦。既而曳裾貴邸，耳目益廣。朝歌暮嬉，酣玩歲月，謂人生正復若此。初不省承平樂事爲難遇也。及時移物換，憂患飄零，追想昔遊，殆如夢寐，而感慨係之矣。歲時檀欒，酒酣耳熱時，爲小兒女戲道一二，未必不反以夸言欺我也。每欲萃爲編，如呂榮陽《雜記》而加詳，孟元老《夢華》而近雅。病忘慵惰，未能成書，世故紛來，懼終于不暇紀載。因摭大概，雜然書之。青燈夜永，時一展卷，恍然類昨日事，而一時朋遊淪落如晨星霜葉，而余亦老矣。噫，盛衰無常，年運既往，後之覽者，能不興愾我吾嘆之悲乎？四水潛夫書。」

又第七卷序曰：「是書叢脞無足言，然間有典章一二可觀，故好事者或取之，然遺闕故不少也。近見陳源家所藏《德壽宮起居注》，及吳居父、甘昇所編《逢辰》等錄，雖皆瑣碎散漫，參考旁證，自可互相發揮。又皆乾淳奉親之事，其一時承顔養志之娱，燕閒文物之盛，使觀之者錫類之心油然而生，于世教民彝，豈不補哉。因輯爲一卷，以爲此書之重。然余所得而聞者，不過此數事耳。若二十八年之久，余雖不得盡知而盡紀之，然即其所知其所不知，蓋亦可以想見矣。因益所未備，通爲十卷，雜然書之。既不能有所次第，亦不暇文其言詞，貴乎紀實，且使世俗易知云爾。」

汲古閣舊本二跋。其一曰：「《武林舊事》乃弁陽老人草窗周密公謹所集也。刊本。此第六卷，山村仇先生所藏本，終十卷。後歸西河莫氏。余就假于莫氏，因手抄成全書，以識歲月于家塾。至元後戊寅正月，忻孝德用和父。」其二曰：「此二册，余假于太子太保遂安伯陳公家，同年友文部副郎黄君廷用録之以歸余云。弘治乙卯夏四月望，祝靖跋。」

嘉靖重刻本敍跋二首。卷首敘曰：「夫省方觀民，因俗考政，固所以資監戒而志興衰者也。有宋播遷江表，建國錢唐。當時臣辟謂宜枕戈嘗膽，修政治兵，以復君父之讐，雪中原之耻，惟恐後者也。顧宴安槃樂，日事嬉遊，峻宇雕墻，窮極嗜欲，更不知有二帝蒙塵、不共戴天之憾。此乾坤何等時也。何暇于流連光景，沈酣節序者哉。昔人稱魯大綱，予亦謂南宋之大綱厥亦有在，乃棄而不講，馴至民風國體，日以陵夷，迄于崖山之溺，可痛也。四水潛夫不知其何許人，編録是書，津津然若道其一時之盛者。予意是編當與《吴越春秋》並觀，則前大巡宋公所以存而刻之之意歟？予所以由觀感而興監戒者，當自得之矣。舊梓漫蕪不可讀，因而翻刻之云。嘉靖三十九年歲在庚申秋七月十六日，杭州府知府閩中陳柯謹書。」卷末跋曰：「杭郡地卑，益不可以國。宋高宗南播，樂其湖山之秀，物產之美，遂建都焉。傳五帝，享國百二十有餘年。雖曰偏安，其制度、禮文猶足以彷佛東京之盛。可恨者，當時之君臣忘君父之讐，而沉酣于湖山之樂，竟使中原不復、九廟爲墟數百載之下。讀此書者，不能不爲之興嘆。書凡六卷，四水潛夫輯，亦不知爲誰。其紀武林之事，較他書爲備。因命工刊置郡庠，俾博雅者有考焉。武林杭郡名正德戊寅孟夏巡按浙江監察御史奉天宋廷佐題。」

繡谷亭吳氏藏抄本。跋曰：「《武林舊事》十卷，元周密公謹撰。此虞山毛氏舊本，余得插諸架。郎瑛《七修類稿》云：『公謹居齊之東，作《齊東野語》。居杭癸辛街，作《癸辛雜識》。泗水出山東，號泗水潛夫。居華不注，號弁陽老人。第此編皆敘行都事，似不應題泗水。今此本作四水，當別有義意。』郎瑛又云：『《舊事》十二卷，杭刻其六。全者在吳人袁飛卿家。海鹽姚士麟續刻五卷。』其第一棋待詔諸篇，此本無之，當爲錄補，尚缺一卷耳。康熙戊戌春王十有九日，繡谷亭主。」

又曰：「是歲閏中秋，又得毛氏汲古閣舊本，方見潛夫原序并卷尾元明人二跋，亟爲錄補。此書凡三校閲矣。」

又曰：「己亥中春，再取汲古舊本校讎。凡脫誤處並從是正，疑者標注于旁。蓋古今名色不同，未可以文理斷也。是日病起，鑒閣垂絲海棠盛開，坐觀竟日，點終此卷。」

又曰：「修門，地名也，文山《指南錄序》亦有。臯亭山距修門三十里，今《杭郡志》不聞有是名，即卷中白石、茅灘諸名，亦湮沒難考矣。明日望月，起再書。」

又曰：「又明日，飯罷，錄補漏葉三處，各數百字。病餘，頭目森然，第無以銷長晝。然晴窗拂几，心地轉覺清涼。後之讀是書者，可無牴牾之疑矣。大凡舊籍，不經校讎，終非善本，且傳抄尤多魯魚帝虎之憾。萬卷豈易盡閲，惟日不足，苦心者自知之。」

又曰：「是日吾友徐研廬以《建溪舟行詩》見示。吳中顧翰林俠君來訪，不晤而去。俠君刻元詩，余有元人集百餘種，尚俟商榷也。」

又曰：「吾友鄭芷畦《湖録》云：『四水者，湖城以苕水、餘不水、前溪水、北流水合而入于郡城之霅溪，故有四水之名。舊人詩四水交流霅霅聲是也。』據此，則四水乃湖之地名。公謹生于湖，中年遷杭，晚仍歸老弁山，又號弁陽老人。則四水潛夫之號，亦猶是耳。古本作四水，洵乎不謬，然余疑此義。十年方得其説，實爲快心。己亥中秋日，焯書。」

厲鶚墨迹跋云：「修門出處，見宋玉《招魂》辭中李善注：『郢，城門也。』郢蓋楚都，宋人遂借爲都門之稱。若吾杭地名，則無此也。繡谷先生偶誤，不可以不辨。乾隆壬戌九月五日，厲鶚記。追思吾友，下世已十年，不禁泫然。」

朱文藻曰：此書二本。一是小山堂鈔本十卷，一是嘉靖庚申陳柯重刻本。鈔刻諸跋全録如右，見前輩校書苦心。案：《七修類稿》作十二卷，誤也。姚士麟續刻五卷，第一棋待詔諸篇，本即前刻第六卷中諸色伎藝之未全者，續刻補足之。是名爲五卷，實四卷也。

新編武林紀事六卷續編二卷

仁和樂閑道人吳瓚類編。

陳堯道書後畧曰：或曰：「子今年老矣。宜安静頤養，何必勞碌若此乎？」予曰：「昔仕懷寧時，遇鄉先生李巨川云：『年老觀書，猶暮夜以燭。夜若非燭，一物無所見，老年非書，則益昏昧一無所知矣。』予愛其言有理，故自忘其勞焉。」及考《葆光録》内載：「吳陳瓚字錫用，年逾九十，耳目聰明，猶勤于筆硯。」我朝名臣鄭楷著《潛溪宋景濂行實》云：「先生惟刻意于學，自少至老，未嘗一時去書不觀。且視近甚明，夜然燈于几，臥絺幃中，閱蠅頭小書。一黍上能作十餘字，皆可辨點畫。若先達樂閑吳公，年八十餘，獨坐一室，不設床枕，注書立言，手不釋卷。」此三人者真天地間之完人，而爲吾輩之所當法者也。余因録完紀事，附書于末簡，以表景仰之意，兼以自勵爾。時隆慶辛未季夏吉旦，和仁曲江陳堯道撰。

朱文藻曰：此書抄本。卷數與陳跋合。但開卷第一條題曰「德壽宫賞月第四十七」，不知其第四十六已上如何也。陳跋詳述老年好書之勤，可爲後世勤學之助。

東城雜記二卷 鈔

國朝厲鶚撰。

朱文藻曰：此文藻手鈔。樊榭先生，吾鄉名宿。登賢書，舉博學宏詞科，博覽羣書。初居南湖，其後移家東園。暇日採録諸書，遂成是編，不加詮次，名曰《雜記》。振綺主人得其初稿有年，乾隆丁亥又得其手書續稿，因合前後，録爲一卷。

西吴里語四卷

明宋雷撰。自號吴興市隱居士。湖州人。載湖郡事。

吴石倉首册尾跋云：「丙午花朝日，石倉老人校閲于清溪縣官署。時年七十。」次册云：「花朝後一日，石倉又校畢此本。末張之闕，惜未補也。」三册云：「十三日，燈下又畢此本。」四册云：「十四日，又畢此本。時積雨初霽，日射窗櫺，老眼爲之頓豁。石倉記。」

朱文藻曰：此書抄本有二。其一卷首缺數頁。其一卷首全而第二册尾缺一葉。是吴石倉手校過，並存之。

豫章雜記二册

題曰「泰和郭子章輯」。

首册卷末有葉曠翁手書跋云：「《小隱書》一卷，余得之一友人案頭。自稱爲敬虚子，亦不知其姓氏。據序文年月，則在世廟時人也。書首巢、許，終順昌山人，一皆高尚之士，亦皆記傳之所習聞習見者。獨所引《楊慈湖遺書》云：『人生一世，只忙迫一場便休。』真令人言下惕然。曠翁識。」此是他本跋語，不知何以置此册。

南詔野史一卷

明郡人倪君撰。

朱文藻曰：此書抄本。得之吴山。書有楊升菴序一篇，信是真迹。嘉靖庚戌，升菴戍滇時，留意滇中志乘，得見此書，書序卷首，可珍也。

崑崙河源彙考一卷

國朝萬斯同撰。字季野，四明人。

朱文藻曰：此書抄本。萬氏懲世儒言崑崙之謬，博採羣書，上自《禹貢》、《山海經》、《水經》、《史》、《漢》、《晉》、《唐》諸史，下逮《元史》、《河源志》柯九思序、《明祖實錄》、《一統志》、《肅鎮志》，悉考而辨之，成書一卷。乾隆辛卯四月，吾友鮑淥飲得抄本一册于書肆，余假歸東軒，屬友人抄爲一册。卷首林佶有敘。是書大指究論崑崙古今遠近之殊，專爲潘昂霄《河源志》而論，而泛及治河之法，謂覩是書可得由源而及其流，不思崑崙之辨明，初無補于河患之治也。特其考據之勤，成一家言而已。此書無刻本，説見《紀元彙考序》中。

澄懷録二卷

宋周密撰。字公謹，號弁陽道人。三齊人。

厲鶚跋曰：勝情勝具，兼之爲難。弁陽老人于簡册中作臥游想，大是安樂法也。所綴葺語，雖時見于他書。如下卷沈寓山、姜白石數則，流傳絶少，足令閲者霽心。從小山堂主人借抄畢，訂正缺訛三四處，歸之。丙午長至日，樊榭厲鶚書。

南谿書院志四卷

明方溥撰。

卷首副葉墨筆記云：「雍正乙卯春三月得此書。失韋齊、文公兩公像，及序目首張數葉。訪得足本，當摹補之。後序亦闕尾端。居室記。二十八日。」

萬卷堂家藏藝文目一册

明宗室睦㮮撰。自號東陂居士。

曹溶墨筆題詞曰：有明宗室，工藝文者，莫多于隆、萬，而灌甫宗正爲之最。考其持躬謹潔，多門内之行。蒙敕獎風諸藩。今觀其書目，部分完整，卷逾數萬。所嗜在此，故能剗削豪習，與古作者並馳也。孫北海少宰初令祥符，獨就其第，鈔經注二百餘册，載歸京師。崇禎壬子，賊決河堤，書堂付之巨浸，徒有其目存耳。予因慨太平難覯，以二百七十年金甌無缺，而自楊文貞葺《文淵閣書目》外，未嘗一遣求書之使，設校讎之官，亦當時之缺典也。道不終衰，固宜有若灌甫者出任其責。然灌甫竭一生心力所致止于斯，異書猶不謂盡出。今之號爲藏書者，不過斥金帛有餘，羅市肆所習見。吾知聖賢典籍，其不至澌澌滅者，亦倖焉而已。倦叟記。

菉竹堂書目一册

明葉盛撰。

書厨銘曰：「櫝必謹，鎖必牢，收必審，閣必高。子子孫孫惟學斅，借非其人亦不孝。」

聚樂堂藝文目錄四册

不著姓名。

朱彝尊跋曰：此係西亭王孫著錄。王孫嘗刊李鼎祚《周易集解》，每翻刊「聚樂堂」名。世所傳《萬卷堂目》都無卷數，不若此本之該備也。康熙丁丑日北至，竹垞老人識。

絳雲樓書目二册

樓爲錢牧齋藏書之所。

曹溶題詞曰：虞山宗伯，生神廟盛時，早歲科名，交游滿天下，盡得劉子威、錢功甫、楊五川、趙汝師四家書。更不惜重資購古本，書賈聞風奔赴，捆載無虚日。用是，所積充牣，幾埒内府，視葉文莊、吴文定及西亭王孫或過之。中年搆拂水山房，鑿壁爲架，庋其中。四方從游之士，不遠千里，行縢修贄，乞其文，刻繫牲之石，爲先世光榮者，絡繹門外。自王弇州、李大泌以還，此事殆希見也。宗伯文價既高，多與清流往還，好延引後進，大爲壬人所嫉，一蹶不復起。晚歲浮沉南國，操委蛇術容其身。所薦某某，大異平居所持論，物論爲之頓損。北上未久，稱疾告歸，居紅豆山莊。出所藏書，重加繕治，區分類聚，栖絳雲樓上。大櫝七十有三，顧之自喜，曰：「我晚而貧，書則可云富矣。」甫十餘日，其幼女中夜與乳媪嬉樓上，翦燭灺，誤落紙堆中，遂燧。宗伯樓下驚起，燄已漲天，不及救，俄傾樓與書俱盡。予聞駭甚，特過唁之。謂予曰：「古書不存矣。尚有割成明臣誌傳數百本，俱厚四寸餘，在樓外。予昔年志在國史，聚此。今已灰冷，子便可取去。」予心艷之，長者前未敢議值，則應曰諾諾。别宗伯，亟訪葉聖野，託其轉請。聖野以稍遲，越旬日，已爲松陵潘氏購去，嘆息而已。今年從友人得其書目，手抄一過。見不列明人集，偏于瑣碎雜説，收録無遺。方知云厚四寸者，即割文集成之，非虚語也。予以後進事宗伯，而宗伯綣款曲。丙戌同客長安，丁亥戊子同僦居吴苑。時時過予，每及一書，能言舊刻若何，新板若何，中間差别幾何，驗之纖悉不爽。蓋于書無不讀，去他人徒好書束高閣者遠甚。然大偏性，爲未愛惜古人者有二端。一所收必宋元版，不取近人所刻及抄本。雖蘇子美、葉石林、三沈集等，以非舊刻不入目録中。一好自矜嗇，傲他氏以所不及，片楮不肯借出，儘以单行之本，燼後不復見于人間。予深以爲鑒，偕同志申借書約，以書不出門爲期，第兩人各列所欲得，時代先後，卷帙多寡相敵者，彼此各自覓人寫之。寫畢，各以奉歸。崑山徐氏、四明范氏、金陵黄氏皆以爲善，流通而無藏匿之患，法甚便。予又念古人詩文甚夥，其原本首尾完善，通行至今者，不過十二三。自宋訖元，其名著集佚者，及今不爲收羅，將遂滅沒可惜。故每從他書中，隨所見别出，補綴成編，以存大概。如孫明復、劉原父、范蜀公等，頗可觀。宗伯地下聞之，必以爲寒乞可笑。然使人盡此心，古籍不亡，斷自今日始矣。

又曰：自宗伯倡爲收書，虞山遂成風俗。馮氏、陸氏、葉氏皆相效尤，毛子晋、錢遵王最著，然皆不及宗伯。賈人之狡獪者，率歸虞山，取不經見書，楮墨稍陳者，雖極柔茹靡爛，用法牽綴，洗刷如新觸手，以楮襲其裹，外則古錦裝褫之，往往得善價，他方所莫及也。然此目猶有可疑者。昔予遊長安，堂上列書六七千册，宗伯間日必來，來則偏繙架上。遇所乏，恒借鈔。如是數四，予私冀異日遂可借宗伯書也。常請曰：「先生必有路振《九國志》、劉恕《十國紀年》，南歸幸告借。」宗伯許諾。丁亥予絜春寓閶門，宗伯先在拙政園。相見，首及二書，疾應曰：「我家無此書，曩言者，妄爾。」予以先輩之言，誠不敢再請。嗣後弔其災，坐久，忽自嘆曰：「我有惜書癖，畏因借展轉失之。子曾欲得《九國志》、《十國紀年》，我實有之，不以借子，今此書永絕矣。使抄本在予，可還鈔也。」予不樂而退。乃目錄亦並無此二書。宗伯暮年犍戶注佛經，于書無所不採，禪林推爲該博。何故道藏則瑣細必收，釋氏雖《法苑珠林》、《宗鏡錄》等俱不載？近人刻《有學集》，集中體制，頗擬議宋文憲公，其文集當朝夕省覽，目亦缺之。足徵目非其全，宗伯真不可測也，安得起九原而問之。

昭德先生讀書後志二卷附志上下二卷

宋晁公武撰。

吳焯《後志跋》曰：昭德晁氏，既校井氏所藏書目，作《讀書志》四卷，復收錄未備，作《後志》二卷，此編是也。淳祐中，三衢游鈞始彙集，并《附志》衍爲二十卷，番陽黎安朝鋟以傳世。前志杜鵬舉序，黎氏刻時已失之，僅存昭德自序。今世行《讀書志》，此後序亦在焉。第此編既单行，插架不可不補，亦以見昭德冥搜遐索之苦心。且此編盡採入《文獻通考》，以今校之，頗有牴牾，讀《通考》者，當留意焉。戊戌三春，從石倉先生假此本傳錄，誤字正多，余本意爲校正，仍歸石倉校之，都成善本。春盡日，焯手識。

吳允嘉《後志跋》曰：戊戌首夏廿有一日，往古蕩，祝楊老姊八十壽。舟中與繡谷本參校，譌闕者，俱以硃筆增改。稱善本也。石倉自記。

吴焯《附志跋》曰：此踵晁氏《讀書後志》而作，故并《後志》分爲五卷。《内閣書》稱《前志》别爲一刻，而此二志係七卷。以今考之，第五卷分上下帙耳，實無七卷也。昭德之門人姚應績將《後志》併入《前志》中，衍爲二十卷，馬氏盡採入《通考》。不同者，盖當時槧様各别，流傳互異，學者未可尊馬氏而畧趙氏也。書以質之石倉先生。戊戌清和繡谷焯記。

讀書敏求記四册

國初錢曾撰。

吴焯跋曰：絳雲未燼之先，藏書至三千九百餘部。而錢遵王此《記》，凡六百有一種，皆紀宋版鈔及書之次第完缺，古今不同，手披目覽，類而載之，牧翁畢生之菁華萃于斯矣。書既成，扃置枕中，出入每自携，靈踪微露，竹垞謀之甚力，終不可見。竹垞既應召，後二年典試江左。遵王會於白下，竹垞故令客置酒高讌，約遵王與偕。私以黄金翠裘予侍書小史啟鑰，預置楷書生數十於密室中，半宵寫成，而仍返之。當時所録，并《絶妙好詞》在焉。《詞》既刻，函致遵王。漸知竹垞詭得，且恐其流傳于外也，竹垞乃設誓以謝之。竹垞既重違故人之命，又懼此書之將滅没也，暮年始一授族子寒中。余聞之久也，然知其嚴秘勿肯與。近者校讎諸書，寒閔予之勞，竟許以贈。余以白金一斤爲壽，再拜受之，亦設誓詞焉。嗟乎！書乃天地大公之物也，然有可傳，有必不可傳。正如修丹者既成，人皆可餌，而烹煉之方，非堅精凝潔者弗能守。然猶可傳者，丹之法，而必不可傳者，丹之道。大道在人，非其人莫與，即斯志也已。書之卷末，示我後人。康熙五十六年三月十八日，錢唐吴焯。

又曰：遵王撰成此書，秘之篋中，知交罕得見者。朱檢討校士江南日，龔方伯遍召諸名士，大會秦淮河，遵王與焉。是夕私以黄金青鼠裘與侍史，啓篋得是編。命藩署廊吏抄録，并得《絶妙好詞》。既而《詞》先刻，遵王疑之，竹垞爲之設誓而謝，不以輕授人也。晚年稍稍傳出，江南舊家間有之。余從馬寒中得授此本，惜其字多謬誤，盖當時半宵寫成，未經校對。其間書雖不多，宋版元抄，要皆奇秘，真書林之寶也。吾友敬身丁氏獲此本于石門呂氏，此又從竹垞亡後其家竊録而出，錯誤更多。偶以予所藏本校其大概，尚未盡也。嗟乎！牧翁以十萬金錢購置奇書，而遵王耳聞目見，盡平生之致力，僅載此六百餘種，所謂選其精華，觀者不當以尋常書録視之也。雍正甲辰冬至月廿又六日，燈下書。焯。

又第二册卷尾跋曰：雍正甲辰至月，蟬花居士取禦見溪呂氏明農草堂善本手校。是月小盡。燈下記。

又曰：丙午秋闈後，以趙用亨新刻本再校。

又第四册卷尾跋曰：十二月十日校畢，并呂氏本參勘。付城南丁敬身。焯記。

又曰：明年乙巳再校一過。小年朝石門舟中記。

又曰：又明年丙午，吳興趙用亨已將此書梓行。惜其譌字過多，與之校正，又對一遍，此本中又改正數字。是秋重九後二日。

趙昱跋曰：是本向吾友丁敬身借鈔，有繡谷手校記語。譌謬處十正八九。聞石門袁舒雯家藏善本，俟再取校之。甲辰除夕，小山堂錄考畢。谷林。

吳城跋曰：此書向爲曝書亭藏，有鈔本，珍秘不出，先君子以重價購得之。稼翁晚年力不能守，元鈔宋槧，雨散雲飛，而此書遂流落人間。吾友趙君用亨爲刻之於吳興，卷端冠序一首，借先友傅編修玉笥之名。傅不知也，偶於書肆中見之，大怒。且以「舊史官」三字爲犯時忌，徧告當時，欲毁其版。幾允所請，賴先子解紛得寢。然用亨亦因此愧憤不復刷印示人矣。信乎，古今典籍，傳與不傳，蓋有一定之數，不可強也。乾隆丁巳小除日，錢唐吳城記于瓶花齋。

吳玉墀跋曰：絳雲一炬，秘本不可復見。遵王著《敏求記》一書，後人賴之以考證。天水鎸版行世，爲功典籍匪淺。當時不乏文人，必借玉笥太史之名，以弁其首。較之題碑祝嘏不猶愈乎，玉笥翁何亟亟於求毁耶？亦可謂不愛沽[二]名者矣。小谷跋。時甲申臘月既望，燈下。

朱文藻曰：此書抄本。小山堂從丁瀧泓借鈔，其後繡谷亭藏本覆校三次，改抹之處，此本未經是正。乾隆丁亥八月一日，主人從甌亭先生借得，屬余重校，三日而畢。向所未經是正及疑譌標識者，悉加改正，凡百餘字。是本洵完善矣。

〔一〕「沽」原作「古」，今據《虞山錢遵王讀書敏求記校證》附録改。

金石録三十卷

宋趙明誠撰。

卷末朱筆跋云：甲子中秋月，寒鑑樓閲畢，無善本校勘，正其脱誤，展卷鬱然。吴興金玉生。

姚世鈺墨筆跋云：右趙氏《金石録》三十卷，卷首有印記，知爲曹氏古林舊抄本。古林多藏書，尤富於金石文字，號稱賞鑑家。然如此本訛字最多，詈不一校，何歟？嘗見何義門先生跋新刻《蘇子美集》云：「近人讀書，但備數而不求善本，雖倦圃、竹垞猶不免。」觀此逾信。姚世鈺記。甲子中秋。

又云：新城王尚書稱章邱大司徒謝傐敏公刻《集古》、《金石》二録，惜江南未見流布，無從購蓄也。世鈺又書。

藏書題識卷二

子部

王充論衡三十卷

明程榮校。

卷末墨筆序畧曰：其文已殘闕。充字仲任，著《論衡》八十五篇，二十餘萬言。既作之後，中土未有傳者。蔡邕入吳會，始得之。恒秘玩以爲譚助，故時人言嫌伯喈得異書。或搜求其帳中隱處，果得《論衡》，抱數卷持去。邕丁寧之曰：「惟我與爾共之，勿廣也。」其後王朗來守會稽，又得其書，及還許下，時人稱其才進。或曰：「不見異人，當得異書。」問之，果以《論衡》之益，由是遂見傳焉。流行四方，今始千歲。撰《六帖》者，但摘而爲備用，作《意林》者，止鈔而同諸子。吳鄉好事者，往往自守書牘爲家寶。然其篇卷脱漏，文字踳駁，魯魚甚衆，豕亥益訛，或首尾顛躓而不聯，或句讀轉易而不紀，是以覽者不能通其讀焉。余幼好聚書，於《論衡》尤多購獲。自一紀中得俗本七，率二十七卷。其一程氏西齋所貯，蓋今起居舍人彭公乘曾所對正者也。又得史館本二，各三十卷，乃庫部郎中李公秉前所校勘者也。余嘗廢寢食討尋衆本，雖畧經修改，尚互有闕遺。意其謄録者誤有推移，校勘者妄加删削，致條綱紊亂，旨趣乖違。倘遂傳行，必差理實。今研覈數本之内，率以少錯者爲主，然後互質疑繆，沿造本源。譌者譯之，散者聚之，忘者追之，俾斷者仍續，闕者復補，惟古今字有通用者，稍存之。又爲改正塗注凡一萬一千二百五十九字。

學的二卷

不著姓名。

書内夾小簡，其畧云：「前《學的》一書，蒙諭諄諄寄回。時弟又走商之芳谷兄鑒定，以爲元時花箋所印舊板無疑。且收藏印是潘喜曾家藏本。弟貶其值，以一兩一錢得之，明午欲作一友人湯餅會之資，敬歸高齋。」又云：「南樓中所藏《遠山》、《積雪》、《研山》，近聞質在兄處，便中乞賜一觀。以久不見此石，至今往來於心也。」款云：「脊兄先生大人。弟成頓首。」

南華摸象記八卷

國朝張世犖撰。

自序畧曰：余既夙抱痌疾，心悸體尪，禪誦之餘，惟讀《莊子》。因詳爲之釋，共八卷。具見總論。細思之，非講解不明之患，乃模稜穿鑿之患，有負先聖不貴說破之旨。所願大般若人以金鎞豁開正眼，方知此書純以象示象中之意。語不能顯，嘿不能藏，既全象在目，即經文已落圈繢。余所注釋，不過摸足云柱，摸腹云甕，摸尾云帚，摸背云床之一場笑具爾。

朱文藻曰：此書抄本。無夜生平力學，於此用心彌苦。此書惟二本，一爲家藏稿本，一即此本也。宜彌愛之。

元門易髓圖一册

宋郭汝賢撰。字禹錫，號月窟子。苕溪人。

卷末題曰：「苕溪後學，世姓朱，名敏，字子惠。從道改名納，字一中，號紫炎，散號丹霞仙子。」又曰：「仙頂人山繼派悟學，修煉參傳，焚香稽首拜書。時宣德元年□月甲午午時記。」

能改齋漫錄十八卷 吳石倉抄本。

宋吳曾撰。字虎臣。臨川人。

吳石倉跋曰：此書從繡谷借録。其阮亭先生一跋，暨尺鳧自識四則，皆考據詳悉，故並録之。

石倉自記。

吴尺鳧識云：此書中所載詩文，頗有可爲本集拾遺，如南豐《懷友》之類，差可喜。其人□士議論，無足採者，原本出焦弱候家，誤謬最甚。學徒程生雲上俾其兩弟傳録見貽，識其厚意。康熙辛卯秋日，焯書。

又云：聞之毛丈斧季云：「此書從秘閣抄出者，本缺首尾二卷。焦弱候家所傳本，遂以第二卷分作兩卷，第十七卷分作兩卷，其實非完書。倦圃與竹垞皆不知也。」幸聞所未聞，炳燭記之。焯又書。

又云：所著雖小書，安有開卷即辨論「樓」、「羅」二字一道，即顯然可知爲闕佚，不特失却序引也。焯又書。

又云：趙景和《雲麓漫鈔》云：「曾于秦益公當國時，上所業得官。紹興癸酉，自敕局改右承奉郎，主奉常簿，爲玉牒檢討官。秦薨，不敢出。其第十九自稱『不樂京局，且不能委曲時好，恐以罪去』。以此惑後人。」據此則其人乃咸陽之下客耳。既云有第十九卷，則即十八卷皆有，亦非完書也。壬辰二月焯又書。

朱文藻曰：此書二部。一爲吴石倉抄本，一爲小山堂抄本。今阮亭跋已蠹蝕不全。阮亭跋之前，别録周煇《清波别志》一則，亦以蠹蝕不録。

吹劍録

宋俞[一]文豹撰。

朱文藻曰：此書小玲瓏山館抄本，蓋揚州馬氏之書也。序前題云：「此編已刊行，板留書肆，不可復得。因删舊添新，再與續集並刊。」今此書一册不分卷，不知所謂續集者在其中否耶。案：知不足齋有范欽手鈔《吹劍録外集》，序稱續三爲四，以驗其學之進否云云。知范氏所録是第四集矣。欽有手跋云：「借之揚州守芝山，録之，四日而就。」計其書五十葉，四日録畢，亦云勤矣。行書精妙，令人觀之不忍釋手，既爲吾友所得，不能割愛也。附記于此。

[一]「俞」原誤作「余」，據《中國叢書綜録》改。

静齋至正直記四卷

元孔行素撰。自號闕里外史。

歸有光跋略曰：余恬于世味，雅好流覽。一日過别業，得是編於鄉塾學究家。按其書[二]至正間舊物，歷世綿遠，已不免有磨糊脱漏之患，因攜歸。袖而讀之，乃知是公本洙泗苗裔而流寓平陵，家世奕葉簪纓，非編氓白屋之比。顧其時丁勝國末造兵燹猬興，人無寧宇，於崎嶇避地之際，備得人情物態之詳。筆諸簡牘，久而成編。雖其文未雅馴，而持己處家之方，貽謀燕翼之訓，亹亹乎有當于道。誠舉而體諸身心，見諸行事，即進而並于古人不難。余故喜而手録焉。且爲訂其舛譌，以俟付之剞劂，以廣其傳。

又題曰：孔齊，字行素，號静齊，曲阜聖裔。随父居溧陽，後避兵四明。父字退之，曾補建康書吏。

［一］「書」下原衍「舊」字，據《善本書室藏書志》改。

輟耕録三十卷

明陶宗儀撰。字九成，號南村。天台人。

朱文藻曰：此書有二部。一爲萬曆戊寅華亭徐球取友人楊氏所刻，校正缺雜數十版，序而行世。中有抄補一册，朱筆小字，是吳石倉所注。末有成化己丑彭瑋跋，并毛晉跋，共三葉，亦石倉所寫。一爲萬曆甲辰王圻序而重刻，增多孫大雅序、《送陶九成東歸詩卷》、《歸棹發秋江圖》，是皆可存也。

冀越集記二卷 鈔。

元末熊太古撰。豫章人。

朱文藻曰：此書抄本。案：自序作於至正乙未，而卷中有云「遼、金猶力戰而亡，我朝棄宗社，幸沙漠本根已喪矣」云云，則是乙未以後矣。

格古要論十三卷 刻祇五、六兩卷，餘俱缺。

明曹昭撰。字明仲，雲間人。

卷末墨筆跋云：嘉靖乙未夏季得於武林道中，是日甚暑，覽之不覺清凉。月泉。

識遺十卷

題曰「嘿耕羅璧，字蒼甫」。

吳岫跋曰：考據確而精，論斷審而正。記載書絕高品，故宋元著述家多援引之。然傳寫日久，間有亥豕脱亡，欲借一善本訂之，遍索不得也。岫藏篋中六十年，不輕以借人。隆慶三年，姑蘇方山吳岫識。

末有朱筆跋云：梅雨初霽，破工終日，用朱墨校勘。然闕疑鎮多也。惡熱逼觸，大不可奈。即呼燈同欒城先生作《送梅詩》以解之。雍正乙巳五月二十有一日，意林識。

又墨筆夾籤云：丙午養月，得新安西亭汪氏善本，羼入題語一節，疏注三條，庶幾完足。邢子才一適，復思矣。時叢桂褪胞，辛香初襲，覺筆硯間秋意可人。□載讐。

朱文藻曰：案羅璧，未審何時人，而卷中已載德祐北狩事，恐吳岫跋稱宋元人多引之者，譌也。姑附元人之末，俟再審定。

勿菴曆算書目一卷

國朝梅文鼎撰。字定九，宣城人。

朱文藻曰：此書抄本。按《目》中所載書凡八十種，計曆法書五十八種，算法書二十二種，曆算之學備于此矣。著書之富，亦蔑以加矣。

農書三卷蠶書一卷於潛令樓公耕織二圖詩一卷 抄。

萬作霖跋曰：聖祖仁皇帝南巡時，江南人士出其藏書進獻者甚多。内有陳旉《農書》、秦觀《蠶書》、於潛公《耕織二圖詩》三書，皆宋版也。奉敕合爲一編，付内廷收貯。按：三書，積書家罕有著錄者。樓公《耕織二圖詩》，《說郛》亦止載其目，其文闕焉。

今上御極之二年，特詔儒臣纂輯農書，欽定書名曰《授時通考》，以明我朝敦本務農之至治，昭示來兹。司寇涇南先生董其成，因請出是編，俾與事者采輯。余時適寓先生齋，得與觀焉。夫農蠶之事，古來著述紛繁，瀏覽難竟。是編卷帙無多，提綱挈領，已得十之六七。而樓公《耕織二詩》，閭閻疾苦情狀畢具，若聚億萬農夫紅女于寸楮中。三復吟咏，令人太息不置。遂捉筆抄録，閲日告跋。昔祖懷先蓼公曾令於潛，民風號稱淳樸，豈樓公遺澤猶未泯耶？今讀其詩，惻然循吏之言，真可云洞悉民隱矣。凡爲民牧者，宜各置一編于座右。乾隆三年戊午秋七月望日，荆溪萬作霖甘來氏書并識。

又曰：樓公孫洪跋語未載公名。按：樓大防鑰《耕織圖後序》云：「高宗皇帝紹開中興，備知民瘼。伯父璹時爲於潛令，念農夫蠶婦之作苦，究訪始末，爲《耕織二圖》。耕，自浸種以至入倉凡二十一事；織，自浴蠶以至翦帛凡二十四事，爲之圖，繫以五言詩。賜對之日，遂以進呈。玉音嘉獎，宣示後宫。」又按：宋濂《題耕織圖卷後》云：「宋高宗時，四明樓璹作《耕織圖》上進。今觀此卷，蓋所謂《耕織圖》也。逐段之下，有憲聖慈烈皇后題字。皇后姓吳，配高宗，其書絶相類。豈璹進圖之，或命翰林待詔重摹，高后題之耶？」向以此書世所罕覯，或疑爲大防作者。同寓張子崑喬考訂確據之，故并識之，作霖再筆。

朱文藻曰：此書小山堂京師抄本。憶往歲，長水香樹翁書來索樓公《耕織圖詩》，時儲藏書籍，未經細編，乃與主人徧求無得。《圖書集成・耕織部》中亦未備此詩。今觀諸序跋，方知此書從秘府抄出，人間流傳絕少。卷中楷法醇古，尤可珍也。

丹魚譜一卷

明陳子經撰。字引川，杭人。

卷末題云：天啟辛酉仲春，新安李氏惺我錄。人間流傳蓋無幾矣。

蟹畧四卷

宋高似孫撰。字續古。

卷末題云：澤國風霜後，漁郎網罟前。波濤愁欲避，朝野急於賢。螃蟹無能事，鱸魚不值錢。須知畢吏部，不讓季鷹先。嘉靖十年歲次辛卯閏六月吉，姑蘇金閶柳僉錄畢《蟹畧》，作此詩志後。

負暄野錄二卷

不著姓名。

王東跋曰：右《負暄野錄》一帙，莫知何人所述。其發明古今碑刻及諸翰墨法，又附以文房四寶之評，蓋博雅之士也。先君碑茅雲山草録，而不及楷謄，遂致紙板散亂。至正七年五月初吉，梅雨連日，因理故書而輯之。

俞洪跋曰：陳櫄與范石湖、張于湖、姜白石同時。

又失載姓名。跋曰：《説郛》中有《負暄雜録》二卷、《補遺》一卷，爲宋崑山蘭谷顧文薦撰。此名野録，亦宋陳櫄撰。與張孝祥、姜堯年同時，别是一人。「負暄」二字亦偶同耳，讀者當自知之。

衍極五卷

題曰「莆田鄭杓子經述，劉有定能靜釋」。

卷末題曰：癸卯正月借章明遠藏本手抄，竣于五月四日。中多譌字，未及盡訂，當俟别本。

廣川書跋六卷

宋董逌撰。

末有朱書云：「添改廿，剔去二字。」又墨書云：「戊寅秋季，以青銅錢百廿文得之。己卯初冬以武林舊抄本校。」

苦瓜和尚話語錄一卷

不著姓名。

張沅跋曰：宋王孫趙彝齋者，其品峻絕千古，其畫妙絕一世，品不以畫重，而畫益以品重也。宋亡，隱居廣陳鎮，山水之外，別無興趣。詩酒之外，別無記託。田父野老之外，別無交契。孤昂潔肅之操，如雲中之龍，雪中之鶴，不可昵近者也。乃今之大滌，非昔之彝齋乎？其人同，其行同，其履變也無不同。蓋彝齋之後復一彝齋。數百載下可以嗣芳徽，可以並幽躅矣。兩先生之隱德，吾知頡頏西山之餓夫固然耳。且其浩浩落落之懷，一皆寓于筆墨之際，所謂品高者韻自勝焉。觀大滌子論畫，鉤玄抉奥，獨抒胸臆。文乃簡質古峭，莫可端倪。直是一子，海内不乏鮮人，當不以予言爲河漢也。雍正六年戊申秋七月，巘邱生張沅書於江上之畏廬。

南宋畫院譜二册

國朝厲鶚撰。

自序曰：宋中興時，思陵幾務之閑，癖躭藝學。命畢良史，開榷場收北來散佚書畫，而院人粉繪。往往親灑宸翰，以寵異之。故百餘年間，待詔祇候，能手輩出，亦宣政遺風也。顧李唐以下所作，如《晉文公復國圖》、《觀潮圖》之類，託意規諷，不一而足。庶幾合于古畫史之遺，不得與一切應奉玩好等。余家古杭，每樂稽諸人名迹。考《夢粱錄》、《武林舊事》等書，姓氏存者寥寥，豈以其畫院少之歟？暇日因據《圖繪寶鑑》、《畫史會要》二書，各如干人，遍搜名賢吟咏題跋與夫收藏賞鑒語，薈萃成帙，名曰《南宋畫院譜》。自愧家乏秘册，見聞狹陋，幸好古君子之助我焉。康熙辛丑小雪日，錢唐厲鶚書。

南宋畫院錄八卷

國朝厲鶚撰。

朱文藻曰：此亦厲氏手稿，即前書次第錄之。有二册，一册卷一、卷八，一册卷二之七。添注繁蕪，尚非清本。余嘗借得鮑渌飲精校本携來，思一重抄而不獲，竟歸之矣。兩書外間傳本絶少，當珍護之。

張米菴直蹟日錄三卷 舊抄。

明張丑撰。

吳焯跋曰：「庚子九月，在禁苑佛廬觀終此卷。又《碧鷄漫志》祝京兆寫本，與《説郛》畧不同，皆非能事勘定，自不足據，俟檢錄書時核一遍，當不可少。二十三日繡谷手書。」又曰：「張丑，字青甫，號米菴。玉峯人。又字廣德，崇禎朝人。」又曰：「米菴《清河書畫舫》頗稱淹洽。此係續錄，皆從目所見者，詳諦審慎，非比他著錄家游光掠影之譚。冬十月朔日，仍徙居禁城朝陽門西席氏之廬，再記。」又曰：「後三年癸卯夏四月，從石門呂氏得《清河書畫舫》抄本，凡二十。繡谷再記。」

冰鑑七篇 附《印史》末。抄本。

不著姓名。

姚首源跋曰：予家有《冰鑑》七篇，不著撰人名，宛似一手。世無刻本，恐其湮沒，故錄之。觀人之法，孔有焉廋之辭，孟有眸子之論。聖賢所重，吾輩其不可知乎？此編固切于用，非同泛書，亦兼賞其文辭云爾。

稽神錄五卷拾遺一卷

南唐徐鉉撰。

朱筆跋云：「錄畢校一過。原本爲嘉靖間句吳姚舜咨抄本。頗有魯魚處，尚擬覓別本勘之。壬寅清和日識。」卷首墨筆題云「照宋本改正」。

後有朱筆跋云：「右《稽神錄》一册，予往歲從家仲借得本也。近又從錢遵王借得一本，其中章法，間有不同，蓋知是兩本。」以下云云，近邊裝訂，不能詳録。

麈史三卷 精抄。

宋王得臣撰。

卷末跋曰：《麈史》三卷，通計一百十葉。原刻本字多舛誤，今録此本藏于家。其間可證者改之，可疑者缺之。時嘉靖改元五月十日抄起，至十八日録竟。「鋤」、「耒」、「耜」三子皆出痘方愈，柳僉志喜。

又曰：右王彦輔《麈史》三卷，序云於政和五年，所述東都舊事爲多。原書爲世廟時郡人柳大中家物，自慶元刻本摹寫，差譌特甚。亡友朱又安購得之，余假歸，隨闕隨正，凡改定數百字，疑者闕焉。逡巡踰期月，至今年仲夏，乞容所馬君繕寫，未遑重勘。今日晚涼，手調鉛黄，偕馬君對校，塗滅譌字，爲淨本矣。柳歸朱氏。嗚呼，又安之墓，宿草已平，遺書還鴟，空爲掛壠之劍，可勝歎耶？甲申七月立秋前四日丙戌朔旦，震澤葉奕記於虞山之覃思館。

又曰：又安諱明恭，吳縣之洞庭東山人，世與予同里。又安爲人，幼而木訥，口不能道詞。成童操觚，稍業制舉。弱冠折節讀書，好古文詞，蓄書聚百餘卷。集金石刻、漢唐碑碣數十帖，繙閲撫覽，忻忻如也。旅食虞山，居止與余相接，問字析義，移日忘倦，時有所獲，手以賞録，蓋余忘年友也。

先是又安娶姜，舉子，彌月卒。踰年，子又卒。又安悲悼，遂不起。時年二十一歲，崇禎十六年十一月也。閱月其父母卜窆於虞山之西麓。予前罹鼓盆之戚，寢門之哭不暇。今校此編并識哀於卷尾云。林宗。

又曰：此書爲從兄林宗所藏。跋尾馮定遠代書，今轉爲宗弟勷虞收置。校之毛氏刻本，此爲勝也。時康熙八年春季，洞庭葉萬識。

括異志十卷

宋張師正撰。

末題云：「正德十年歲次乙亥仲春癸丑日長洲俞約齋錄。」「隆慶六年歲壬申正月二十四日，買樂稿南書鋪。穀記。」

青瑣高議前集十卷後集十卷

宋劉斧撰。曰：「此《翦燈新語》前茅也。如此鄙俚而能傳于後世，事固有不可解者。阮亭書於京邸匏墨齋。」

雜志二卷

宋江鄰幾撰。

題籤云：「宋板校正。」卷上首葉題云：「玉峯菉竹堂珍藏。」末題：「崇禎壬午年，下學齋抄藏。」下末葉朱題云：「重九酒後，燈下校過一次。」又朱跋云：「此書崑山葉氏家藏本。乙未得之書賈，缺後四頁。至冬借毛氏宋本校過，照宋補足。墨改者皆文莊公手筆也。雖經數閲，終非完璧，不知何日再得補足也。」又墨題云：「丙戌春三月，重閲過一次，又補四頁。」前題云：「補缺四頁，照宋刊。玉峯下學齋補録。」後題：「崑山葉氏家藏。」末葉朱跋云：「乙未冬，用價一星買湖州書賈。借毛氏本校過，一一改正，尚未全備，俟有善本，再校可也。新安慶曾識。」卷首首葉墨題：「三月暖風穀雨天，踏青少婦失花鈿。露汗透塵漿濕襪，多少騷人醉眼看。」後有朱跋云：「此葉文莊公踏青詩也。先輩筆迹，得者寶之，勿遺失此頁，以識不知者。」慶增書後葉，朱書補録七條并跋云：「按《文獻通考》，江鄰幾《雜志》三卷，又名《嘉祐雜志》。明時會稽商氏刊之《稗海》中，前後銓叙失次，其間魯魚帝虎，謬戾殊甚。今年秋，友人自甬上至，攜范氏天一閣舊抄，有《嘉祐雜志》一册，亟假以歸。視余架上抄本，江鄰幾《雜志》分上下二卷，與《文獻通考》不合，雖從宋刻校正，殆非宋時原本矣。然是本既從崑山葉文莊公菉竹堂傳抄，又爲新安孫慶曾氏補訂，屢費丹鉛，尚多譌舛，洵乎藏書之難也。范本亦非完善，燈下閲盡，偶有遺亡，輒録之紙尾。時又得高似孫《剡録》、梅安居《梅磵詩話》數十百種，生平快事不多遇也。雍正壬子長至後二日，匆藥記。」

暌車志

宋郭彖撰。字伯象。何儋然序作德象，費袞序作次象，自序作佝象。

趙匆藥跋曰：按《文獻通考》，《暌車志》五卷，知興國軍歷陽郭彖次象撰。此書吾友人從朱氏曝書亭借鈔，後有續添，又有何澹然序、費補之跋、郭次象自序各一首。每事列有標目，卷帙分明，殆是宋槧原本矣。明會稽商氏嘗刻之《稗海》中，序跋皆缺，標目亦刪削不存，合併續添，增爲六卷。其間脱落譌謬，又凡幾許。刻書書亡，斯言信然。取校一過，悉爲補足，稱完善，亦快事也。癸丑冬十月乙卯，匆藥記。

夷堅志十卷

宋洪邁撰。

朱文藻曰：此書明呂胤昌重刻。案：《宋史》作甲乙丙志六十卷，丁戊己庚志八十卷，《通考》作甲至癸二百卷，支甲至支癸一百卷，三甲至三癸一百卷，四甲四乙二十卷，大凡四百二十卷。今此本併省爲十卷，各以十干編集。而甲集有序，殘缺。序中稱支甲云云，要是數種中之一，其非全書面目明矣。甲乙己三集抄補，中有朱墨評語，筆迹俱佳。

研北雜志

後有朱跋云：「此書原簽記『谷易繕寫，柘湖手校』。谷易未詳何人，而筆殊妙。柘湖則何柘湖也。卷首有《項藥師圖記》，歷數名家收貯，而後乃入辟彊園，亦不偶矣。丁酉長夏校及附志，武林外史。」

又朱跋云：「丙申七月，借張親家超然藏本校。後有武林外史跋，并錄。新安慶曾識。」

又朱跋云：「乾隆癸亥冬月，錢唐丁敬手校一過。」

清溪暇筆二卷

明姚福撰。

末有跋云：「《清溪暇筆》見于伍氏所刻者，逸其大半。甲寅歲偶得抄本，因備錄少城茅齋，亦以爲博洽者之一助云爾。孟冬十月錄完，廼題其後。」

太平御覽一千卷目錄十卷

宋李昉等撰。

朱文藻曰：此書活字印本。按：黄正色序稱閩省梓人用活字校刊，纔印其十之一二，閩人散去，浙人倪炳鋟諸棃棗。若是，則活字本非完善矣。今余所見板本，惟杭太史堇浦家有之。小營巷孫氏所藏，是活字本，與此本同。然則活字本者，仍是全書，而行世較廣。黄序云云，未詳何故也。此本舊缺十卷，又零星缺佚，計百四十餘葉。乾隆戊子，吴丈西林館于東軒，以未經寓目，索插架觀之。病其字句訛脱難讀，錯簡甚多，遂借杭氏板本校讐。其脱謬處更甚，乃旁考引用諸書之現在行世者校正。亦間有兩本不同者仍之，尤喜因此得見古本面目。其他有可以意會者，朱書改補，雖未必盡合原本，取其大意無悖，粗可誦讀而已。終年校畢，缺卷則余爲補抄。又借得孫本增抄。缺佚僅三十餘葉，無從更覓。而吴丈與予之用心于此書，爲無負矣。此書與《册府元龜》、《太平廣記》、《合璧事類》並爲宋代所纂輯。彼三書者，今皆有善本，獨此書無人校爲重刊者。然其中引用諸書，大半失傳，吉光片羽，賴以稍存。讀書好古之士，所當究心而玩味之也。往在吴下見朱丈文游，與余言其親串有藏宋槧半部，屢與借觀不獲，因相與浩歎。希世之珍，固宜秘惜，然借得其人，亦何必過吝耶？

古今類事二十卷 影宋抄。

宋委心子撰。

目録後題云：「瞿峯劉壽卿宅今將蜀本重新寫作大字刊行，買者詳鑒。」

卷末墨筆跋云：「正德戊辰，在翠雨堂抄完。」下有「閲騷堂」印。

又墨筆跋云：「此書乃吳尚質求售，計二百五十四葉，字畫行款，種種整齊，而序文仿章草，可喜，因購之陶齋，以備披覽。此亦能書好事者所遺留，讀者當寶之。嘉靖庚寅冬十一月二日燈下，吳門袁表識。時年六十三。」下有「袁父邦正」印。

又墨筆跋云：「『閲騷堂』乃陳白陽印。此數字亦類白陽。當是其家藏物，袁得之耳。」下有「又玄子」印。

合璧事類前集六十九卷後集八十一卷續集五十六卷别集九十四卷外集六十六卷

題曰：「前、後、續集，膠庠進士謝維新去咎編，别、外集並建安虞載子厚編。皆宋末人。」

朱文藻曰：案黄正色《太平御覽序》稱，《合璧事類》爲四大部書之一，與《太平御覽》、《册府元龜》、《太平廣記》並著。今考是書，爲宋末所輯，故宋《藝文志》尚未入録。撰人亦係草莽儒臣，成一家言，與《御覽》等書之奉敕修撰者不同。似未可同日語也。

華延年室題跋

〔清〕傅以禮　撰
主父志波　標點
杜澤遜　審定

標點說明

《華延年室題跋》二卷，清傅以禮撰。中卷之末附傅以禮之子傅栻《蒿廬題跋》二十餘篇，又丁震手書陳三立所撰《俞鳴齋先生及配傅夫人墓誌銘》及丁震所撰《華延年室題跋書後》各一篇。清宣統元年俞人蔚排印本。《華延年室題跋》所錄題跋凡百七十餘篇，涉及經史子集各部。各篇題跋詳畧不等，有多至數千言者，亦有不過百言者。大都敍述有次，考辨精詳。由於傅氏于明季掌故頗熟，爲明季諸書所做題跋，多有訂正其訛誤失考之處。《蒿廬題跋》多爲金石題跋，蓋所跋多爲家中所庋之物。書後《殘明大統曆》及《殘明宰輔年表》，後又收入開明書店《二十五史補編》。南明短祚，苟延一隅，藉此亦可得知其涯畧及宰輔之任免。

傅以禮，原名以豫，字戌臣，號小石，後更名以禮，字節子，别署節庵學人。浙江會稽人。道光七年（一八二七）生，光緒二十四年（一八九八）卒。少習舉業不得，後捐縣丞，分任福建，後拔至道員，署福州府事，加銜鹽運使。傅氏好藏書，嗜金石，所儲甚富。俞人蔚謂其：「爲學一以乾嘉諸老爲宗，多識博聞，長於考訂，自歷代典章制度，以及故事雅記、金石譜錄、逸史稗乘，靡不博綜，參稽鉱析其同異得失，而于明季掌故，搜討尤勤。同時交遊若杭州丁丙、湖州陸心源，以藏書雄海内。而會稽趙之謙、李慈銘、仁和魏錫曾、祥符周星詒，又皆一時方聞之彦。公與諸子方駕聯鑣，郵問往來無虚日。每得珍槧佳本、秘笈精鈔，輒彼此餉遺，互相賞析。由是所見益富，而考證亦精。」傅氏嘗總纂閩刻本《武英殿聚珍版書》之校補增修，並代撰《欽頒武英殿聚珍版書閩刻本》增補説明，備述增補之始末，但事後並未見用，藉此書得以保存。又纂輯《明史附編》及《明史紀事本末補》。後經咸豐間太平軍之變，所搜討之百餘種野史及未竟之稿都已散佚。傅氏交往頗廣，其間不乏藏書之家。著名的明鈔本《北堂書鈔》即緣傅氏之介，由周星詒書鈔閣歸吳門蔣鳳藻秦漢十印齋。

傅氏多識博聞，長於考訂，故所撰題跋，盡彰其文獻學之功力，頗資借鑒，嘉惠後人良多。如所跋《粤行紀事》，指出是書本名《粤行小紀》，他書又有作《粤行紀程》、《粤中紀事》及《粤行紀》者，實即一書。書之刊刻流傳，有鳩占鵲巢者，致眞正撰者淹没無聞。如所跋《宋稗類鈔》，指出此書眞正編者乃李書雲，而非金壇潘永因，亦因《四庫總目》以訛傳訛。其在《聖安皇帝本紀》跋中，指出是書有兩個版本，一爲其所跋之二卷本，一爲《荆駝逸史》所載之六卷本。其所跋《藏園九種曲》，謂藏園之曲，原本十二種，自袖珍本出，惟九種盛行，其餘三種，遂不復睹。傅氏諸跋中，亦涉及辨僞，如以書中言論與撰者身份不符，辨《行在陽秋》非劉湘客所撰。另如《南渡録》跋文，指出此書有涉嫌諱，未曾槧版，書賈因其流傳不廣，雜刺野史，並割《也是録》舊序弁首，假託是書。傅氏諳熟明季掌故，故于明季諸作，多能糾其訛誤失實之處。如《青燐屑》跋文，有訂《繹史》之誤處。其在《三垣筆記》跋文中，指摘此書有抄襲他書之嫌。《平吳錄》跋文中，亦指出此書失考之處。《甲申以後亡臣表》跋文中，多有指摘其不當失實之處。千慮難免一疏，由於當時條件所限，傅氏對於版本鑒定，亦有疏忽之處。如跋《四庫全書總目》，誤武英殿本爲聚珍排印本，亦將《簡明目錄》鮑刻誤爲阮刻等等。如跋《讀書敏求記》，誤以趙孟升刻、濮梁刻、沈尚傑刻爲不同版，其實通爲一版（參《四庫存目標注》）。另如《歷代故事》跋文，悉依歸安陸氏之文，惟字句序次稍異，亦難免有襲取之嫌。傅氏嗜金石，故是書多金石跋文。民國吳隱嘗截取《華延年室題跋》中石刻諸跋爲《有萬憙齋石刻跋》一卷，刊入《遯盦金石叢書》。

此書向無點校本，讀者尋覓不便。今據宣統元年俞人蔚鉛印本標點。偶見錯訛，則於該篇題跋之後附校訂正。明顯錯字及避諱改字，予以回改，均不出校。本書標點工作由主父志波完成，杜澤遜審定。不當之處，敬請讀者批評指正。

主父志波

二〇〇七年十一月

華延年室題跋目錄

卷中

卷下

華延年室題跋卷上

敕撰皇輿表

《皇輿表》十六卷，康熙十八年五月，翰林院掌院學士喇沙里等奉敕撰。四十三年五月，復命翰林院掌院學士揆敘等增修。首有御製初纂、續纂二序，兩次進書表，凡例，職名。職名末列江蘇巡撫宋犖，蓋曾任校刊之役，《西陂類稿》中《迎鑾日記》亦載其事。是編一仿史表，以地繫代，詳書郡縣沿革。首載京師、盛京，次爲江南、山東、山西、河南、陝西、浙江、福建、江西、湖廣、廣東、廣西、四川、貴州、雲南十四布政司，終以朝貢諸國。以《四庫全書總目》未經著錄，故謹識梗概，以爲恭紀。

欽定國史貳臣傳

《貳臣表傳》二十卷，乾隆末奉敕撰。卷首恭錄諭旨五通。卷一爲甲乙表，卷二至卷二十爲列傳。表分六等，以遇難殉節者入甲編上，著有勛績者入甲編中，著有勞績者入甲編下。無功績可紀者入乙編上，曾經獲罪者入乙編中，首降流賊及賊黨降明後投誠者入乙編下。各傳即視此編次，蓋國史館定本也。坊刻併作十二卷，漏載諭旨暨甲乙表。各傳亦先後雜糅，無復甲乙次序。又如乙編上之馬光遠、左夢庚、謝陞、金之俊、房可壯、王永吉、王鐸、梁雲構，乙編中之馮銓、謝啟光，乙編下之衛周祚、龔鼎孳、劉昌、高爾儼、張端、孫可望共十六人，乾隆五十七年奉特旨削謚。此本分繫各傳末，而坊刻亦均遺之。互勘一過，益知舊鈔之足貴。

欽定四庫全書考證

謹案：是書《四庫全書總目》無提要之文，以成書在後之故，爰據《總目》卷首所載乾隆四十一年諭旨恭錄簡端，用識纂輯緣起。考此書體例，本按《四庫》所收經史子集各種，考證異同得失。乃經部載有《易韻》、《增修書説》、《儀禮經傳通釋》暨《續編》、《春秋條貫篇》、《春秋遵經集説》、《中原音韻》、《古音駢字》暨《續篇》；史部載有《季漢書》、《閩學源流》、《水經注釋、附録》、《史義拾遺》；子部載有《小心齋劄記》、《問學録》、《廣治平畧》、《餘冬序録》、《戒菴漫筆》、《廣事類賦》、《玄學正宗》、《簡端録》、《天官翼》；集部載有《瓊琯集》、《雙江集》、《三易集》、《鬲津草堂集》、《哄堂詞》、《後村别調》。共二十八種，皆出《四庫全書》之外。雖其中亦有《總目》附存其目者，究非《四庫》著録之書也。至《政和御製冠禮》即《政和五禮新儀》之首帙，並非另爲一編。《性理大全書》乃明永樂中奉敕撰，冠以「欽定」字樣，係沿襲舊文，未及删削。又如《總目》經部之《方言》，列在史部。史部之《南方草木狀》，列在子部。子部之《名賢氏族言行類稿》、《東南紀聞》，集部之《鄭忠肅奏議遺集》，列在史部。其分隸亦與《總目》時有不同。他若宋葉夢得《巖下放言》，仍舊題《蒙齋筆談》。元鄧深《鄧紳伯集》作《大隱居士集》，並署宋人。明孫承恩《瀼溪草堂集》作《文簡集》。此皆標題偶異，無關宏旨。惟明文徵明《莆田集》作唐陸龜蒙撰，蓋因陸集名「甫里」而訛，已據本集改題矣。

欽定四庫全書總目

謹案：是編於乾隆四十七年告成，由武英殿排印，通行即此聚珍本也。越十有二載，浙江人士感蒙敕建文瀾閣於西湖，頒貯《四庫全書》，既得就近傳寫。而《提要》一書，鈔者尤衆，因共輸資，以《全書總目》並《簡明目錄》刻爲袖珍本，廣厥流傳。時阮文達太傅元適視浙學，曾爲文恭紀其盛。同治七年，廣東書局復就浙板翻雕，其開卷乃署重刊揚州本，殆因書尾恭紀之文，誤認爲阮刻耳。此則聚珍本外有浙本、粤本之緣由也。若《簡明目錄》，向無聚珍排印本，亦惟浙江鮑氏據趙味辛司馬懷玉得館中副墨付梓。其中惟書目大書，餘則雙行分注，視與《總目》合刊者，雖同一袖珍，而行款稍别。既而桐城胡氏虔，以鮑刻既不連《總目》，因採《總目》中附存其目各種，取書目及撰人姓名輯爲《存目》十卷。此則合刻本外又有單行本之《簡明目錄》及《存目》之崖畧也。伏讀乾隆三十九年諭旨，以《全書總目提要》卷帙甚繁，應於《提要》外另刊《簡明書目》，俾學者由《書目》而尋《提要》，由《提要》而得全書，考訂源流，特敕館臣纂輯成二十卷。是《總目》乃《簡明》之祖本，所列諸書應俱一律。而浙刻係從文瀾閣藏本鈔出，則與聚珍本亦應無不脗合。乃取各本參考，非特《總目》與《簡明目錄》時有參差，即《總目》之聚珍、袖珍兩本，與《簡明目錄》之浙刻、鮑刻兩本，亦所載不盡相符。或此有而彼遺，或彼存而此闕。而卷數之多寡，字句之詳畧，更無論已。此本係就豐順丁氏所藏聚珍原印本重鋟，以補閩刻所未備。曾偕孫鹺尹星華，擬共薈萃紬繹，臚敘異同，爲校勘記。以玆事體大，未容草草卒業，謹先據浙本增入諭旨一道，乃乾隆五十五年所頒者。此本印行在先，自不及載。惟《表》尾偶缺諸臣職名，並依浙本補鐫，即此亦足爲各本互異之一證焉。

敕撰天祿琳琅後編

《天祿琳琅後編》二十卷，首有彭元瑞恭識。考前編十卷，已著錄《四庫》，乃乾隆四十年奉敕撰。此則嘉慶初元續纂也。體例悉仍前編，惟以曾經御題者入第一卷，標題「宋版首部」計《周易程傳》、《尚書詳解》、《三禮圖》、《佩觿》、《班馬字類》、《算經》七種、《陸宣公集》、《朱文公校昌黎集》、《釋音辨柳宗元集》。爲少異耳。以成書在後，《四庫書目》未載，故傳本較少。癸未秋日展覲入都，從廠肆借得寫本，謹撮舉大凡，以誌眼福。

欽頒武英殿聚珍版書浙刻本

右武英殿聚珍版書三十九種，一百二十四册，二十函，浙江重刊本也。卷首無總目而有書單，本記各書價值，今藉以考其種數。每種附督撫學政司道等恭紀一篇，後載承刊校對諸臣職名。先是，乾隆癸巳詔以《永樂大典》中散見諸書裒輯成編者，用排字板印行，賜名「聚珍版」，從侍郎金簡之請也。越五載，頒其書於東南五行省，俾所在覆鐫，廣厥流傳。一時承命開雕，踴躍從事。此本而外，曾見江南、福建兩槧。江南本未覩其全，不知共如干種，其板亦袖珍式，視此稍闊。各種亦綴以恭紀特文，乃駢體耳。福建本就原書翻刻，卷帙特侈，今板儲司庫者，尚有一百二十二種之夥。光緒初，當事議以校補之役諉，會經費無出，不果。此本初分三次授梓，故俗有初、二、三單之稱。嗣以初、二單卷帙皆簡，而巨編咸萃三單，前後不稱，於是復加排比，都爲一集。各單之原目知者遂尠，賴恭紀文内在事諸人名姓互有異同，得以辨別其次序。姑以首列之督臣證之，凡署鍾音名者，初單也，其書爲《欽定武英殿聚珍版程式》、《易象意言》、《儀禮識誤》、《漢官舊儀》、《鄴中記》、《嶺表錄異》、《老子道德經》、《海島算經》、《澗泉日記》、《浩然齋雅談》、《歲寒堂詩話》、《茶山集》、《拙軒集》共十三種。易三寶名者，二單也，其書爲《禹貢指南》、《春秋傳說例》、《春秋辨疑》、《帝範》、《傅子》、《農桑輯要》、《墨法集要》、《五經算術》、《孫子算經》、《夏侯陽算經》、《甕牖閑評》共十一種。三寶兼閣銜者，三單也，其書爲《易緯》、《郭氏傳家易說》、《融堂書解》、《絜齋毛詩經筵講義》、《魏鄭公諫續錄》、《麟臺故事》、《水經注》、《直齋書錄解題》、《明本釋》、《雲谷雜記》、《考古質疑》、《敬齋古今黈》、《文恭集》、《絜齋集》、《金淵集》共十五種。重訂後通題第一單，蓋此以爲初編。餘書嗣出，惜時局變遷，從此輟工，遂不逮閩槧之富。而讎勘之精詳，雕造之工緻，則遠過之。時董其役者爲振綺堂汪氏、壽松堂孫氏、大知堂汪氏、知不足齋鮑氏，皆吾鄉藏書家。其書用巾箱本亦仿鮑氏叢書也。不幸咸豐末兩丁兵燹，板本盡付刦灰。今祇零種偶存，即全書亦不可多得矣。夫以斯世罕覯之秘籍，頒布出自内廷，剞劂成於大府，當日固頌爲曠典，後世宜傳爲美談。乃甫歷百年，浙人已不能道其事，間有知初、二、三單之名者，詰以某單共幾種，某書在何單，皆瞠目無以應。以禮深懼先朝盛事之湮沒不彰也，爰就宿昔所得故老遺聞，覼縷述之，庶後之有志收藏留心掌故者，藉此得悉其顛末云。

曩歲辛亥秋試，在都損十金獲是書於廠肆。校刊頗審，惜未能通體清朗。蓋當時分三次付鍥，泊後訖工，而先出者寖漫漶矣。幸刊行在前者流傳較多，購致亦易。嗣覯初印零種，輒博收以備抽换。會得陶文簡望齡手批《侯鯖錄》，其族裔琴子明府燮咸見而乞去，而以是書全部見詒，由是所聚益夥。方擬分别甄釐，裒爲兩本，以最善者珍藏，以稍次者備覽。不意辛酉遭亂，並先世圖籍播散殆盡。事平後摭拾殘賸，友人又從常賣家贖歸十二函，然視舊藏祇十存五六已。今夏權守建州，攜庋行幐，暇日董理，其中鼠傷蟲嚙，爇痕漬迹，觸目皆是。幸各種咸具，尚可輯爲全書。爰擇楮墨致佳者，或數本合併，或逐頁補輯，依舊分裝一百二十四册。考是書頒刻，在乾隆丁酉戊戌間，迄今已逾百稔，即歸余齋亦垂四十年。況以百數十卷巨編，出於沈霾剝蝕之餘，居然首尾無闕，復爲完帙。雖其本不一，而其版則一，較之前人百衲《史記》，大小長短諸刻雜糅者，同一集腋成裘，而論裁縫滅迹，則彼相形見絀矣。裝訖綴筆，不覺以書簏自笑。

欽頒武英殿聚珍版書閩刻本 代

洪維我朝稽古右文，聖聖相承，邁越三代，是以御製欽定諸書昭示海内者，炳焉與日星並耀。高宗純皇帝幾餘典學，復以古今載籍極博，詔中外搜訪遺編，彙爲《四庫全書》，分儲七閣。仁宗睿皇帝因阮文達太傅奏進《四庫》未及著録之本一百七十四種，賜名《宛委别藏》，以補《全書》所闕。仰見金匱石渠蔚然美備，固非宋之崇文、明之文淵所可同年而語已。溯夫四庫館之初開也，以前明《永樂大典》足資採摭，簡派儒臣裒集彙訂，暨世所罕覯秘袠，命由武英殿聚珍版排印，頒發東南五省。同時遵敕重雕者，惟閩中一百二十三種爲最夥。惜歷年已久，屢經修葺，而校勘粗疏，編次淩亂，幾於不可卒讀。故前督部卞、譚二公先後督修，遴傅太守以禮爲總纂，孫鹾尹星華等分任編校。凡書中殘斷及衍奪之處，於正文修補外，復間據他本，輯爲拾遺或校勘記附後，並廣所未備，增刻二十五種。前歲癸巳，毓恩領藩是邦，值書局經費支絀，勉籌巨資，久之乃獲蕆事。適今制府邊公涖任，聿觀厥成，因咨送翰林院國子監及各行省書院，用廣流布。誠以文治光昭，陳編盡出，且幸際我皇上纘緒彌殷，親政以來，特命繙譯世祖章皇帝御纂

《勸善要言》，賞給臣工並轉飭重刊。其有儲藏家呈請代進書籍，無不上邀垂獎。即各直省局刻之書，亦蒙隨時徵取。矧此聚珍本諸種，乃高宗純皇帝嘉惠藝林，欲使天下萬世家絃戶誦者。伏讀乾隆五十五年諭旨，以此各書排印無多，恐有未能全行購覓，曾廑聖念。則今日閩中之重校增刻，永厥流傳，無非仰體先朝，啟牖來學，有加無已之至意，並藉以益擴我皇上繼述隆規於萬一云爾。

又 代

謹案：乾隆甲午五月，詔儒臣彙集《永樂大典》內散見之書重輯成編者，及世所罕覯秘籍，以活字版印行，賜名《聚珍版書》。每種冠以御題五言詩十韻，前繫小序。越三載，丁酉九月，頒發其書於東南五省，敕所在鋟勒通行，用廣流布。一時承命開雕者，浙江刊袖珍本三十九種。江南所刊板式同浙，共計若干，未覯其全。江西亦僅見近刻五十四種。惟福建舊刻一百二十三種爲最夥，即此本也。當時內府排字成書，其字旋即改排他印，所印行者自亦無多。故百餘年來，零種偶有流傳，全帙早所希覯。江浙兩槧又毀於兵燹，幸閩刻具存，且卷帙繁富，即較近日南昌局刻多猶過半。則合諸刻以計之，洵推爲碩果僅存之巨帙矣。惟版片庋儲布政司廨，閩地卑濕，歷年稍多，漸就斷爛。故先後官閩藩者，如吳中丞榮光、陳中丞慶偕、鄧方伯廷枏、潘中丞霨，均不惜巨帑，相繼修補。距今皆甫閱數十年，而殘字脫簡，又復更僕難數。前制府卞公惜是書之缺而不完也，屢以監修事相屬。國正既辱諉諈，且曾三攝承宣，則勉踵前規，責無旁貸。於是檢理版片，集款鳩工，設局會垣。檄傅太守以禮總司其事，並派員分任校對收掌之役。先就閩中搜羅舊槧，或訪諸紳耆，或購諸坊肆，並參證以別本。初校將竣，會今制府宮保譚公持節南來，聽政之暇，詢及是書。以爲讐勘之事，不厭詳審。矧此刻自同治間，修校草率，匪特金根白芨，觸處紛然，甚至有版無字者，亦且不一而足。若非整理完善，奚以昭先朝嘉惠藝林、垂示無窮之盛軌。爰命廣求善本，添設局員，通體覆勘。訪知豐順丁氏藏有當年排印原書，專員航海越粵，往返至再始獲，全假以來。得此依據，補正益多，且較閩刻溢出十餘種。丁本之外，又稽諸各家書目。稱爲聚珍本，而尚有他刻可據者，似亦不應概付闕如。適黃方伯毓恩涖任閩藩，力任籌資。福州府唐太守寶鑑，復移借公使錢以贊成之，遂得一律補鐫。計修校舊刻外新增者，兩次凡二十種。其各本中有篇章缺佚，由傅太守寓書浙江藏書家，如杭州丁氏、湖州陸氏，互相商榷。或錄副以來，或刻，或寄校。若諸種中訪有宋槧元鈔尚存者，亦經輾轉物色，據以更易舊刻。否則甄采裒集，自十餘以至一二篇，附爲拾遺。惟卷帙既繁，校手不一，落葉之喻，在所難免。況其間有灼知其誤，以無所依據，不敢輒改。乃互考其異同，別作校勘記，各綴跋尾，以識崖畧。孫鹹尹星華又成例言十則，並將新舊諸刻，謹遵《四庫全書總目》，按經史子集序列。其有《總目》未載各種，亦依類纂入，重訂目錄，弁諸簡端。凡本非聚珍版之書，前此修版誤入者，則析出別行，另列一目焉。經始於壬辰二月，至甲午季冬蕆事，雖不敢謂聚珍版之書已盡於此，第念在昔排印此書，其全數幾何，未見記載。今於傳刻最多之閩本，又復一再增益。即耳目有所未及，安知他日不有諳悉掌故者博搜而踵增之，則此次校修增補，亦不過前馬之導而已。

尚書注

右《尚書注》十二卷，宋金履祥撰。履祥有《尚書表注》，《四庫全書》已著録。其學朱子之宗傳，加以精究潛思，經史皆有撰述，於《尚書》用力尤深。元柳貫撰《行狀》，稱「先生早歲所注《尚書》，章釋句解，既成書矣」，當即是書。蓋此爲少作，《表注》乃晚年定本。書中解經頗有新義，與舊説迥殊。如以《梓材》爲周公營洛，命侯甸男邦伯之書，移《康誥》首「惟三月哉生魄」四十八字冠之。視《表注》所載詳畧互見。至以「血流標杵」之「杵」爲「鹵」，訓爲「血流地濕」。以「率循大卞」之「卞」爲「弁」，是恭拱之義，當訓爲「禮」。則皆《表注》所無，獨見此書。伏讀《四庫全書・尚書表注提要》有云：「履祥作《尚書注》十二卷，朱彝尊《經義考》稱其尚存，今未之見」云云。當時采訪偶遺，遂不獲與《表注》同登册府。考《宋史・藝文志》、《元史・儒學傳》，均未著録。張金吾《藏書志》僅收殘本六卷，惟崑山徐氏、無錫秦氏藏有完書。此本中有秦蕙田印，蓋即秦氏舊藏也。

毛詩要義

右《毛詩要義》二十卷，宋魏了翁撰。了翁有《周易要義》，《四庫全書》已著録。此書以經及傳箋爲綱，正義爲目，體例與《周易》畧同。卷首目錄後爲《譜序》一卷。經依箋編二十卷，中又分子卷十有七，凡三十八卷。了翁以宋嘉熙元年謫居靖州，取九經註疏，據事别類而錄之，去其繁冗，存其精藴，成《要義》一書。其《易》、《書》、《儀禮》、《春秋》已收入《四庫》。嘉慶中，儀徵阮氏復以《禮記要義》並《尚書》中闕卷進呈。今又續得此種。《周禮要義》，常熟張氏聞有藏本，是魏氏《九經》尚存其七。所未見者，《論語》、《孟子》兩注耳。明萬曆中，張萱重編《内閣書目》，所載《要義》各種，已無《毛詩》。不圖三百年後，宋槧復顯於世，且首末完具，非若《春秋》之中有缺佚，《要義》中《周易》、《儀禮》向係完書。《尚書》所缺三卷，阮氏已訪得進呈。《禮記》所缺《曲禮》兩卷，嘉興金氏藏有宋刻，首兩卷即阮本所缺之帙。惟《春秋》原本六十卷，今僅存三十一卷。洵希世奇珍也。舊爲奉天曹氏所藏，今歸豐順丁氏。瞿鏞《恬裕齋藏書》亦載此書，蓋即從此本傳錄也。

嘉靖本儀禮鄭註

錢竹汀宫詹大昕謂：「黄蕘圃所藏《儀禮注》，小字宋本，每卷末記經注字數。《士冠禮》『建相』，今本誤『建』爲『捷』，此本經注皆不誤。」見《十駕齋養新錄》。暇日詳校各本，元敖繼公《集説》尚作「建」。自明正德陳鳳梧本誤「建」爲「捷」，監本《注疏》、《欽定義疏》、殿本《注疏》，遂遞相沿襲。此本經注皆作「建」，每卷末亦記經注字數，疑所祖即小字宋本。繼讀陳簡莊鱣《經籍跋文》云：「《儀禮鄭注》十七卷，不附《音釋》，每葉十六行，行十七字，卷末夾注經幾字、注幾字。凡『敬』字缺筆，而不避

『徵』、『讓』等字，疑出宋天聖以前本。相傳明嘉靖間，徐氏繙刻宋本三禮，此其一也。」核諸此本行款缺筆，一一脗合，其爲徐槧無疑。續又得《周禮》、《禮記》兩書，板式字樣與此悉同，而陳跋三禮合刊之説益信。蓋同一源出宋槧，故能與小字本無少差異。又《士昏禮》「壻授綏」至「禮也」十四字，監本暨陳氏、毛氏諸刻皆漏脱，張爾歧《句讀》始據石經增補。「弟稱其兄」句，監本、汲古閣、武英殿各本「弟」下均衍「則」字。此本兩處並無脱衍，益徵舊本之足貴。獨山莫友芝《宋元舊本書經眼錄》載：「《儀禮鄭注》十七卷，每葉十六行，行十七字。注雙行，行字同。板心上端右有『淳熙四年刊』五篆字。每卷末悉分記經注字數。一卷首、十七卷尾，並有松雪齋、趙孟頫印」云云。其行款與此悉合，蓋即徐氏祖本也。其書爲夫己氏所得，故其書目亦載之。夫己氏儲藏頗富，半出於巧取豪奪，恐日後不免爲《天水冰山錄》中物也。

夏小正戴氏傳

先族祖給事公《夏小正戴氏傳》四卷，又名《夏小正解》。宋時刻在會稽學宫，重鋟於元至大戊申，再刊於明嘉靖丙午。我朝康熙癸丑，長白納蘭性德刊入《通志堂經解》。道光辛丑，吳縣黄丕烈又刊入《黄氏叢書》。由宋迄今，五經剞劂，第明已前舊籍傳世日尠。而納蘭氏、黄氏兩書，部帙過侈，流布亦不甚廣。是雖著録《四庫》，而專刻闕如，固後人之責也。以禮疇昔家居，曾謀重刻。中更患難，稿本散失。

客冬需次來閩，復從友人假得《經解》、《叢書》。兩本雖同祖宋槧，而黄本又從明刻翻雕，故得失互見。惟卷末所附校錄，兼據惠棟抄本參訂，是正良多。今惠本雖不得見，藉此頗資考證。爰反覆審定，手寫清本，以墨於版。並輯《考異》如干卷，則詳列異同。間有各本皆譌奪者，祇著其誤，不敢輒改，存舊本之眞也。按：元吳萊《存心堂遺集》有是書後序，諸刻向未載及，今併舊跋補入。簡末而以歷代敘錄弁首，用志板本流傳之概。公生平撰述見《宋史·藝文志》者，更有《樵風溪堂集》六十卷、《奏議》二卷、《嘉泰會稽志》作十五卷。《制誥》三卷。又《外制集》、《竹友詩稿》兩種，宋陸游嘗爲序跋，見《渭南文集》，惜久佚不可復覩。公《宋史》無傳，事迹散見李心傳《建炎以來繫年要錄》、施宿《嘉泰會稽志》、張昊《寶慶續志》。謹摭拾遺文、傳畧附後，俾讀是書者，兼得考見公之行誼云。

春秋左傳類編

右《春秋左傳類編》六卷，宋呂祖謙撰。祖謙有《古周易》，《四庫全書》已著錄。此書先列左氏之文，附以《國語》，分別爲十九門。卷首載年表三十，綱領二十二則。年表以魯紀年，而以諸國征伐、盟會諸大事列其下。綱領則雜采《尚書》、《周禮》、《禮記》、《論語》、《孟子》、《國策》、《漢書》及晉杜預、宋呂希哲、謝良佐之説也。《直齋書錄解題》、《宋史·藝文志》、明《内閣書目》所載悉與此合。朱彝尊《經義考》注「佚」。伏讀《四庫全書總目·春秋左氏傳説》有曰：「其生平研究《左傳》，凡著三書，一曰《左傳類編》，一曰《左傳博議》，一即是編。其《類編》久無傳本，惟散見《永樂大典》中，頗無可采。」則是書之佚久矣。今已湮舊籍復發幽光，從此得與兩書鼎足並傳矣。張金吾《藏書志》亦著録，而不分卷數，殆傳寫偶有合併也。

明刻本埤雅

《欽定天禄琳琅後編》所收明槧本與此悉同，惟末卷多「虞山如月樓刊」、「顧氏校本」二墨印。卷首張存序中缺九字，當是刊成後所刓。觀所署年月，「庚」下闕文乃「辰」字，建文二年也。此必革除後有所嫌諱而削之與？序稱僉事林瑜、太守陳大本鳩工刻之。林，字子潤，龍巖人，永樂中任按察司僉事。陳，無爲州人，洪武年任贛州同知，陞贛州知府。皆見《江西通志・名宦傳》。

鐘鼎款識

吾鄉薛氏用敏《款識帖》，宋時本石刻，至明始改而繡梓，有硃印、墨拓前後兩本。我朝儀徵相國據舊鈔重刻，概作陽文。雖橅寫綦工，考訂亦采，然非復法帖舊觀矣。此帙款識二十一字，均見薛書。蓋即墨拓明槧，割截不全本爲之。本不足存，以有郭蘭石廷尉手書釋文，遂爲增重。歲久蠹蝕殘損，爲剪裁綴緝，重付裝治。其間有漏載釋文者，屬廷尉哲孫幼安茂才，依薛書補録，並增目次弁首，用便省覽。

新會陳氏重刊二十四史

古者諸史各自爲書，至宋始以《史記》、《漢書》、《後漢書》、《三國志》、《晉書》、《宋書》、《南齊書》、《梁書》、《陳書》、《魏書》、《北齊書》、《周書》、《隋書》、《南史》、《北史》、《唐書》、《五代史記》爲《十七史》。明毛氏汲古閣本因之，故宋以後闕如。南北監本增《宋》、《遼》、《金》、《元》，廣爲二十又一。我朝乾隆間，詔儒臣校刊全史，既益以劉昫《舊唐書》暨欽定《明史》爲《二十三史》。嗣開《四庫全書》館，又從《永樂大典》裒集薛居正《舊五代史》薈輯成編，一並列入。於是勒爲《二十四史》，頒之學官，版庋武英殿。閱年既久，間有漫漶殘缺。道光中雖嘗修補，而諸史序跋、表文、職名仍未完具。同治己巳，武英殿災，版燬於火，傳本自此益尠。此本爲新會陳偉南虞部焯之校刊。儀部善讀書，好史學，因取殿本全史，重繡諸梓。凡經營十餘年，糜白金六萬餘兩，猶以勘訂未審，秘不肯出。比年始徇同人請，發坊印行。夫當殿本燬後，得此以續其傳，其有功藝林甚鉅。惟原槧考證散附各卷，體例最善。兹刻另匯一編，附全書末，殊不便於繙檢。且所據爲近時拓本，其中缺佚悉仍其舊，讀者病之。謹爲搜訪當時原槧，據以補刻，並總目共增六十餘葉。至《遼》、《金》二史，舊有《國語解》，次《列傳》後，此本另載欽定新編，撤去二史末卷，非復原書之舊，以殿本原删，今亦不復增補云。

前後漢紀

兩《漢紀》共六十卷，附《字句異同考》。康熙丙子，襄平蔣國祥、國祚校刊。剞劂工緻，讐對精詳，後著錄《四庫》者，即此本也。板本旋歸郎溫勤河帥廷極。溫勤作序以記其事，文載《盛京通志》。咸豐甲寅夏，得於越中，迄今四十稔已。中更辛酉之亂，家藏圖籍播散殆盡。此書從故紙堆中檢得，首尾完具。邇來舊槧日尠，況歷刼僅存，尤足寶貴，願後人世守勿失。蔣氏先有馬令、陸游《南唐書》合刻，物色有年，迄未獲覩。此書則數數遇之，殆以在浙開雕，故傳本獨夥與？光緒丙子，在閩中又得明嘉靖中舊槧，屢思合兩本互勘，而奔走一官，卒卒未暇。誦昔人「有福方讀書」之句，爲之廢書三嘆。

歷代通鑑纂要

《歷代通鑑纂要》九十二卷，明正德二年，大學士李東陽等奉敕撰。《明史·藝文志》、《國史經籍志》卷數悉合。《明史》列傳稱：「東陽奉命編《通鑑纂要》既成，劉瑾令人摘筆畫小疵，除謄錄官數人名，欲因以及東陽。東陽大窘，屬焦芳、張綵爲解乃已」云云。相傳當時有燬板之說，故原槧流傳絕尠，重刊者亦祇正德十四年慎獨齋[二]本。乾隆中《欽定通鑑輯覽》，即就此書重纂，增以有明二百九十四年事迹。謹案：《四庫全書總目》有曰：「內府舊藏《通鑑纂要》一書，以其褒貶失宜，紀載蕪漏，因命重加編訂。」是《纂要》內府固有藏本，乃《總目·史部》於明代官書，僅收《續通鑑綱目》，而遺此書。《存目》亦未載及，殆館臣編輯偶疏也。今夏，譚文卿宮保重刻是書於羊城，以初印本寄讀。卷末有《書後》，頗以讐對未能詳盡，冀同好相助是正，免誤後學。意極懇摯。卷六十六中闕二十七、二十八兩翻，特留空白，標明原缺尚有。卷八十一亦缺二十五、二十六等頁，未經拈出，當是漏刻。今亦另增格紙，均備後來鈔補。至跋謂「世無傳本」，則未知明殿版外，向有愼獨齋[二]舊槧。其書傳本甚尠，惟丁雨生中丞有之，見《持靜齋書目》。今遺書藏皮揭陽宗祠，已於《覆謝宮保啟》內附陳崖畧。倘就近借校，並缺頁補刊，庶成善本。

[一]、[二]「愼獨齋」原誤作「獨愼齋」。

明鑑易知録

康熙間山陰吴楚材删節《通鑑綱目》暨《前》、《續》各編，爲《綱鑑易知録》。時《通鑑綱目三編》未出，明代事迹僅據上虞米聖淮鈔本續成《明鑑易知録》十五卷附後。自乾隆中奉詔銷燬勝國野史，重刊《易知録》者，因將「明鑑」撤去，易以「欽定三編」，於是《明鑑》傳本遂佚。伯兄侍宦山左時，購得吴氏原槧，藏之三十餘年，亂後惟存《明鑑》一書。雖紙敝墨渝，而首尾完具。會余纂輯《明史附編》，亟手自裝緝，以備參考。其書所載與《欽定三編》詳畧互見。惟堅主惠帝出亡之説，殊失闕疑之義。蓋當時《明史》尚未刊布，未經論定故也。

所知錄

右《所知錄》三卷《附錄》一卷，明錢秉鐙撰。秉鐙，字幼光，桐城人。唐王時以大學士黃道周薦，授延平府推官。閩亡入粵，桂王除禮部主事，廷試改翰林院，遷編修。《嘯臺集》謂：「秉鐙曾以副都御史兼學士，受高一功、李錦等降。」《鮚埼亭集外編》已辨其誣。兩粵再失，披薙爲僧。旋里後返初服，改名澄之，字飲光，晚號田間老人。所著尚有《田間易學》、《詩學》、《莊騷合詁》、《藏山閣稿》、《田間集》各種。自方苞爲撰墓表，祇稱其氣節文章。朱彝尊《明詩綜》亦僅載里貫著述，均無一語及仕履。人幾不知曾挂朝籍，賴錄中自述綦詳，得悉歷官梗概。然則稗乘野記不特供桑海史料，且爲文獻之徵已。是錄以編年體紀唐、桂二王事迹。唐王始末粗具。桂王則盡四年，其起訖年月與《天南佚史》頗同，《佚史》傳本甚尠，《明季稗史》中之《粵遊見聞》、《東明聞見錄》，實即此書。不知何人析爲兩種，別標名目，詳余《天南佚史跋》。而事較徵實，故黃宗羲亟稱其可信。惜其中尚有失考者。如唐王父裕王名器墭，而誤作「名義」。明代親藩除高皇諸子外，餘皆雙名。其上一字遵祖制，二十字爲世次，下一字則取五行偏旁者，周而復始。即疏屬如靖江一派，亦無單字命名者，其誤一也。通政使馬思理，當王師平閩，詐死潛遁，見《五藩實錄》。後從魯王於海上，官至大學士，卒見《行朝錄》。謚忠宣。見《吳少住文稿》。今錄以爲丙戌八月縊於福州，其誤二也。永國公曹志建，字光宇，溫州人。初爲楚撫方孔炤材官，以功授參將御史。劉熙祚巡按湖南，用爲中軍劄加副總兵，後封保昌侯，晉公爵。見《永曆實錄》。一云鄞縣人，世襲滄州衛官。見《鮚埼亭集外編》，惟謂志建不知何以得起於楚，官至巡按。疑即因巡按中軍而誤，否則右班世職何以或易文階也。二說雖互異，而非草澤出身則明甚。今錄以爲河南流賊，率衆來歸，其誤三也。特茲數端，諸書輒同此誤，殆當時實有此傳聞，遂彼此習焉不察耳。至注中分系詩篇，人亦疑有乖史體，故傳本每多刪削者。不知錢氏本擅詞章，所附各什，尤有關係。祇以身丁改步，恐涉嫌諱，未便據事直書，不得已託諸詠歌，藉補紀所未備。觀例言所稱，或無紀但有詩，或紀不能詳而詩稿轉詳等語，即知其苦心所在，烏得以尋常史例繩之。是錄《明史·藝文志》未載，僅見《培林堂書目》。王士禎、查慎行皆嘗引及之。惟全祖望所撰《題詞》謂錄中多祖五虎，蓋田間翁與劉湘客厚，尤與金堡厚也。其謂金堡所以不死桂林之難，蓋欲收葬稼軒，則可發一笑矣。又述《嶺表紀年》之言，稱「高必正留嚴起恆，是日金堡大約朝臣，共排張孝起。田間亦在其列，堡啖之，以修撰兼御史故也。然則田間不獨以與湘客厚而左袒之，蓋熱中於進取耳」云云。按：五虎之獄金堡本議成金齒，以錢氏論救得改清浪。全氏所稱左袒，當即指此。然錢氏此疏，實出是非之公，未嘗阿私所好，且平居論及五虎，屢著微詞。錄中備載其語，豈全氏獨未檢及乎？至桂林之陷，《錄》但云：「初擬道隱，必死。已而別山死，而道隱僧頗訝之。」已見其上定南王書，請收留守及張司馬屍。詞氣慷慨，乃信其非懼死而逃於僧者也。並未如全氏所云，更不解何以誤記。若夫《紀年》一書，乃桂王時魯可藻撰。魯可藻《嶺表紀年》專毀人譽己。溫睿臨誤據其言爲立佳傳。全祖望並不知此書出自藻手，亦以文飾之詞爲實錄，遂盛稱其品節。楊鳳苞則因書中歷詆瞿式耜，反疑非可藻所撰。蓋均未參考他書，故不知其人之不足重，與其言之不足信。觀《永曆實錄》所載，則其底蘊畢見矣。詳余《嶺表紀年跋》。凡行朝同列，罔弗肆口詆諆，大節如瞿式耜、張同敞尚不能免，何論錢氏？乃全氏於指摘瞿、張各節，則疑其出愛憎之口。至謂明季野史家極難信，見全氏《嶺表紀年題詞》。而於所載錢氏遺事，輒據爲實錄，引爲定評，抑獨何歟？錢氏人品學術久經論定，國史列之儒林，洵足當之無愧。設有賢智之過爲世口實，猶當衆惡必察。況僅出一家私誌，別無佐證，即爲推波助瀾，坐以結黨營私罪案，毋乃厚誣前哲乎？全氏史學極博，尤留意殘明掌故，且及見當時諸遺老，而尚論猶有此失。甚矣！榷史之難也。是錄各卷皆有子目。卷上爲《隆武紀年》，卷中、下爲《永曆紀年》。而以《南渡三疑案》、《阮大鋮本末小紀》附錄於後。其中有大書，有分注。注內散附以詩，又有綴後各條，則另行低一格以別之。第二百年來輾轉傳鈔，不能悉依原書體例，遂致淩雜失次，眉目不清。加以任意刊落，信手奪譌，傳本互異，端由於此。舊藏《荆駝逸史彙刻》三卷，無附錄，僅開卷存詩六首。近借得莊仲求司馬、謝梅如舍人兩家舊鈔，均不分卷。莊本附錄完具，詩則全删。謝本載詩特備，惜卷首闕例言，附錄中少《阮大鋮小紀》。爰合三本參互昚輯，勘誤摭遺。凡大書、分注、綴後之文，悉還舊觀，毋少舛錯，並增目錄一通弁首。另繕清本，仍分三卷。《逸史》本中卷三年三月，今以三年已後入下卷。惟詩中衍奪尚夥，僅就《逸史》所有及顯而易見者點定一二，其餘姑仍其舊。《阮大鋮小紀》末原附《髯絕篇》一首，亦莫由增補，當另求足本。或《藏山閣》、《田間》諸集據以重訂，俾成完書，願與儲藏家共留意焉。

自戊寅秋校定是編，每一繙帋，輒以原附詩什未全爲憾。今夏周季貺太守重來三山，昕夕往還，語及近年獲交桐城蕭敬孚茂才，詞學既博，考訂亦精，藏有田間《藏山閣》集二十卷，寫本勵存。此錄所缺《髯絕篇》，自應載及，爲寓書託鈔。敬孚時客滬瀆，未及兩旬即得覆書，並有另札致余，手寫此詩見寄，亟命侍史錄入卷末。事隔二十稔，一旦補其缺佚，得爲完書，洵晚年一快事也。錄畢，校讀一過，書以志喜。

嘉平下澣得敬孚滬瀆書，郵寄手寫是錄見眎。亟檢藏本讐對，藉以增益是正者僅十餘字耳。此本乃廿年前彙集《荊駝逸史》本，謝、莊兩家舊鈔，一再審定，參互校訂，已較他本詳備。今歲既補全簡末《髯絕篇》，又經此次覆勘，落葉淨掃，從此可稱善本矣。蕭本不分卷，以出敬孚少時繕錄，故別風淮雨差勘。惟首缺例言兩條，末缺《附錄》一卷。其中所附各詩計遺六首，詩注亦間有刊落，獻歲當命侍史爲之鈔補。至書內篇目，卷上爲《隆武紀年》，卷中、下爲《永曆紀年》，《附錄》則《南渡三疑案》及《阮大鋮本末小紀》，乃張石舟穆《顧亭林年譜》引唐王召路振飛拜相事，係《隆武紀年》之文。而標題作《永曆紀年》，已屬舛誤，且以篇目爲書名，疑所據亦殘帙也。足見斯世流傳首尾完具者罕，然則此本尚已。

魯春秋

《魯春秋》一卷，明查繼佐撰。繼佐，字伊璜，號與齋，一號左尹，别署東山釣叟。海寧人。崇禎六年舉於鄉。魯王監國，授兵部職方主事，監鄭遵謙軍。浙東失守，歸里不復出。莊氏私史之獄，嘗連染被逮，以先事檢舉得白。晚闢敬修堂於杭之鐵冶嶺，著書其中，學者稱敬修先生。是書用編年體，紀魯王監國紹興及播遷海上十八年本末。起潞王浙西迎降以原其始，迄張煌言被執以要其終，旁及各路義師洎抗節不屈諸人士。敍次得法，體例極善。其中如章正宸、李長祥皆仕至大學士，朱成功進封潮王，彭遇凱降我朝，官福建巡道，復以興化降明，城破被殺。皆各家野史所未詳，足資考證。卷首有自序，末有門人沈起後序。起，字仲方，嘉興諸生，即書中所稱爲僧東禪寺，法名銘起者也。同時黄宗羲著《行朝錄》，溫睿臨著《南疆佚史》，於魯王末年事迹均疏畧於是。楊陸榮《三藩紀事》誤據傳聞，倡爲成功沉之於海之説。正史亦襲其語，遂成千古冤案。獨是書於壬寅秋九月十有七日，大書監國魯王薨於金門，不特辨沉海之誣。即他書或謂殁於甲辰，或謂殁於庚子，及稱葬介石灣者紛紛，歧説藉此概可訂正已。《海昌備志》載查氏著述十餘種，而無此書。楊鳳苞《南疆佚史跋》臚列明季稗乘，有《魯春秋》兩種，一爲周尊曾撰，一爲戴笠撰。獨遺查氏所著，則其爲世罕覯可知。殆以里中起義，江干拒守，其事附見書中，有所嫌諱，祕不輕出與？吾友丁松生大令，從海昌人士得其手稿錄副郵寄。當百六飈迴之後，以僅存之舊鈔，居然未爲昆明池下物，作者之幸，亦讀者之幸也。

道光中，富陽周芸皋觀察官廈門，訪得魯王墓在金門。後埔爲加封樹，清界址，禁樵蘇，撰文兩通勒石以表之。碑文折衷諸說，亦謂壬寅薨於金門，惟作十一月十三日爲小異耳。錄弁簡端，俾讀是編者得以參考云。

國榷

《大瓢偶筆》載張宗之岱有《明史》一百六卷，當即《石匱書》。

談遷《國榷》一百卷，見《明史·藝文志》。余以搜輯明季事迹，借人閱市，物色有年。客冬，嘉禾張祥伯通守以此二册見貽。一起天啟六年迄崇禎四年，末缺十二月。一起崇禎十六年迄弘光元年五月，中缺十七年五月至八月，約存七卷。考《海昌備志》引陳氏萊孝云：「《國榷》十册，係崇禎、弘光兩朝，冠原序於前，次義例於後。」《持靜齋書目》亦祇存二十卷，失其後大半，似其書久無完帙。然《東湖叢記》云：「談孺木著《國榷》一百卷，傳鈔者僅崇禎一朝事實耳，全書尚存馬二槎瀛漢晉齋，余曾見之。」按：《叢記》成於咸豐丙辰，去今未遠。惟中更辛酉之亂，桑梓揄爲龍荒，恐馬氏所藏不免爲昆明池下物耳。《備志》載有談氏自序，暨所著書目，今並錄入卷首，藉資考證，且備訪求。間嘗論之，著作之傳後與否，其中固有幸有不幸，而亦繫乎人事焉。如《思復堂集》稱：「明季稗史惟談遷編年、張岱列傳，兩家具有本末，谷應泰並採之以成《紀事》」云云。今談書雖未覩其全，而殘篇零簡，傳本尚夥。良由海昌人士留意前輩撰著，互相繕寫，流布不絕。若張氏之《石匱藏書》，則自原稿爲谷氏購去，未聞有錄存其副者，僅據《大瓢偶筆》知其共百有六卷而已。如彼如此，吾越之人能無愧恧乎？

臨安旬制記

《臨安旬制記》二卷《附錄》一卷，錢塘張道少南撰。明末潞王常淓監國事，《明史》諸王表、傳均不載，惟《張國維傳》云：「南都覆，踰月，潞王監國於杭州，不數日出降。」《馬士英傳》則云：「士英請潞王監國，不允。」與張傳自相牴牾。蓋潞王當擾攘中爲諸遺臣擁立，旋即納款，爲日無幾，事不甚著，故諸家野史亦罕及之。張氏因爲此紀，以表章其事。仿編年體，按日繫事，因事附人，排比頗具條理。惜徵引未博，且有失實處。如《劉子全書·附錄·年譜》載劉宗周驟聞福王臨幸，欲趨會城，既知馬士英擁太后抵浙，憤然曰：「士英棄君上挾母后而逃，某恨不手刃國賊，豈涉江而迎之耶？」不果行。《年譜》爲其子汋撰，所記當不誣。是紀乃云宗周偕熊汝霖入朝，且有面責士英語，蓋襲他書之訛，未及考正耳。又如顧炎武《聖安本紀》載弘光元年四月，徙潞王於湖州。王初至杭適海寧，百姓羣訴陳之遴於撫按。王得其揭，偶向布按三司言之。之遴懼，及起官同御史彭遇颽召對，力言當日大臣意在潞王，杭城省會非所宜居，恐有他變，故有湖州之命。是紀僅載王上書請僻靜一郡，而遺朝旨移徙事，亦失之挂漏。他若潞王既監國，拜巡撫張秉貞爲兵部尚書，使治軍，見馬如龍《杭州府志》。南關榷署爲潞王舊邸，見張廷謨《杭州府志》。唐王有與太后暨潞王書，見《黃漳浦集》。潞王所著有《古今宗藩懿行考》十卷，見《明史·藝文志》。更有《韻石齋筆談》、《池北偶談》及近人《吹網錄》所述潞王諸佚事，皆是紀所應采録者，而張氏概未之及。甚矣！著述之難言賅博也。

今秋丁松生大令以新刻寄贈，後增佚事十六則，乃羅椝臣茂才補輯，惜其采摭仍未賅備，因録舊跋遺之。

明史紀事本末

案：徐倬《倪文正公年譜跋》稱：「倬入谷霖蒼學使幕中，命倬同張子壇爲《明史紀事本末》，其於《崇禎治亂》一篇，載公奏疏最多。《紀事》體製每篇俱綴一論，獨於《東林黨議》一篇不復作論，祇綴公數語於其後，以倣司馬遷紀秦以賈誼《過秦論》爲贊」云云。此亦可爲此書非竊之證。又此書尚有《補遺》六卷，藏書家罕見著録，惟吳壽暘《拜經樓藏書題跋紀》載之，云：「舊鈔本《紀事本末備遺》二册，不分卷，亦無序目，撰人名氏截去。[一] 首册爲《遼左兵端》、《熊王功罪》、《插漢寇邊》。二册爲《毛帥東江》、《錦寧戰守》、《東兵入口》。凡六篇。」吳氏舊鈔今歸陸存齋心源，曩曾假讀，録得副本。其書體例全仿谷書，祇篇末無論爲小異耳。觀卷中附注有「詳《流寇之亂》、《崇禎治亂》」等語。此兩篇乃此書中子目，疑爲一書。後以事關昭代龍興，恐有嫌諱，授梓時始别而出之，如鄒漪刻《綏寇紀畧》，特闕《虞淵沈》中、下兩篇，未可知也。以所載皆此書所遺，依此書一篇一卷之例，改題《明史紀事本末補遺》，勒爲六卷。今處不諱之朝，俟得另本校讐，當壽諸梨棗，與此書相輔而行，附識以當息壤。

〔一〕原文脱「氏」字，今據《拜經樓藏書題跋記》補。

平滇始末

《平滇始末》一卷，亦無撰人名氏。據自序知其曾爲滇吏，據書中所述，知大兵平滇時，身在行間，此外則未詳也。其書紀吳逆叛後事迹，與諸家詳畧互見，足備參考。惟所載人名多誤，如總督蔡毓榮作「域熊」，猶字異音同。至以撤藩事屬諸耿繼茂，則並不知斯時襲爵之爲精忠矣。又逆黨吳國貴作應貴，方光琛稱其字獻廷，殆僅據傳聞，未及細核耳。是編暨《吳三桂紀畧》，均從陸儀顧觀察所藏徐非云先生手鈔本傳寫，其中間有譌奪，已據他書校正。先生嘗輯《湖佚》四百餘卷，當時與鄭元慶《湖録》並重。又以編年體搜集明末三藩遺事，爲《殘明書》四十卷，今手稿亦歸陸氏十萬卷樓。

南渡録

映碧先生《南渡録》五卷，紀弘光一朝事最詳核。當時恐涉嫌諱，未敢鋟版，故至今寫本勵存。書賈因其流傳不廣，另從野史中雜剌福王事迹，編爲上下卷，並割《也是録》舊序弁首，假託是書。自此遂有眞贋兩本。今秋爲猶子試事，小住虎林，偶從青雲街坊肆獲覩是編。各卷蠹蝕處頗多，且爲水潦所漬，渝敝幾不可展閱。冬初攜入長沙，客居無俚，手自綴緝，浹旬而畢。分裝五册，卷一卷三内缺數翻，俟覓足本補之。

續綏寇紀畧

此書爲葉夢珠濱江所輯，以續吳書之遺。桑海稗野從未引及，其爲罕覯之笈可知。惜所載衹永曆始末暨川楚滇黔之亂，而於弘、隆、監國三朝事迹，仍闕如也。且書中訛奪甚夥，姑就記憶所及，校正若干，暇日當參考野乘諸書，詳加勘定，俾成善本。

弘光實録鈔

右《弘光實録鈔》四卷附《大臣月表》，一名《弘光實録》，又名《弘光紀年》，明黄宗羲撰。宗羲，字太沖，餘姚人，御史尊素子。魯王監國紹興，授兵部主事，從亡海外，官至都察院右副都御史。學者稱梨洲先生。是書紀南都一朝事，大致與顧苓《金陵野鈔》相出入，而不及李清《南渡録》、顧炎武《聖安本紀》之詳備。其中如許定國降我朝，封寧南王，福王北去，唐王豫以「質宗」謚之，閻典史偕勇士泝江而去各條尤爲失考。然據卷首自序，蓋以《邸抄》爲藍本，故事多信而有徵。以視僅據傳聞出以附會者，終不可同年而語。黄氏所著尚有《行朝錄》，載唐、桂、魯三王事迹。合之此書，而殘明之事畧具矣。此本從丁松生大令所藏虎林瞿潁山良清吟閣寫本傳鈔。原本但題「古藏室史臣撰」，不著名氏，殆當時尚有所嫌諱，不敢顯著其名。今旁證他書，爲之補題。卷四舊闕一翻，俟覓他本補之。

永曆實錄

古《永曆實錄》二十五卷，明王夫之撰。夫之，字而農，號薑齋，衡陽人。崇禎十五年舉於鄉，桂王時以大學士瞿式耜薦，授行人司行人。嘗三疏劾大學士王化澄，幾爲所陷害，會聞母病，間道歸里丁憂，後遂不復出。學者稱爲船山先生。所著有《船山遺書》七十餘種，事迹具國史《儒林傳》。是書卷一爲《本紀》。卷二以下爲《列傳》，於桂王一朝人物事迹臚列頗備，其《死節》、《佞倖》、《宦者》等傳，尤他書所未詳，足補史乘之闕。惟其中進退予奪，則與舊說有大相逕庭者。姑以内閣諸臣言之，其所推重者，瞿式耜外惟嚴起恆，故以二人同傳。若何騰蛟即屢著微詞。吴炳、朱天麟、吴貞毓、郭之奇輩，尤詆諆不遺餘力。王氏乃砥行之士，所言當不妄，亮不至如鄒漪《明季遺聞》，逞一己恩怨，以顛倒是非。或諸臣在當日固不免有遺行歟？至謂吴炳偕劉承允降後始卒，雖與《明史》本傳不合，而其說尚雜見《粤游見聞》、《五藩實錄》。獨所載貞毓死於亂軍之奇，當兩廣陷後遁去復降，則各家紀述從無此說。貞毓爲十八先生領袖，死於密敕之獄，所作絶命詞今尚流傳，並非歿於戰陣之奇。至桂王亡後，始被執至桂林遇害。諸書所載惟時日或有先後，於大節絕無異詞。今乃置諸降附之列，則郢書所以淆信史者，其誣不少。他如馬吉翔，人雖僉壬，顧緬甸從亡，實死呪水之禍。今傳中以爲挾資降北，亦爲失考。總之，是書惟楚粵軍事最爲賅悉，蓋是時王氏方在朝列，又嘗居瞿式耜幕府，非據見聞所及，即本諸奏牘公移，故十得八九。洎桂王由粵而黔，而滇，而緬甸，則王氏已屏迹窮鄉，謝絕世務，所據者僅一二傳聞，遂不免眞譌雜出。甚至密敕之獄，呪水之禍，諸大端并無一語及之，則其他舛訛疏漏，更可概見。讀者知其得失所在，分別觀之，庶不失知人論世之指焉。至書中以「常」作「嘗」，以「由」作「繇」，以「挍」作「校」，以「檢」作「簡」，乃避光宗以下廟諱，即此亦足覘其不忘故國矣。二百年寫本勵存，爲世罕覯，不特《南疆逸史》、《繹史勘本》、《摭遺》、《小腆紀年》各種從未引及，即楊鳳苞《南疆佚史》十二跋臚列明季稗野書目至數百種之多，亦遺此書。此書自曾中丞國荃刻入《船山遺書》，始見傳本。惟各卷每多空闕，或一二字，或十餘字不等，則因語涉嫌諱，不得不爲刊落云。

國史唯疑

《國史唯疑》十二卷，明黄景昉撰。景昉，字太稺，號東崖，晉江人。天啟五年進士，崇禎朝大學士，唐王時起原官，旋引去，家居十餘年始卒，見《明史列傳》。生平著述甚富，尚有《疊韻補》、《古今明堂記》、《宦夢録》、《制詞》、《東崖詩稿》、《鹿鳩詠》各種。是書《福建續志》作十卷。《鮚埼亭集續編》載有題跋，稱黎媿曾見原書，有一尺許，周櫟園許爲之刻而不果。相國歿，媿曾訪之其子如章，云：「經亂散失不全矣。《高雲客鈔》有副本，黎氏《仁恕堂筆記》所載與此畧同，惟「如章」作「知章」，或全跋偶誤也。余從同里范氏鈔之，衹四册，疑非足本」云云。今是編十二卷四册，殆即全氏所云節鈔之本。書中紀有明一代事實，起洪武迄崇禎，逐則臚列。於治亂得失，直書無隱，蓋成書在易代後也。惟無一語及國變後事，其非足本，即此可證。辛巳冬，蔣香生太守得藍格舊鈔三册於榕城坊肆，方以末册失去爲惜。乃不數月，周曼嘉太守忽於常賣家得之以貽香生，遂爲完帙。延津之劍，不期而合，洵快事也！香生擬即授梓，以每册首尾皆缺一二翻，無從校補而止。海内儲藏家當有全本，願與香生同留意焉。

懿安事畧

此篇載德清陳尚古雲瞻《簪雲樓雜説》，標題爲《賀宿紀聞》。按：「懿安皇后」句以下乃陳氏附論，非賀宿原文也。是書偶錄雜説中一則，别《懿安事畧》名目，而以撰人屬諸賀宿，殊爲失實。野史中此類正多，惟在善讀者有以正之耳。

因國遺編

海鹽馬泰榮，字錫之，號秋潯。家居陶涇里，别署陶涇里農。好學，喜儲藏，每覩秘籍，躬自錄副。道光庚子年已七十矣，猶手鈔不倦。亂後其書散出，近從同鄉友人處得見六十餘册。中如《唐宋叢書》、《兩浙輶軒録》，皆部帙甚侈。其餘孤文片記，亦字畫不苟，校勘頗精。因擇其足爲勝朝史料者二十種，並《貳》、《逆臣傳》，以番錢四枚易歸，重加排比，都爲一集，題曰《因國遺編》。附誌馬君行畧於右，以不没其篝燈呵凍之勞。《貳》、《逆臣傳》乃奉敕纂修，且篇頁少繁，另爲一書，不在是籍。

先朝遺事

錢塘梁山舟學士同書嘗跋是書，稱：「孝感程正揆，字端伯，號鞠陵，崇禎辛未進士，榜名正葵，入本朝改名，官至少司空，有書畫名。書爲查梅壑士標所稱，謂其能追險絶也。此册予借觀於湘芷表弟所，並録一過而歸之」云云。觀是跋，則當時少司空手書尚存，此本即從遺墨録出，惜中有訛奪，當訪求原册以正之。少空所著尚有《滄州紀事》，載《荆駝逸史》。

國變録

《國變録》一卷，明吳邦策撰。邦策，字一匡，自號日樵道人，四川拔貢生。是録弘光時即刊行，遂以私撰受累。李氏清《南渡録》載邦策寓都門，目擊闖逆之變，取僞吏部告示并私記藏之髪中，至留都刊《國變録》，分死難、刑辱、囚辱、潛身、叛逆、授官、誅戮七款，臚列姓名。内職方郎龔彝，以崇禎十六年陞辭，而誤刊授職，疏辨，因命拏究邦策。然實彝弟庶吉士鼎也，以字類重出，且數人訛耳，時終以邦策《錄》爲是。按：此事在崇禎十七年七月，越歲南都亡，其果否逮繫不可考矣。其書儲藏家罕見著錄，惟徐氏秉義《培林堂書目》載之，《三垣筆記》、《明季實錄》皆引其語，蓋當時頗重其書云。

粵行紀事

是書向無刊本，自鮑氏刻入叢書，其傳始廣。惟卷首漏載題詞各篇，今據《瞿忠宣集》補入，並錄《蘇州府志》一則附後，以備參考。據題詞，是書本名《粵行小紀》，不知此本何以改題今名，而他書中又有作《粵行紀程》、《粵中紀事》及《粵行紀》者。《蘇州府志》遂兩列其目。楊鳳苞《南疆佚史》足本跋，亦謂《粵行紀》另是一書，皆誤。

琴江雜記

《琴江雜記》二十九則，不署撰人名氏，舊附《所知錄》後，疑亦出田間翁手。書中雜載明末諸忠暨諸遺老行畧，間及元明之際人物。似隨手記錄，未經詮次者。其「吳三桂」條內「延陵將軍」已下，全襲鈕琇《觚賸》之文，一字不易，尤不可解。疑原本引以爲注，傳寫者誤連正文耳。

東南紀聞

《東南紀聞》三卷，不著撰人名氏。《四庫全書》稱所載南北之軼聞，間與他書相出入，疑亦雜采説部爲之。今考卷一「秦檜爲相」、「秦檜久擅威福」、「葉丞相罷相歸金華」各條，卷二「神宗在濮邸」、「淳熙己酉孝宗倦勤」、「吴曦未叛時」、「虞雍公允文」、「中都談相者」、「九江周教授」、「清漳楊汝南」、「淳熙間張氏」各條，卷三「艮嶽初建」、「杭州豢魚者」、「番禺海獠」、「義騶」、「宣和之季」各條，均見岳珂《桯史》，或全錄，或摘鈔，僅字句少有異同。全書雖分三卷，實祗二十七頁，計共八十四則。而其中襲寫他書舊文者，至一十六條之多。則己所撰述者，更寥寥無幾矣。乾隆中館臣從《永樂大典》輯出，固掇拾殘賸而成。惜諸家書目從未著錄，其原本卷帙，遂不可考。

野老漫錄

《野老漫錄》一卷，不署撰人名氏。歸安楊鳳苞《南疆佚史》跋，臚列明末野史，曾及此錄，而亦不詳誰氏所著。考錄中「鄭司寇三俊」條內，有「先兄石麒」云云，則其人爲嘉興徐忠懿介弟。惜名字闕如，末由考見耳。其書記崇禎時朝政疆事得失，亦間及弘光時事，共七十二則，語多平允。如論左忠貞懋第奉使，以不屈膝爲非，歷引富鄭公使遼，洪忠宣使金，俱拜謁成禮爲證，尤能獨見其大。惜當時南渡君臣見不及此也。惟謂惠世揚爲闖賊平章，殊爲失考。查慎行《人海記》引《棗林雜俎》亦載此事。吴江楊復吉校注云：「世揚但不能死難，何嘗爲闖賊平章。闖賊官制止有丞相，以牛金星爲之，並無平章。」其言正足糾此書之誤。

紀載彙編

《紀載彙編》不知出何人手，無授梓歲月，但署「琉璃廠排字本」。就余所見，若《明季稗史彙編》、《明季南北畧》諸書，其標題往往如此，殆以其爲桑海舊聞，未免尚有忌諱之慮。余竊謂不然，夫采薇叩馬諸公，何害應天順人之舉？矧我國家天地爲心，凡明臣之阻兵抗命者，猶且錫謚予祀，褒卹無遺，區區記述之間，更何所用其置避。大哉！高廟之諭曰：「明末諸人書集，其中指陳利弊，爲勝國喪亂所關，足資考鏡。間有一二語傷觸本朝，彼乃忠於所事，不足爲罪。惟當酌改數字，存其原書，實不忍竟從燬棄，致令湮沒不彰。」仰見聖天子恢宏大度，雖吠堯之嫌尚在，蠲除其無違背乖戾之詞者更可知也。然則是編之詭託坊槧，不著姓名，徒令後之人疑其懾於禁令而出此轉，無以彰我朝寬大之治矣。校閱既畢，爰書此以質讀者。

甲子冬日，因點勘《明季稗史》，並是編參校一過，亥豕之訛，視《稗史》差少，閱兩日即畢。至考訂異同，辨證得失，已分署各種卷尾，茲不復贅。

燕都日記

此書所載，如懿安后青衣蒙頭，徒步入朱純臣第，及太子入吳三桂軍中，均係傳聞之訛，不足爲據。惟密旨收葬魏忠賢遺骸一事，爲諸稗乘所未載，頗屬異聞。嘗讀祁門張靜齋侍御請毁香山碧雲寺魏忠賢墓疏，竊疑逆奄身受顯戮，安得易代後尚有遺塚。及閱是書，始知莊烈帝曾有是命，殆即其黨曹化淳爲之營造歟？張侍御名瑗，疏上得旨允行，此康熙四十年事。其疏載《冬夜箋記》、《香祖筆記》。

東塘日劄

乙酉之變，議者訾侯、黄諸君子忠有餘智不足。是不然。諸君子所殉者義也，其餘非所計也。況諸君子即不城守嘉邑，亦終被屠，不以罪倡始惑衆，輕起兵端者，而諉於諸君子可乎？特表而出之。國朝乾隆四十一年，賜侯峒曾、黄淳耀謚忠節。張錫眉、龔用圓、黄淵耀、侯元演、侯元潔均入祠忠義祠。《欽定勝國殉節諸臣錄》龔用圓作董姓，一作童姓。此書《荆駝逸史》、《明季稗史彙編》均收入。三本互勘，是正頗多。《逸史》本分二卷，卷末多《總論》一則，今據以補錄。《稗史》本標題作《嘉定屠城紀畧》，不署撰人名氏，殆《紀畧》乃其初名，後因語涉嫌諱，故改題《東塘日劄》歟？

江上遺聞

記江陰城守者，此書而外尚有韓菼、許重熙兩《紀》，皆謂大兵圍城者二十四萬，戰死七萬有奇，其説殊不足信。考是時貝勒方征兩浙，至城下者僅李成棟、劉良佐所統數千人耳。迨秋後各兵四集，故一鼓而下。要之貝勒並未親至江陰，其圍城之兵，亦斷不及所記十分之二。邵陽魏氏源辨之甚詳，載所著《聖武記》。

閩事紀畧

此書本名《閩游月記》，後有跋語，計二卷，載《荆駝逸史》中。是本敍次叢雜，蓋僅摘録數條，非全書也。計六奇《明季南畧》曾引此書四則。取以互勘，凡校補五十字。廷獻，字修伯，無錫人，天啟丁卯舉人，崇禎庚辰會試下第，特賜進士，官修武縣知縣，見《常州府志》及《復社姓氏傳畧》。據此書自敍，則又曾令閩中歸化也。

安龍紀事

此紀即所謂十八先生之獄也。後二年，晉王李定國竟奉前敕護桂王入雲南，乃贈吴貞毓少師兼太子太師吏部尚書中極殿大學士，謚文忠。鄭允元武安侯謚武簡，其餘贈卹有差。即安龍府建廟立碑大書曰

「十八先生成仁處」，遣官諭祭。我朝乾隆中賜吳貞毓謚忠節，鄭允元等十五人謚烈愍。貞毓，《明史》有傳。

戴重事錄

此篇不知何人所爲，據篇末附識，雖本章傳，實多芟削，卷首仍題章名，誤矣。戴重事迹，明季諸野乘罕有載者，賴有此文，以表彰之。彭士望《恥躬堂詩鈔·感逝詩》注戴重及韓繹祖事畧，惟「通城王」作「通山王」，未知孰是。此書第三頁附注謂：「書中所稱通城王，其人不見《明史》，事迹無考。」按：黄宗羲《行朝錄》載王期昇在太湖，奉簡州知州宗室朱盛徵起兵，始稱通城王，繼稱皇帝。據此通城王乃一時推奉之稱，非先朝封爵，宜乎《明史》之不載矣。

過墟志

卷首蓬池山人跋，以書中所稱王爺，定爲貝勒博洛，此語似尚未確考。是時統兵南下者，尚有貝子屯齊、貝勒勒克德渾。博洛後晉端重親王，勒克德渾亦封順承郡王，安見納劉者必爲博洛也。暇當取《王公功績表傳》一細核之。至書中謂鎮國奉國將軍妻稱「夫金」，滿洲實無此名號，殆即「福晉」之訛。時天下初定，民間未諳朝廷典制，且南北異音，遂誤以「福晉」爲「夫金」云。

辛丑紀聞

魏源《聖武記》謂，國治於江南錢糧之案，羅織縉紳生監萬有二千，凡欠課一二錢者，盡罹法網。後國治雖死滇難，然考三桂反時，雲南按察使知府以下抗節不屈者，三桂皆拘禁不殺。而奉使侍郎哲爾肯等，且賚疏還朝，乃獨首殺巡撫朱國治，梟首徇衆，未必非因其素失衆心，殺之足以爲名也。事後尚得與甘文焜、范承謨並蒙贈邺，倖矣哉！

計六奇《明季北畧》謂明季江南諸生極横，無錫諸生每歲有免糧銀五錢，無田可免者則與之銀，謂之叩散米，待士可謂厚矣。知縣龐昌允因米不時發，諸生杜景燿等約同學逐昌允出城，撫臣止逮五六人革其衿，調昌允於嘉定。時以流寇蹂躪江北，而江南屢饑，故當事姑息如此。迨順治庚子，撫臣朱國治以錢糧奏銷，三吳紳衿多黜。是勢極而反，天蓋有以報之也。

金壇獄案

此書爲無錫計六奇用賓所著，寥寥數葉，似非完帙。考記是獄者，惟姚文僖公文田有《金壇十生事畧》及《重建姚公祠記》，敍順治己亥袁大受之獄，及文僖之高祖，江南按察使姚延著緣坐寃死事。蓋據金壇公是錄及《十官被戮本末》，二書參互考訂，最爲可據，其文載《邃雅堂集》中。維時爲順治己亥，明桂王據雲南稱永曆十三年。朱成功擁兵海上，王封以延平王，遂大舉入犯，破鎮江，圍江寧，凡得府五、州

二、縣二十四。兵退後衣冠之禍大作，各邑以通海獲罪者凡十案，而金壇特其一爾。

明季稗史彙編

《明季稗史彙編》共二十七卷，但題「留雲居士輯」，不署名氏，凡載書十六種。嚮勵傳鈔，道光間始有槧本。自來代嬗之際，私家記述往往易佚厥傳。匪獨兵燹，或爲災也，在興朝亦惡其語而去之。故宋末之《愼海》、《桑海》諸錄，入元旋即散亡，甚至《心史》之函沈諸枯井，《遜國》之記庋諸承塵。此無他，上有厲禁，不敢公然問世也。孰若我國家天地爲心，大公無我。在昔乾隆中，《欽定通鑑輯覽》特存福王位號，比之於南宋偏安，並附載唐、桂二王本末，不斥之爲僞。凡當時抗命遺臣，皆仍其故官，詳其事實，毫無嫌避。於是天下從風，廓然盡除文字之忌。嘉道以來，明季諸野乘次第遂行於世，此書而外，有若《荆駝逸史》，有若《紀載彙編》，類皆裒集合刊。部帙甚侈，姑無論其他，尚難僕數。即計三書所收，已不下七十餘種。昔之枕函帳祕、緘固深藏者，今則家有其書，版行海内矣。幸逢不諱之朝，勝國遺編，不至與塵草同歸澌滅。是不獨昔先民漏泉咸感，即考古者得讀所未見，亦交頌寬大之恩於無既云。是書舊無總序，不揣固陋，謹識數語，以弁簡端。

余髫年即好讀史，時是書新出，伯兄以重直購歸見貽，藏之二十餘年矣。嗣因纂輯《明史附編》、《明史紀事本末補》兩書，益留意桑海以來野史，廣搜博訪，已得百餘種，多斯世罕覯之笈。不圖辛酉遭難，散佚殆盡，並兩書未竟之稿，亦付劫灰。惟此書拋棄故紙堆中，幸而完好，亟檢出重裝，展卷之下，不勝今昔之感云。

此書係坊刻，脱譌甚夥，且有錯簡闕文，殊不便於觀覽。曩歲友人另贈一本，校讐甫半，遭亂失去。今冬戢影杜門，晴窗多暇，爰取是本點勘一過。就中有別本可證者勵五種，其餘或旁考他書，或參以鄙見，亦稍稍訂正，閱兩旬而畢。雖落葉之掃未能盡淨，而大致則已楚楚矣。覆審之役，姑以俟諸異日。

烈皇小識

文秉，長洲人，待詔徵明五世孫，大學士震孟長子。國難作，從父中書舍人震亨、弟諸生乘，相繼死節。秉遂隱居不出，閉戶著書，自號竹塢遺民。有《烈皇小識》八卷，《先撥志始》二卷，《甲乙事案》一卷，《前星野語》三卷，《定陵注畧》、《先朝遺事》若干卷，又有《姑蘇名賢續紀》，則續震孟《名賢小紀》之書也。

思陵之謚，舊史紛紜，所稱不一。福王時，遙上帝謚曰「紹天繹道剛明恪儉揆文奮武敦仁懋孝烈皇帝」，廟號「思宗」，尋改「毅宗」。唐王立，又改「威宗」。我朝順治初謚帝曰「欽天守道敏毅敦儉宏文襄武體仁致孝懷宗端皇帝」，既而改稱「莊烈愍皇帝」，今《明史》本紀所書者是也。此書稱《烈皇小識》，蓋猶襲南都初謚云。此書後附何忠誠《逆閹伏誅疏》。卷首有自序，稱纂鈔成册共八卷，與書相符。《蘇州府志》作四卷，誤矣。

聖安皇帝本紀

亭林先生《聖安本紀》有二本。其一即是編，僅二卷。其一載《荆駝逸史》中，凡六卷，有發明，有附錄，事迹較詳，然非本紀體裁。《蘇州府志》備載亭林著述，即未刊之《肇域志》，亦一概列入，而獨不及此書，殆以其爲野史而諱之也。

行在陽秋

溫睿臨《南疆佚史》以《行在陽秋》爲劉湘客撰。今核其書，於五虎之事頗著貶辭，湘客乃五虎之一，其自記不應若是。且所載事迹間有引湘客之言爲證者，其非湘客所作明甚。溫氏之説殊不足據。《蘇州府志·藝文類》中載有《行在春秋》爲吴江戴笠撰，未知是此書否？安得戴本一校之。

嘉定屠城紀畧

《嘉定屠城紀畧》，不題作者姓氏，細核其文，即朱子素《東塘日劄》，蓋一書而兩名也。《日劄》載《荆駝逸史》中，又收入《紀載彙編》。取以互勘，計校正若干字。《逸史》本分上下卷，卷末多總論數行，亦據以補入。此外詳畧小異處尚多，以無關緊要，不復一一標識。子素，字九初，嘉定人。當時實目擊其事，故所記質實無虛語。子素著述尚有《歷代遺民録》、《封禺草》兩書，載《蘇州府志》，惜未見。《嘉定縣志》載有《吴疁文獻》，而無《封禺草》。

幸存録　明季稗史彙編本

夏忠節允彝著。是書成於乙酉九月，乃其絶筆。横雲山人以爲忠節死於八月，誤也。此本開卷有題識兩行，頗譏所論之不足盡信，而不署姓氏，不知何人之筆。卷中錯簡譌字，幾不勝乙，今據《三朝野紀》、《北畧》諸書稍加校補，然陶陰帝虎猶未盡也。《北畧》采是書多至一卷，備載錢東澗醜行，而此本無之。全謝山謂是書嘗經東澗之客芟削，於兹益信。己巳伏日，借周季貺太守《勝朝遺事》本覆校一過。《遺事》闕《國運盛衰》、《遼事雜誌》、《東夷大畧》三篇，蓋以有所嫌諱而去之，非足本也。

又　抄本

此本較《稗史》本脱誤畧少，各篇次序亦微有不同。惟全謝山跋所云阮大鋮稱「敝門生錢謙益」等語，及《明季北畧》所載謙益妾柳氏爲大鋮奉酒，大鋮贈以珠冠一段，書中皆無之。殆即全跋所稱丙戌以後，東澗之客删削之本，非當日原書也。計六奇《明季北畧》載此録，止《國運盛衰》、《門戶》、《流寇》三篇，且多删節，然亦有此畧而彼詳者。互勘一過，凡據增一百九十一字，其刻入《明季稗史彙編》者，惟卷末少《姓氏雜志》一篇。周季貺太守謂有删薙，殆誤記也。存齋觀察以此見貽，爰取《彙編》手校記之。

續幸存録

全謝山頗疑此書非夏節愍作，謂：「書中自稱『内史』，以越中嘗命爲中書舍人，似矣。至云『先人備位小宰』，則與考功官階不合。」今檢此本，並無此兩言，而卷末題識有「删存，非全録」語，不知何人所爲。余疑黄梨洲之輯《汰存録》，乃合《忠節》、《節愍》前後兩録，均爲裁訂。或謝山所見乃夏氏原書，而此則黄氏《汰存》之本也。又梁玉繩《清白士集》云夏完淳《南都雜志》謂「甲申之變，傳燕京立定王慈炯，紀元乾定」。今此本並無此語，益信其非完帙也。

求野録

溫哂園以此書爲鄧都督凱撰。然都督有《也是録》，亦記桂王由滇入緬事。起訖年月與此又同，特其中詳畧小異耳。兩書分紀，莫測其體例之所在。

也是録 附《鄧凱傳》

是書爲明都督鄧凱撰，自非逸史，其自號也。全謝山稱其質實無虛語，惟責李定國稍苛。今此本於定國甚畧，與全氏之言不合。考《求野録》，頗詳載定國軍中事，且同爲都督。所著或本是一書，因展轉傳鈔，致互有詳畧，後人遂另標名目，歧而爲二，未可知也。都督尚有《滇緬紀聞》、《滇緬日記》、《遺忠録》，惜未見。至都督事迹見於邵廷采《思復堂集》、《明遺民傳》甚畧。李瑤《南疆繹史》爲殘明諸臣補傳頗多，獨於都督亦復闕如。爰摭拾野史而爲之傳，兹並録於此，以備後人參考焉。

鄧凱，江西吉安人。初從督部楊廷麟、萬元吉起義，守贛州，唐王遥授總兵官。城破父某死之，凱得脱。時方嚴開薙之令，凱獨完髮如故。亡命潛行，終歲無定所。久之，聞桂王駐滇，乃間道馳赴，於戊戌春得達王所。王嘉其重趼遠來，褒勞備至，命以原官隨扈守大明門，加都督同知。十二月，大兵徇雲南，王出奔。以凱忠義老成，令護從東宫，賜銀百兩、銀爵一，遂扈東宫以行。途遇險阻，輒下馬扶掖。己亥春，從亡入緬甸。廷議遣使往諭酋長，衆皆畏葸莫敢前。凱奮然曰：「苟利於國，一死何辭！」凱請行，行人任國璽亦願同往。時武臣馬吉翔專恣，恐二臣先往暴其短，力阻之，乃改命他員。九月奏請造新曆，得旨允行。會緬人進穀稻於王，命給從官之貧乏者，吉翔盡以予其私人。凱不平，語侵吉翔。吉翔旗鼓吴承爵毆凱仆地，遂以跛廢。辛丑秋，緬人勒大小羣臣渡河飲呪水，既濟，圍而殲焉。凱以傷足得免。王聞變，欲自經。凱諫曰：「太后年高，將誰爲依？」乃止。十一月，大兵臨緬境。王召凱，諭曰：「太后病矣，而敵信又急，奈何？即天不祚明，得太后骸骨歸故里足矣。」又曰：「滇黔百姓當我師在，征輸重繁，困苦已極，今更不知作何狀。」言訖相與泣下。是時惟凱常在左右，雖不良於行，每遇朔望，必匍匐朝見如常儀。王在患難中，亦倚賴焉。十二月，緬人執王送軍前。凱猶隨侍不忍去，乘間語王曰：「今日事至此，上宜行一烈事，老臣亦早得死所。」王曰：「固然，然有太后在，且洪經畧、吴平西受先朝厚恩，或不忍害我母子。」明年春，大兵擁王還滇，旋遇害。以凱隸滿洲鑲黄旗，不受，尋入昆明州普照寺爲僧。著有《滇緬紀聞》、《滇緬日記》、《遺忠録》、《求野録》、《也是録》。

江南聞見録

是書不著撰人姓氏，記順治乙酉五月，豫親王多鐸入江寧，明諸臣迎降。逐日臚列，頗爲瑣屑，大畧與《聖安本紀》、《南畧》所載相同，别無異聞。惟入張有譽於殉節之列，未免傳聞之訛。有譽是時方奔武康，後歸江陰，久之乃卒。《明史》無傳，事迹具《南疆佚史》。

粤游見聞

瞿共美《粤游見聞》，紀唐王據閩及桂王繼立事，迄於丙戌十二月，篇頁寥寥，似非完帙。按：《東明聞見錄》亦共美撰，其書始於丁亥正月，與此書適相接續。而大書分注，體例又同，又皆自署逸史氏。余疑此兩書原本必通爲一編，後經輾轉傳鈔，遂致割裂。野史中如此類者，正復不少，是在善讀者有以正之耳。

賜姓始末

《賜姓始末》乃黄梨洲《行朝錄》中之一種，不知何時析出别行。然全謝山撰《梨洲神道碑》亦載此書，而不及《行朝錄》。雖謝山考索偶疏，亦見是書單行由來久矣。《鮚埼亭集外編》有《行朝錄跋》，又有《與友人論行朝錄書》，且云共十餘種。而梨洲碑文則載《初集》，蓋彼時尚未見全錄也。

兩廣紀畧

《兩廣紀畧》爲華復蠡撰。復蠡事迹無可考，據書中自敍，知其爲無錫人，明末官廣東臨高縣知縣，罷官後流寓兩粵。《荆駝逸史》亦收是書，惟失載「丁魁楚」一則，殆傳鈔者偶遺之耳。《逸史》本標題作《粵中偶記》。

東明聞見録

是編無撰者姓名，以全謝山題跋證之，即瞿共美《天南逸史》。温晒園誤以《逸史》爲瞿昌文作，不知昌文自有《粤行紀事》，非此書也。書末紀留守次子元鋗，以爲「或曰已死」、「或曰入滇，不知所終」。考元鋗字生甫，自吳中泛海省親，由昭平南走永安州，爲叛民所執，死於獄。見《蘇州府志》。《所知録》則「元鋗」作「元鏑」，「永安」作「永寧」，蓋字之偶誤也。

青燐屑

應參軍《青燐屑》二卷，記明末災異及史忠正督師時事。蓋參軍精風角壬遁之學，嘗以推官充軍前監紀也。揚州陷時，以出城運餉，得免於難，後自稱漱湖老人，行遯以終。温睿臨《南疆佚史》曾爲立傳。戴田有《揚州城守紀畧》，亦誌其占驗之事。然大旨悉本此書，别無軼事可考。惟此書自署慈谿籍戊辰進士，且有與史公同譜語。而《佚史》本傳乃云鄞人，丁卯進士。誤矣。

參軍原名嘉臣，崇禎癸酉以主事典試山東，見《明貢舉考畧》。又出爲福建巡按，見《福建通志》。兩書均署「慈谿人，戊辰進士」，益證《繹史》之誤。

刼灰錄

《刼灰錄》二册，無卷數，首題「珠江寓舫偶記」，不署名氏。徐鼒義《明末忠烈紀實》稱明末記載不下百種，惟《刼灰錄》敍永曆諸臣事最精核，意極推重其書。而於誰氏撰著，則未之及。自尤侗以爲出馮甦手，溫睿臨《南疆逸史》、劉繼莊《廣陽雜記》遂沿襲其語。近時葉廷琯特訂其誤，撰有是書撰人辨，載《吹網錄》，所言極允。惟疑是錄出方密之、錢飲光一輩人手筆，則殊不然。蓋方所著有《兩粵新書》，錢所著有《所知錄》。《永曆紀年》即列其中，未必別成是錄，仍當以闕疑爲是。至云所見舊本係分六卷，首有自序，紀傳中有注語，與此畧同。此爲侯官陳氏帶經堂舊鈔。己巳秋日購得上册。陳氏稱下册久失，越三載又以他書出售，余於殘帙中檢得，復爲完書。惜蠹蝕過半，殘破零落，幾不可展閱。亟屬姬人逐葉補綴，重付裝治。而以原序補弁簡端，並以葉氏辨文附錄於後，以爲是書跋尾云。

豫變紀畧殘本

《豫變紀畧》八卷，明季鄭廉石廊氏著，後附邊大綬《虎口餘生記》。此本爲上虞徐鹿苑大令藏書，卷中眉批即其手筆。其嗣子寶彝明經與叔兄爲同年友，知余搜羅勝國野史，並因《明季遺聞》寫本見貽。遭亂失去大半，勵存五、六、七三卷。以其傳本甚尠，重付裝緝，以備參考。

四王合傳

是書脱誤甚夥。《吳傳》闕至九十字，今據《荆駝逸史》本校補。《逸史》本訛字較尠，惟各傳後無總論。余家舊藏一鈔本，卷首有撰人姓氏，惜遭亂失去，今則無可考矣。四王國史皆有傳，耿、尚、孔列諸貳臣，吳則列諸逆臣矣。

三垣筆記

右《三垣筆記》四卷，末有《補遺》、《附錄》，明李清撰。清，字心水，號映碧，南直隸興化人，大學士春芳五世孫，禮部尚書思誠孫。崇禎四年進士，官至大學士左寺丞。國亡後屢薦不起，專事著述。其紀明季事者凡三種，《南渡錄》、《諸忠紀畧》而外一即是書。《明史·藝文志》衹載《南渡錄》，未及此記。徐氏秉義《培林堂書目》作二册，不詳卷數。此本爲陸存齋觀察寄贈，繕錄潦草，訛奪至不勝乙，並有一則誤析爲二，兩則誤連爲一者。爰假周季貺太守、凌子與茂才兩家寫本互勘。周本止首二卷，而較多十五條。凌本作三卷，又《附識》二卷，並有《附識補遺》，分卷雖繁，而篇頁寥寥。其中見此本者僅二十九條，出此本外者轉有三十七條，亟據兩本抄補爲《補編》一卷附後，計五十二條。凡脱文誤字，亦多是正，似可爲完書矣。然考全氏祖望是書跋，云其中力爲弘光洗雪變童季女之誣，於龔鼎孳直書其垣中之過。記甲申死難有李國楨，記乙酉死難有張捷、楊維垣，至鄭鄤一案所言太過云云。今惟龔鼎孳、鄭鄤兩事備載卷内，餘皆闕如。則雖三本合訂，而罣漏仍不免。蓋是書未經剞劂，輾轉傳鈔，輒多刊落，卷數亦分併不一，二百年來遂無定本。今姑就見存者校篇目，并録全跋弁首，他日倘得足本，庶有所考見，易於增補云。

按：卷首自序稱，崇禎戊寅入刑垣，嗣補吏垣，歷轉本垣右、工垣左。北變後，復命金陵晉掌工垣。以所記皆爾時筆，故以「三垣」名書，各條編次亦以「三垣」爲序。乃卷二末已載弘光時事，而卷三首忽追敍崇禎初政。初疑其先後雜糅，及閲凌本，始知卷三以下爲《附識》之文。正與序中先舉所灼見以筆之，書其因聞而記者，猶云附述云云脗合。然則三、四兩卷當依凌本改題《附識》，方符原本體例。各卷中如「江南既陷」、「北兵南下」、「僞太子王之明屢訊北兵」、「將至城外」、「豫王至城外」、「輔臣馬士英挾太后渡獨松關」六條，《南渡録》亦載，惟詳畧小異。兩書出一人手，固不妨互見。至「闖賊自齊化東便二門入」、「輔臣馬士英初亦有意爲君子」二條，一見吴邦策《國變録》，一見夏完淳《續幸存録》。二人雖與同時，而其書實先出，自是此書援引其語，惟不詳其出處，未免蹈明人陋習耳。

野史無文殘本

是書不著撰人姓氏，但題「淝水奈村農夫纂輯」，據《攻江寧城畧》跋語考之，蓋康熙間人也。全書不知卷帙如干，此册乃十三至十五卷，首尾已殘闕。亂後予姻魯叔融得之市攤，知余搜羅明季野史，遂並

《甲中傳信録》見貽。其十四卷所載即張忠烈《北征紀畧》，已别繕清本。餘亦間有可採，爰手自裝緝，以備參考。

研堂見聞雜記

此記爲康熙時婁東人所撰，惜逸其名氏。所載如薙髮改衣冠之事，發自孫之獬，頗足以廣見聞。孫在明名罹逆案，國史亦入《貳臣傳》乙編。至記中以陳奇瑜爲死節，則正史野乘均無此説，殆輕信傳聞而誤載耳。

庭聞録

《庭聞録》六卷，南昌劉健撰。健事迹無考，參據録中所述，其父崑，崑名不見録中，今從《貳臣傳》、《吴逆取亡録》考得之。康熙時官雲南府同知。吴三桂反，脅降不屈，戍之瘴地。王師至得釋。其稱先中憲者，當是後來復進秩也。崑在戍所嘗著《吴三桂傳》、《滇變記》兩種，亂中遺失。崑歿後，健追憶昔所聞於父者，續成此録，故以「庭聞」名之。其書以編年體紀三桂前後事實，起順治元年遣使請兵，迄康熙二十年大軍平滇。各卷復分子目，首《乞師逐寇》，次《鎮秦徇蜀》，次《收滇入緬》，次《開藩專制》，次《稱兵滅族》，而以《雜録備遺》終焉。其中叙殘明結局，於當時迎降諸臣，臚列頗悉，尤足補史乘所未及。稗野史專志吴逆事者，雖有數家，要皆不及此録之詳而能核，具有史裁。向有豫章坊槧，脱誤既夥，人名注語復多刊落。又有滬上新刻，即祖坊槧，一無是正，並以分注各語羼入正文，又失載卷三之後半卷。昔人所謂刻一書而一書亡者，此類是也。同治中，仲兄令楚南從僚友得滇南袁氏舊鈔，開卷自序，即多數語，通體亦較完具，惜中缺兩翻，且抄手草率，併爲上下卷，各條亦隨意分合，體例遂不一律。客歲周曼嘉太守借閱，屬爲點勘一過。暇日復合新舊坊本參互重訂，凡附注、以小字分注。附紀大字低一格以別之。之文，及應連屬、應提行者，悉心釐正，毋少雜糅。卷四，三桂平水西請建三郡疏内「於大方，將則窩、以著、雄所三則溪設爲一府，建府治」共二十字，各本皆脱，今據《張文貞集》增補。豫章本後附乾隆中征緬事，乃《皇朝武功紀盛》之文，不知何以列入，今撤去，而以袁跋綴末。藉識舊鈔留傳所自，仍勒爲六卷，已定，可繕寫。惟此録成於康熙庚子，屢經剞劂，徒滋踳駁，直至百六十年後，甫獲頓復舊觀。因歎前賢撰著，不幸而遭點竄割裂如此録者何限。匪特有負作者苦心，必且貽誤來學。是在海内同志蒐訪原書足本，據以訂正，用廣厥傳，俾叢殘僞奪諸書，次第復歸完善。其愉快爲何如也，即以此録作擁篲先驅可也。

是録卷五附紀孫旭招降韓大任，以功議叙道員，後爲僧，號諦暉，住持浙江靈隱寺云云。按：孫旭，字轉菴，别號侶雲道人，浙江武舉。曾署貴州糧儲道按察副使，後爲僧，號元澄，復改懸證，壽八十三卒，與諦暉並非一人。吾友汪謝城廣文撰《南潯志》，曾辨其誤。孫著有《平吳録》，已之事迹亦附及之。

虎口餘生記

《虎口餘生記》一卷，國朝邊大綬撰。大綬，字長白，任邱人，崇禎時官米脂知縣，入我朝擢太原知府。大綬以伐闖賊祖墓得盛名，當時至演爲傳奇，播諸管絃。傳奇有兩種，曹寅撰者即名《虎口餘生》，一名《鐵冠圖》。倘能高蹈以終，豈非勝國完人乎？甚矣！克保歲寒之難也。是記自述罷官旋里，爲賊縱迹得之，屢瀕於危，輾轉得脱。至伐墓事祇見卷首塘報公牘文字，惟陳梗概。據劉庭璣《在園雜志》，此事設謀用間，全出門子賈焕之力。劉蓋聞諸大綬之姪，故言之極詳，因命侍史録附簡末，以補是記所未備。

老父雲遊始末

右《老父雲遊始末》，仁和閨秀陸莘行述其父圻坐莊氏史案被逮，及事白出家不歸事。圻，字麗京，號講山，前明貢生，披緇後法名德龍，字誰菴，又改名今竟，字與安。莘行，字纘任，著有《秋思草堂集》，適袁化祝棐龍自。棐父字仲貽，即記中所稱「吾翁鯤濤祝公」也。中述史案，以「莊廷鑨」爲「莊龍廷」，「鉞」爲「庭月」，「朱佑明」爲「朱右明」，當是閨中傳聞偶歧。至朱之無辜株連，由朱之榮詐贓不遂，特於所首逆書内[二]「朱史氏」下，增刻「即朱佑明」一條。又以逆書每頁署「清美堂」，與朱廳額適合，指爲確證，遂坐極刑。此記乃謂莊索朱貨不與，仇口誣扳，亦爲失實。餘與各家記載，大致畧同。汪謝城廣文《南潯志》：「凡諸書記是獄者，罔弗搜采，獨遺是文。」余嘗面詢廣文，始知得見在成書之後，故未列入此本。乃己巳冬，從魏稼孫大令手鈔本傳錄。甲戌秋，陸存齋觀察以無名氏《逸識》見寄，中載此記，後有莘行姊子吳磊泊海寧吳騫跋語。兩本互校，是正良多。丁杏林通守丈嘗從予錄副，輯入《國朝稗乘》，其書後頗有考證，並附於後。

是記篇名《老父雲遊始末》，乃錢塘陸麗京高士女莘行，記高士因莊氏私史被逮，洎事白披緇不返顛末。麗京，字圻，一號講山，錢塘貢生。少以文章經世自任，事親孝，封股療母疾，久而知醫。朱竹坨太史彝尊《靜志居詩話》言其詩文采組六朝，醫方酒令，觸口悉成儷語，晚歲不知所終。麗京弟鯤庭，名培明，崇禎庚辰進士，官行人，明亡死難。梯霞名堦，有《白鳳樓集》，與麗京《威鳳堂集》並行。紫蠼名垣。左城名堃，有《丹鳳堂集》。拒石名繁弨，鯤庭子，與叔梯霞等偕隱，有《善卷堂詩文集》。冠周名寅，麗京仲子，康熙戊辰進士，萬里尋父，不就職，竟以勞卒，有《玉照堂集》。王于一名猷定，南昌人，有《四照堂集》。范文白名驤，海寧人，前明歲貢生，順治中舉賢良方正不就，有《默菴集》。查伊璜名繼佐，亦海寧人，居杭州，明崇禎癸酉舉人，有《敬修堂先甲後甲集》[二]、《落葉編》、《遠道編》[三]。趙君宋，樂清人，拔貢生。紀元，文安人。慕天顏，靜寧人，均順治乙未進士。丁浴初，獲鹿人，順治丙戌進士。譚希閔，江都人，順治丁亥進士。金道隱名堡，仁和人，明崇禎庚辰進士，仕永曆，官御史，晚爲僧，名今釋，居韶州之丹霞山。莊以好名，朱以吝，均滅門。吳潘二子亦以驁名故，罹極刑，蓋犯造物之忌，取禍之酷乃如此。之榮以私憾陷七十餘命，僅得惡疾終，幸矣！陸世以忠厚稱。查具知人，鑑識總兵吴六奇於微時，厚賙之。范湛深經學，誨士孜孜不倦，故天牖其衷，先期自剖。六奇方鎮粤，又請削己官，以百口保查，遂得免。堦、垤以兄故，臨難不少避，初不意後之獲釋也。堦孫嘉穎、秩，雍正癸丑、乾隆己未先後舉進士，並官清要。垤曾孫宗楷，先舉雍正癸丑進士，官至兵部尚書。余不甚信因果，然於此益見報施之理有不爽者。無錫丁紹儀識。

〔一〕「内」原作「向」，今據《古今説部叢書》改正。
〔二〕「敬修堂」原作「敬業堂」，今據《續修四庫全書總目提要·敬修堂詩集》改正。
〔三〕《遠道編》原作《遠編》，今據《續修四庫全書總目提要·敬修堂詩集》改正。

平吴録

右《平吴録》一卷，又名《吴三桂始末》，國朝孫旭撰。旭，字子旦，號轉菴，别署侶雲道人。歸安籍。康熙丙午科舉人，以招降功議敘道員，權貴州糧儲道按察副使。後爲僧，號元證，後改懸證，壽八十三卒，事迹具《南潯鎮志·方外傳》。《庭聞録》謂即靈隱住持之諦暉，傳中已辨其誣誤。惟《嘯亭雜録》據《吴留村遺稿》作餘姚人，中順治丁酉武乙科。留村尚書興祚與旭同時同里，其言當不誣，附存其説，以備參考。此録紀吴三桂始末，大致與諸書相出入，第以平西伯爲先世襲蔭，陳沅乃祖大壽所賜，均不免失考。

蓋於三桂初事僅據傳聞也。迨後稱兵犯順，則旭轉側兵間，耳目所及多得其實，且所載墜聞佚事甚夥。如謝四新答詩却聘，李長祥請立明裔不合即去，鄭經將劉國軒責三桂來使不奉明朔，皆有關諸人大節者。他如記傅宏烈陷賊，曾受其刑部尚書僞職，後被殺，乃慮其爲變，並非抗節不屈，圖海因力明王輔臣之寃，忤旨懼罪自盡，皆足以廣異聞。向來傳本甚尠，惟《甲申朝事小紀》載之，而刊落過半。此本乃陸存齋觀察得之吳興故家，尚是當時手稿。其中添註塗乙，不一而足，文義幾不連屬。因與周曼嘉太守往復商訂，點定而鈎貫之，甫得殺青繕寫。旭逃儒歸墨，以方外終，其人似不足深論，然觀書中自敍各節，證取他書，相輒脗合，絕無鋪張粉飾，則此錄且爲吾鄉文獻之徵已。

江浙叛案錄

勝朝青宮之獄不一，其記有專書者，北太子具詳《戾園疑迹》，《甲申傳信錄》之一種。南太子《弘光朝僞后僞東宮黨禍紀畧》。刻入《荆駝逸史》。復雜見各種稗野中。若《明季南畧》所載雲菴供詞，又似思陵次子永王。惟康熙四十七年朱三太子一案，斯世知者固尠，即熟悉殘明掌故如全謝山、楊秋室諸賢，其撰述中亦絕未敍及。徐非雲大令在當時目擊其事，因詮次始末，成《江浙叛案錄》一卷，而以邸抄公牘臚列簡端，用備參考，輯入所著《殘明書》卷末。《殘明書》以編年大書分注體，紀福、唐、桂、魯四王十八年事實，共四十卷，今稿本勵存。同治己巳，陸存齋觀察舉以相眎，通體蠅頭細書，尚是昔年手稿。屢思錄副，藉廣流傳，而奔走一官，卒卒未果。沈粹生刺史重其爲鄉賢遺墨，願爲代勞，手鈔以贈。卷中脱衍處逐條簽出，均極精審。良友之惠，何啻百朋！

逸識

《逸識》二卷，道光中葉紹寅編輯。所載多明末國初佚事，而雜以《貳臣傳》目録、年羹堯遺疏，殊爲不倫。殆隨手鈔録成書，而託名爲昔人舊本歟？癸酉秋日，陸存齋觀察因余搜羅勝國稗乘，以此書寄贈，姑存以備野史之一種。

夷氛聞記

右《夷氛聞記》五卷，乃番禺李秋農司馬邁平家藏舊鈔。甲申夏初，凂友人輾轉假讀，録得副本。其書記道光朝英人内犯始末，具有史裁，足以信今傳後，惜不知誰何手筆。近與大埔邱雲巖太守時共譚藝，始知爲順德梁氏所撰，粵中曾付剞劂，以敍述時事，恐涉嫌諱，不署姓名，職是之故。梁氏名廷枏，字章冉，由舉人曾官澄海縣教諭，問學極博，所著有《藤花館十種》行世。末册所附《蕉窗隨録》、《水窗春囈》諸則，則予所增入也。

元朝名臣事畧

右元蘇天爵《名臣事畧》十五卷。《四庫》著錄者，乃于文襄相國敏中進呈之本，此本與之悉同，蓋即據以排印。素稔錢唐丁明府丙，藏有影元刻舊鈔，爰寓書借校，附以閩鐫舊帙。明府屬羅茂才棨勘補五千餘言，復從歸安陸觀察心源所藏元刊元印本，增許有壬、王守誠二序。李[一]廣文宗蓮又爲是正如干字。書中采取姚燧之文甚夥，時適增刊《牧菴集》，參互考證，藉資審定。原版歲久漫漶，各卷脱文誤字，多不勝乙，爰屬孫明經用譽，再取元統刊[二]、影元兩本逐一對勘，擇善而從。其有兩本誤而聚珍本不誤，與夫字句多寡，聚珍本之義較長者，悉仍其舊。明經爲孫鹹尹星華嗣君，年少好學，深明著述體例，於此書用力甚勤，且得沈司馬鎮馬大令立禮共相佐助，既另繕潔本重鋟，並成《校勘記》一卷附後。考元槧原題《國朝名臣事畧》，每葉二十六行，每行二十四字。此本爲聚珍書之一種，應與他書一律，故行款不能悉依元槧。至所載人名地名，經乾隆中奉敕改譯，遂與元槧亦異。陸氏又藏一寫本，載有李氏兆洛手跋，謂：「聚珍本已稱難得，此本更爲僅見之書，得好事者重依此本刊之，以流傳於世，則古本之幸也」云云。今藉元槧、舊鈔兩本一再讐對，得還舊觀，從此海內讀者，當同所愉快。所惜孫明經赴試浙闈，病疫遂歿，不及見是書鐫刻之成。盧抱經謂宇内少一讀書之人，惋惜之餘，輒爲牽連記之。

[一]「李」原誤「季」。

〔二〕「元統刊」原作「元刊統」。《元朝名臣事畧》有元統三年刻本，今據此乙正。

國初羣雄事畧

右《國初羣雄事畧》，眘輯元末韓林兒、郭子興、徐壽輝、陳友諒、明玉珍、方谷真、張士誠、李思齊、納哈出、擴廓帖木兒、陳友定、何真十二人事迹，以一人爲一篇，無卷數，亦無撰人名氏。考徐氏秉義《培林堂書目》，載有錢謙益《羣雄事畧》三册，抄，亦不分卷，篇帙與此正同。《明史·藝文志》作錢謙益《開國羣雄事畧》十五卷，殆一書而名偶異耳。錢，字受之，常熟人，萬曆三十八年一甲三名進士，仕至禮部尚書，入本朝官禮部侍郎兼秘書院學士，行畧詳《國史貳臣傳》。乾隆中以所著《初學集》、《有學集》語多謗訕，詔燬其書。此本之削其姓名，當亦爲此。特以事述明初，無關嫌諱，故流傳至今不廢焉。錢以淹博負重名。此書采摭繁富，考證精詳，凡所徵引諸書，一一注明出處，尤爲明人所罕覯。惟李思齊、納哈出、擴廓帖木兒、陳友定皆元之將帥，與僭竊者不同。李、納二人晚節不終，無足深論。若擴廓與陳，雖亦專擅一方，而能至死不屈，大節懔然。《明史》以二人與梁王把匝剌瓦爾密同傳，蓋援《宋史》周三臣例，以表章之。此書乃厠之羣雄之末，於義殊有未安，讀者知其得失所在，分別觀之可耳。

重輯碧血録

右《碧血録》二卷《附録》一卷，明黄煜編。煜，字謎庵，自署「古忠義城」，乃北魏郡名，隸蔚州，即今山西平遥縣西北地，然則煜固平遥人也。卷首有漫翁序，不署名氏，以序中語證之，蓋與煜同爲崇禎時人。其書裒集天啟中罹黨禍之楊忠烈漣、魏忠節大中、顧裕愍大章、繆文貞昌期、周忠惠起元、高忠憲攀龍、李忠毅應昇、萬忠端尊素八人臨難遺筆，附以《天人合徵紀實》、《天變雜記》、《人變述畧》，都爲一編。向有鮑氏槧本，近從三山坊肆購得舊鈔，參互讐對，時有異同詳略。如上卷之《獄中寄子書》、《朝審紀事》、《途中詩》、《對簿詞》、《獄中事》皆鮑刻所無。下卷之《訓子書》、《絶命詩》亦僅存其目，注云「未到」。《附録》之《天變雜記》，首少「天啟六年」四字，中少注語一段，末少識語兩行，皆不及舊鈔之完具，惟較多漫翁序，及魏學洢遺友一書耳。疑鮑刻爲未定初稿，所載雖祇楊、魏、顧、繆、高、李著述。而漫翁序稱，同事君子惟六人有述，脗合。舊鈔乃續纂之足本，故原注未到者，亦補列焉。第黄氏成書尚在明季，其時各家遺集未出，祇據輾轉傳鈔之作，輯存梗概。方今昭代右文，典籍大備，年來因領書局，常與儲藏家一瓻往來，遂於暇日薈萃諸集，手自甄采，依原本體例，非出被逮後者不録，又得詩文二十八首，以次增入其中。楊忠烈、繆文貞、李忠毅諸作，補厥所遺。若左忠毅、周忠毅、周忠介三家，則固黄氏所未見者，今皆燦然畢具，亦踵事者易爲功也。鮑刻前有趙氏懷玉後序，盧氏文弨題詞，後附《周端孝血疏貼黄册》。今以後序、題詞綴末，其《貼黄册》則别而出之，每卷冠以子目，用便檢閲，已定，可繕寫。

東林列傳

右陳鼎《東林列傳》二十四卷，卷首冠以《黨人榜》，末附《熹宗本紀》二卷。考《四庫全書總目》，卷與此合，惟不言有《黨人榜》暨《附録》，或采進本偶佚脱也。是書以表章理學爲主，至於諸臣事迹，不暇詳考，故各傳時有舛漏。如《劉鐸傳》云：「以詩箋譏刺逮下，鎮撫司死之。」不知鐸作詩書僧扇事，旋獲解許還故官，復坐咀呪，論辟非，死於詩箋之獄也。《曾櫻傳》云：「桂王稱號廣西，召拜大學士，國亡殉難。」不知櫻官大學士在唐王時，福州失守，避至海外中左衛凡五年，其地被兵乃自縊，未嘗一日仕桂王也。《劉同升傳》云：「甲申聞思宗殉社稷，一慟幾絶，臥病吐血卒。」不知同升後仕唐王，歷官至南贛巡撫，乙酉十二月卒於贛州，非甲申家居而死也。《倪元璐傳》後，論及楊維垣，謂甲申聞變，黑夜挾妾潛遁，半道爲仇家擊殺。按：此事在次年南都亡後。設維垣死於甲申，安有南都再起，疏請重頒要典諸惡迹哉？他如《吴爾壎傳》不載受僞職事，《吴鍾巒傳》不載仕魯王事，固皆失之疏畧。然於是非尚未大謬，若方逢年魯王時再起原官，王師渡江，偕方國安迎降，以蠟丸書通閩，事洩被誅。乃是書爲立佳傳，謂避地天台，吏民推之城守，兵敗被執，死於衢州。以崩角稽首之人，濫厠殺身成仁之列，其誣罔甚矣！讀者知其瑜不掩瑕，分别觀之可耳。此本爲鼎弟鼎泰重訂。嘗從吾友周季貺借得檇李李魯山岱舊藏，尚是康熙時初印本，取以互勘，知此本各卷首多「弟鼎泰時霖參訂」一行，凡例中目録均有增删，凡例第八則論老而爲僧者，初印本誤以姜埰與熊開元、方以智同列。此本删去初印本目録，無徐如珂、姜埰二人。此本雖增列其名，而傳仍闕如。各傳並有刓去數字及數行者。《高攀龍傳》後，刓去「王錫爵」三字，又刪去官應震二十九人名氏，計八十字。《倪元璐傳》後，刓去論楊維垣九十二字。《袁繼咸傳》刪去臨刑數語，計二十三字，較初印本省去尾頁。《劉一璟傳》後刓去論周延儒九十一字。又卷八第十六頁、卷十八第十一頁、卷二十四第十九頁均闕。而於前一頁魚尾下，改刻「十五至十六」、「十至十一」、「十八至十九」等字。蓋板本殘失，坊賈因併兩頁爲一頁，改刻以掩其迹。至卷四少十六頁，卷十少二十七頁，卷十八少二十七至三十等頁，卷十九少十二、十三兩頁，則此偶遺之，均藉初印本得以一一增補，並錄提要弁首，俾讀是書者有所折衷。鼎所著尚有《留溪外集》，亦紀明季人物。又嘗纂《忠烈傳》六十餘卷，惜散佚不傳。

明末忠烈紀實

《明末忠烈紀實》二十卷，國朝徐秉義撰。秉義，字彥和，號果亭，江蘇崑山人，康熙十二年進士第三人，官至內閣學士兼禮部侍郎。此本卷末有嘉慶五年溫純跋，稱「將謀剞劂以廣其傳，而鈔本誤字尚多，俟覓他本校正，今且謹藏」云云。是此書向無傳本，故各家書目未見著錄。考近世纂輯明季三王事迹者，惟溫睿臨《南疆佚史》曾引此書。外此，若李瑤之《南疆繹史勘本》，徐鼒之《小腆紀年》則均未採及，蓋罕覯之笈也。己未歲，吾友孫苓時有從軍之役，道出袁浦，於市攤得見是書，以重值購歸。辛酉之亂，其藏書散佚殆盡，此書爲一市儈所得。事平後，余以賤值得之，初不知爲苓時物也。會苓時自嶺南歸，談卷爲補鈐兩印，以誌雪泥鴻爪，並擬撰跋尾，以紀其事。各次偶及是書。苓畤亟索觀，瞿然曰：「此余舊藏也！幸落君手，可謂得所。」因縷述疇昔得書顛末。

甲申以後亡臣表

《甲申以後亡臣表》三卷，明彭孫貽撰。孫貽，字仲謀，號羿仁，海鹽人，江西左布政使加太僕寺卿期生子。卷首自序末署茗齋，乃其別號，後即以名集。此表記明末諸忠事迹，起范景文，迄瞿式耜，共四百餘人。或大書，或附紀，間有論斷以發明之。中如鍾性樸列京東死事，不知其後入本朝，爲山東督學。閻爾梅列江北死事，不知其後復參史可法軍事，南都亡後，起義兵敗，行遯以終。朱天麟列江南死事，不知其後仕桂王，官至大學士，壬辰十月卒，謚文靖。馬思禮列閩中死事，不知其後仕魯王，亦官大學士，戊子八月卒，謚忠宣。他若文震孟之子，坐通書吴陽見殺者，爲長子乘，而誤以爲次子秉。秉即著《先撥志始》、《烈皇小識》諸書，隱居終老者也。從黄道周而死者，爲趙士超、毛玉潔，而誤趙爲鄭，誤毛爲茅，且佚其名，均爲失考。至李國楨列甲申死事，固屬濫登，但當日傳聞異辭，未經論定。南都且賜謚附祀，則草野紀載更何責焉。且所記諸臣行畧，於唐、魯二王贈謚臚列特備，不但正史所未及，並多稗乘所未詳，允爲考證之資。惟其父期生與楊廷麟、萬元吉等同殉贛難，桂王曾一體賜邮，而書中概未之及。殆其時道路阻兵，行朝褒贈之典，其後嗣竟不獲知也。此本得之海鹽故家，字迹端整，訛奪頗尠，洵寫本之佳者。

卷中於諸臣名字里貫暨登第歲次，每留空格，當是其書原闕，非繕錄所遺漏。今就記憶所及，一一校增，間有未詳者，俟博考諸書以補之。孫貽所著尚有《平寇志》十二卷，曩歲得之都下廠肆，亦舊鈔也。其書雖紀寇事，與是表多可參證云。

吳三桂紀畧

《吳三桂紀畧》一卷，不署撰人名氏。卷首稱：「予宰江川縣，教諭金大印隸平西旂下，自遼東貢生選授，熟諳明季遼瀋事，予樂與談」云云。蓋據大印所述三桂舊事而爲此紀。自爲偏稗立功邊塞起，至隨同大兵破賊止。觀其中有「時方寵眷隆渥」語，則尚是三桂未叛時作也。當闖賊之破都城也，三桂已率衆迎降，中途聞愛姬陳沅被擄，始憤然返旆，遣使乞師。其事早經論定，惟他書謂三桂聞父被執，笑曰：「是脅我早降耳，我至即釋矣。何害？」此猶可藉口往紓父難，曲爲之解。若此紀所云，賊殺吳驤，尸於城垣，家人奔告。三桂曰：「李害父，陷於不知，不必仇。」更決計歸李。初疑忍心害理，不若是之甚。乃《紀》中備載闕上至永平所張告示，有「本鎮率所部朝見新主，秋毫無犯」等語。前江川令李某爲永平人，嘗親見之，則確有其事，非下流之歸矣。考當日王師入關，豫通親王多鐸雖爲左翼主帥，而睿忠親王多爾袞實總統諸軍。今此紀僅載豫王者，殆爾時尚無典籍可據，各就所聞以筆之耳。

吴逆取亡録

右《吴逆取亡録》一卷，僅題「蒼弁山樵撰」，不署名氏。考蒼弁山在湖州，則其人蓋浙産也。其書紀逆藩事，篇頁寥寥，不及《庭聞録》之詳具。然敍次有法，簡而能賅。中如桂王遺三桂書，備載全文。又其母妃及妃遣送北上，中途均扼吭死，各家稗野皆未之及。其事乃有明三百年之結局，爲考史者所必資。惟謂馮甦與曹申吉、羅森、杜輝等各謀歸正，事洩死，則尚未盡核。按：《國史逆臣傳》申吉、森以貴州四川巡撫先賊降，賊三桂死，賊黨自相屠戮。申吉、森後俱不知所終。得此足補史傳之闕。輝以永北總兵受僞驍騎後將軍，惟《庭聞録》稱其在岳州敗逃，歸吴應騏，疑而殺之。此外諸書則皆與此合。若甦雖曾以知府附賊，未幾出爲僞廣東巡撫，即以廣州反正，内擢刑部侍郎，以功名終。今謂賊中遇害，誤矣。閱者知其得失所在，分别觀之可耳。此録傳本甚尠，惟丁杏林封翁藏有寫本，曩曾纂入《國朝稗乘》，録副見貽，因彙入是編。

保越録

是書曾見兩本。一爲杭州吴氏瓶花齋舊鈔，不署撰人名氏。卷首無序，中稱明兵爲「大軍」，及太祖皇字，今著録《四庫》者即祖是本。一爲明代越中所刊，並《武備志》附《古越書》後，標題元徐勉之撰。前有自序，結銜爲「鄉貢進士杭州路海寧州儒學教授」。中以明兵爲敵軍，明祖爲敵主，且間有「寇賊」之稱，袖珍坊刻即祖是本。顧越中舊槧，世不多見，坊本已燬於兵火，儲藏家輾轉傳鈔，致各書著錄姓名互異。黄虞稷《千頃堂書目》云「張士誠幕客作」。《山陰縣志》則屬之山陰郭鈺。惟王士禎《居易錄》、許尚質《釀川集》作徐勉之撰。考《紹興府志》「至正十五年，明將胡大海等攻紹興，自二月至五月，迄不得下而去。海寧州教授徐勉之著《保越錄》紀其事」云云，與《居易錄》、《釀川集》悉合，則是書出勉之之手無疑。吾友李蓴客郎中，曩從翰林院得吳玉墀進呈本錄副以歸。暇日借閲，取坊刻對勘數過。吳本固多舛誤，坊刻亦有譌奪，參互訂正，勒成定本。坊刻舊有眉批十餘條，乃明人所爲，詞旨膚淺，無所發明，概爲删削。《録》中所載死難諸人，多有散見他書者。如張正蒙暨妻韓氏女池奴事，載《元史》及《山陰志》。郁文景妻徐氏、蔡彦謙妻楊氏事載《紹興府志》及縣志，惟縣志「文景」作「景文」。徐本道暨妻潘氏妙圓事，載元明二史及府志，惟以「本道」爲「允讓」，其間或名字偶歧，而大致則同。至王冕事迹，其説不一，核以是《録》又皆不甚脗合。元張辰作冕傳稱：「歲己亥，君方晝臥，適外寇入，君大呼曰：『我王元章也。』寇大驚，素重其名。輿至天章寺，大帥置君上坐，再拜請事君曰：『今四海鼎沸，爾不能進安生民，而恣行擄掠，亡無日矣。果能爲義，誰敢不服？如爲不義，誰則非敵？我越秉義之國不可以犯，吾寧教汝與吾父兄子弟相賊殺乎？如不聽我，速殺我，我更不與若言也。』大帥再拜願受教，君終不言。明日疾，遂不起，數日而卒。帥具棺殮葬於山陰蘭亭之側。」明宋濂撰傳則云：「皇帝取婺州將攻越，物色得冕，置幕府，授以諮議參軍，一夕以病死。」國朝朱彝尊撰傳則云：「太祖既取婺州，遣胡大海攻紹興，屯兵九里山。居人奔竄，冕不爲動，兵執之與俱見大海。大海延問策，冕曰：『越人秉義不可以犯，若爲義，誰敢不服？若爲非義，誰則非敵？』太祖聞其名，授以諮議參軍，而冕死矣。」三說固參錯互異，然如錄中所云軍前督衆治具決水事，則皆無之。勉之所紀似非實錄。意者冕爲明兵邀致越人，遂疑其甘心從敵，因而文致其辭，未可知也。朱氏傳後又曰：「元季多逸民，冕其一也。自宋文憲傳出，世皆以參軍目之，冕亦何嘗參軍事哉？因別爲傳，上之史館，冀編纂者擇焉。」其意蓋欲正宋傳之誤，乃《明史·文苑傳》仍以宋傳爲藍本，何耶？未免厚誣前哲已。因校是錄並論及之。

戊辰冬，需次來閩，從周季貺太守假得瓶花齋寫本，屬子九茂才互勘一過。其中衍奪與進呈本畧同，蓋兩本皆出吴氏也，於此益徵明槧之善。

紹興傅氏家譜

此編不署撰人名氏，以卷中所具生卒，未及嘉慶以來甲子，知爲乾隆季年眘輯。考吾宗譜系入國朝凡三修，而以六世祖大使公手定者爲最古，惟著錄在康熙中葉，支派僅載十三世而止。其次即此編，較初譜已益兩世，洎道光乙未。先考德州公延族祖香譜茂才重訂，則並逮十七世矣。其書雖屢經增續，然皆寫本僅存，篇帙甚簡。康熙譜向庋東府坊老屋，余家居時從族人敗簏檢得，珍弆有年，咸豐辛酉遭亂失去。此編賴猶子楣當倉卒移徙，挈以自隨，得保無恙。道光譜爲孟兄攜往山左，身後歸兄子楨，今官浿中。客秋余省叔兄來長沙，叔兄以余留意家世舊聞，纂有《先世事實編》一書，因以譜事諈諉。積五閱月粗成《傅氏家乘前後編》如干卷。會余將需次入閩，未遑卒業。姑就稿本計之，視昔已多逾什之七八，則此編在今日特大輅之椎輪耳。第以七十餘年故籍，幸留傳百六飆迴而後，即尋常簡册，亦足寶惜，矧家藏舊牒爲踵事者所依據乎？爰重付裝輯，並詳述各譜之源流同異以爲跋尾，俾子孫讀此編者，知蓽路藍縷，其創始之功亦未可沒云。

薈蕞編

是書所載諸人，不以世代排比先後，隨手劄錄，未經編定之本。其中並有一人兩見者，如錢塘汪渢，既據《魏叔子集》列入卷二，復采《南雷文定》之文入卷十四，不知魏美即渢字也。

石林奏議

右《石林奏議》十五卷，宋葉夢得撰。夢得有《春秋傳》、《四庫全書》已著錄。此書前有自序，末有跋尾，已殘闕，乃其子模所編録。開禧二年，從孫箋刻於台州。考《文獻通考》載夢得《志媿集自序》，稱以家藏奏稿序次爲十卷。是其在日曾有手定本，或模即因《志媿集》增輯與？惟所載皆建炎以後封事，靖康時祇存應天尹奏修城利害一狀，餘如《宋史》本傳中，徽宗朝建言諸疏概未之及，何也？《直齋書録解題》所載卷數與此合。葉氏《菉竹堂》、陳氏《世善堂書目》亦著録，是明代傳本尚多。此本從宋槧影鈔。宋槧舊藏士禮居黄氏，繼歸三十五峯園汪氏，後爲仁和胡珽所得，今藏歸安陸氏。

傳獻簡公奏議

右先獻簡公奏議四卷，宋元各家書目咸著録，至明始佚。南宋時别有《三老奏議》，乃程九萬以公章奏，與范忠宣純仁、劉忠肅摯兩家合訂，其書今亦不傳。但《忠宣奏議》舊槧具存《忠肅集》，尚有《四庫》重集本。獨公是編暨《草堂集》、《嘉話》都付幽遐，幸各疏散見諸書尚夥，篇幅且皆完具，及今不綴輯，久益湮散。由是繙帑羣籍，壹意捊集，深恐囿於見聞，或有罣漏。三十年來屢經增益，裒然粗備，復依史事排比次第，董理寫定，仍勒爲四卷，共得八十五通。《附録》二通，則蘇文忠軾所草，而公列銜同上者也。朱子《三朝名臣後録》稱公爲御史諫官，四年所上百六十餘章，多觸忌諱，抵權倖，名重朝廷，而風節凛然，聞於天下。第考公生平，此猶就嘉祐治平間，初居言職而言。厥後元祐更化，兩長諫垣，繼參大政，立朝首尾且及六年。爾時之讜論昌言，必更倍於疇曩。惜原本篇目無從考見，今雖掇拾重編，視昔僅存什一耳。惟以數百載已亡之籍，一旦復見成書，則斷璧零璣，少而益貴，即未必頓還舊觀，要可與范劉遺著鼎足並傳已。至《草堂集》、《嘉話》兩種，他書徵引者寥寥，不能自爲一帙，録附卷尾，俾讀此書者，藉窺全豹之一班云。

四明圖經

右《四明圖經》十二卷，宋張津撰。津字貫未詳，據《萬姓統譜》，乾道三年以右朝散大夫直秘閣知明州，兼主管沿海制置司公事。是書首有乾道五年處州縉雲縣主簿三山黄鼎序。卷一總敍明州，卷二鄞縣，卷三奉化，卷四定海，卷五慈溪，卷六象山，卷七昌國州，卷十、卷十一詩文，卷十二則太守暨進士題名記也。各家書目均未著録，惟《皕宋樓藏書志》載有鈔本，書中凡遇宋帝皆提行，蓋從宋槧録出也。

水道提綱

《水道提綱》有南北兩本。南刻乃門人浦陽戴殿海、殿泗，得手定原稿以付剞劂。北刻不知出誰手，視南刻少有異同，首多《四庫全書總目》。中丁兵燹，南北板本均付劫灰。光緒戊寅津門徐士鑾，據南本重刊示，弁以提要，末有自跋，紀重雕原委。此編乃戴槧初印本，咸豐乙卯仲冬既望，在會稽祖籍，以四百二十錢得之府横街尺木堂坊肆。遭亂幸未失去，蓋藏之垂四十稔矣。曝書檢得，追理前塵，因綴數語。

建寧府志

《建寧府志》四十八卷，國朝張琦撰。琦，潁川人，康熙九年進士，官建寧府知府。考建寧有志，自宋守韓元吉始，至明弘治間，知府劉璵繼修之。嗣是，而嘉靖，而萬曆，俱有續志，均付幽遐。國朝康熙初，同知署府事程應熊重加畬輯，甫創稿，以遷秩去。琦因應熊舊稿，參以《通志》，删訂成編。凡子目二十，曰輿圖、曰沿革、曰畺域、曰山川、曰城池、曰公署、曰學校、曰書院、曰津梁、曰坊市、曰賦役、曰物産、曰祀典、曰職官、曰宦迹、曰選舉、曰人物、曰藝文、曰雜志、曰拾遺，都爲四十八卷。今夏余權守是郡，下車伊始，即訪求志乘，不特板本久佚，即印本亦徧索不獲。久之，於前政移交案牘中始得此本，各卷已多鈔補，幸首尾完具。其書成於康熙癸酉，官制視今小異，如同知、通判二缺未裁。壽寧縣尚隸建寧，迨後福寧州升府，始割壽寧以屬之。慨自癸酉迄今，又百九十五年矣。其間宜增宜裁[二]者，更僕難數及。今蒐集已懼相距久遠，不免杞宋無徵之歎。郡人士以余留意是邦文獻，亦以重修爲請。自維弇陋，且受代在即，何敢率爾操觚。惟念守先待後，古有明訓，但使僅存之本，得永其傳。安知將來無博雅如對山、五泉者，慨然以著作自任，踵事續編乎？則此志之存亡，所關固甚重也，慎厥收藏，徐謀續纂，是所望於繼守是邦者。

〔二〕「裁」原作「載」。

建炎以來朝野雜記 代

謹案：是書閩刻，舊所未有。張孝達尚書《書目答問》列是書於雜史，與《四庫總目》之列於政書，分類稍有不同，其下則注有「聚珍本」、「福本」字樣，而福本實無此種。正[二]擬據以補刻，乃近世所通行者，僅有李氏《函海》本。其字句之譌脱錯亂，金根白芨，布滿行間，斷不能依以覆板。適假到豐順丁氏所藏聚珍原印本各種，則此書宛在，因即據以登木。惟考《四庫總目提要》有云：「其書在宋有成都辛氏刊本，並冠以國史本傳暨宣取《繫年要録》指揮數通。今惟寫本僅存」云云。知當時武英殿亦係據寫本排印，然讐校精當，較諸《函海》本有霄埃之别。惟卷端之國史本傳及指揮均未之載，豈以本傳有《宋史》在，而指揮係宣取《要録》，於是書無涉，故皆從删薙耶？又書中脱文、衍字、誤句，抑亦尚所不免。近日歸安陸氏刻《羣書校補》，内有據影宋本此書以校聚珍本之誤者，勘對一周。陸書體例以欲存舊本面目，故雖有明係舊本譌誤亦一律録入。且寥寥數頁，所校仍未完備，遂以新刻本寄致浙中，屬李少青學博，取陸氏所藏影宋本與聚珍本異同之處，逐條録示。閲三月之久，始獲録到，其足以資考正者甚夥。凡筆畫小譌，與夫字之因音同形似致誤者，審視既確，即在刻板中剜改。若文字之義得兩通，及字句之應删應補，則按條輯録，間亦考諸《宋史》以質衷之。竭一月之力，纂爲《校勘記》五卷。而影宋本卷端亦載指揮三道，與《總目提要》所言符合，尚有公牒一首，則《提要》所未言及者，既均爲原書所有，因並録而補刻焉。

〔一〕「正」原作「政」。

漢唐事箋

《漢唐事箋》十二卷《後集》八卷，元朱禮德嘉撰。阮文達元《揅經室外集》有是書提要，稱其事迹無考。按：禮，一字仲嘉，江西新城人，元統三年解試進士，歷仕崇仁廬陵教諭，見《新城縣志》。撰序之謝升孫亦江西南城人，行誼載《建昌府志》暨縣志。是書世所罕覯，錢氏大昕《元史藝文志》、盧氏文弨《遼金元藝文志補》均失載。惟《文淵閣書目》、《季滄葦書目》、張金吾《藏書志》著録。道光初，先外舅李鐵橋廉訪澐官嶺南，文達來督兩廣，因從傳鈔鋟板，即此本也。題端及面籤皆外舅手書，卷末胡森跋中，備述其事。外舅告歸後，板本藏越中里第，辛酉之亂，燬於兵火。曩余佐郡東瀛，適楊臥雲舍人希閔主講海東書院，以是書乃其鄉先賢著述，爲手校一過，慫恿付梓，並許覓江右槧本見貽。他日得其本參訂，當重刊以永其傳，姑識此以當息壤。

皇朝謚法考

疇昔里居，嘗與李蒓客郎中采集康熙以來得謚之人，以補漁洋舊考所未備。創稿甫半，而鮑太守此書出，事遂中輟。此書蒐羅詳備，且多訂正前人之誤，遠勝石、趙諸編，惜百密不免一疏。如嘉慶朝河南滑縣老岸鎮巡檢劉斌，與強忠烈同殉教匪之難，贈知縣，謚忠義，見近人文集，而卷中遺之。又考乾隆五十年纂修《國史貳臣傳》，其列入乙編之馬光遠、謝陞、金之俊、房可壯、王永吉、王鐸、左夢庚、梁雲構、馮銓、謝啟光、衛周祚、龔鼎孳、劉昌、高爾儼、張端、孫可望凡十六人，皆奉特旨奪謚，今卷中祇馮銓名下附注追削，亦失之挂漏。至其書分類臚列，體例最善，惟成書後一再續補。徐太守又有增益，人數無多，仍依原例登載，門類迭出，反不便於尋檢。余於庚午、癸未兩次入都展覲，凂彭瑟軒侍讀、查蔭堦舍人，先後從内閣檔册録出，於徐書外又得八十七人，起同治十一年九月，訖光緒九年八月。姑依檔册原次録附卷末，俟所積益夥，當以類分隸，合鮑徐各編彙爲一書，識此以當息壤。

讀書敏求記

丙寅春日，從魏稼孫鹹尹借得黄蕘圃此書校本。蓋據遵王手稿訂譌補漏，間及諸書歸宿處。朱墨燦然。亟出此本命侍史過録，並增濮梁一序。序稱：「付諸梨棗，以公同志。」似濮氏另有刊本，然考近日通行《敏求記》，沈氏是編外，惟阮氏小瑯環仙館本、潘氏海山仙館本。若雍正間趙槧，已不數覯，更何論濮刻。豈其授梓未果耶？抑傳本久佚耶？當博訪之儲藏家。沈氏此書有兩本，一爲乾隆乙丑初槧，一爲乾隆乙卯其子炎重修，即此本也。

華延年室題跋卷中

揅經室經進書錄

嘉慶中，阮文達相國視學浙江，繼官巡撫，先後進書一百七十四種，皆《四庫》未著錄者。每書仿《欽定提要》，檃括全書，撮舉大凡，各有解題，隨卷奏進。仁廟奬賚有加，特建「宛委别藏」以庋之。文達次子福，以稿本刻入《揅經室外集》，題曰《四庫未收書提要》，凡五卷。近日又有巾箱翻本，蓋久爲儲藏家證引之資。惜書成衆手，時有牴牾，如《漢文鑑》，原載卷一，篇内有前次所録《東漢文鑑》語，初疑此書以進呈先後爲序。及檢《東漢》一種，翻列卷五，與前編絶不相應，始知裒集成編，未經合訂。故有一人而名字雜舉者，一事而冗複屢見者。此外體例不一處尚夥，未及殫述。又未分門類，不便尋檢。曩歲癸酉，嘗命侍史逐篇分録，有志重編，尋以事中輟。客夏杜門卻埽，復加銓次，凡考論偶疏，衍奪失校，輒據他書是正，書中最舛者，如《傷寒明理論》已入《四庫》，《策學統宗》則列《存目》，皆不應重録。其次則《支遁集》，亦不足存。考支集《宋志》已不載，亡佚久矣。嘉靖中，蘇人皇甫涍忽以二卷刊行，明人援引古籍例不著出處，一時遂詫爲祕册，互相傳寫。不知其書全從《弘明集》録出，别無增益。如《清涼傳》中支遁《文殊像贊序》即未采及，並不得稱重輯之本。況《弘明集》《四庫》已收，焉用此抄撮者乎？並就所見新舊槧本分别附注，用備嗜古者訪求。復從《瀛舟筆談》增《通鑑釋文》一種，暨《洞霄詩集》篇尾二十一字。部類謹遵《四庫全書總目》，釐爲經史子集四卷。楊臥雲舍人曾相排比，謂此書原名似已進見遺，與《附存書目》淆溷，因改題《孥經室經進書錄》，已定，可繕寫。緬昔乾隆中崇文舉典，嘉惠藝林。既以《四庫全書總目》、《簡明目錄》次第刊布。後脊輯《永樂大典》中罕觏祕笈，以聚珍板印行，頒發東南五省。海内傳誦，家置一編。百餘年來，濡涵教澤，風氣益開，承學之士，莫不願讀未見書。借鈔傳刻，鋭志蒐羅，於是陳編日出，昔之帳祕枕函，今皆復顯於世。以禮僻宦海嶠，見聞弇陋，但就一己涉獵所及，其爲《四庫》未采、此書未及者，已不下百數十種。且有書名已見《總目》，爲當日採訪偶遺者，謹臚列其目，畧疏原委，亦以前明爲斷，成《備采書錄》如干卷，附是編後。倘有繼文達而起者，薈萃校錄，上塵乙覽，非特前賢撰著，彙登册府，得以傳示無窮。即金匱石室之藏，亦由是益臻美富。用昭聖世右文之盛，豈不懿與？是所望於當代大人君子。

歷代帖目彙鈔

《歷代帖目彙鈔》兩册，不署編輯名氏。乃嘉禾張叔未解元故物。考趙晉齋有《古今法帖彙目》，此書當出其手。趙，字洛生，仁和人，嘉慶庚辰恩貢生。深於碑版之學，隸眞書俱精老有古法，所著尚有《竹崦庵碑目》。咸豐中里居，曾得舊鈔兩册，采摭亦備，惜遭亂失去，不能與此本一校異同也。

唐史論斷

謹案：此書聚珍版舊曾排印，見《書目答問》。惟云福本有之，則偶誤也。豐順丁氏所藏聚珍版原槧，種數較夥，亦缺是編。傳刻有《藝海珠塵》、《學津討原》、《粤雅堂叢書》各本。又從丁松生明府丙假得舊鈔，參互讎對，擇善而從。其中詳畧異同，另輯校勘記用備考證。各本以《粤雅》本爲最善，蓋得吳枚菴翌鳳《祕籍叢函》寫本參訂也。朱竹垞檢討彝尊跋，《學津》、《粤雅》兩本均載，今亦據以並附焉。

傅子

晉司隸校尉清泉剛侯《傅子》一百二十卷，唐以前無闕，宋代衹存殘本五卷，歷元與明，殘本相傳，故《文獻通考》、《文淵閣書目》、《國史經籍志》均載之，至國初始佚。河間紀氏昀謂元明以後藏書家絶無著録者，誤也。《四庫全書》館臣從《永樂大典》寫出一卷刊行。嘉慶時，烏程嚴氏可均，增以《三國志注》、《羣書治要》、《意林》各條，暨諸書所徵引者，廣爲四卷。惜鈔本勵存，物色有年未之得。乃發藏書，復借人閱市，鋭志畜輯，顧以應官尠暇，隨作隨輟。曩歲佐郡東瀛，得江右楊臥雲舍人希閔相助，甄采所集益多，爰理而董之，省並複重，漸有條緒。適歸安汪謝城廣文曰楨録得嚴本郵寄，藉資印證，並編次體例，亦參用之，重加排比，以卷帙少繁，依《崇文總目》勒爲五卷。今原本之二十三篇，雖殘缺過半，然博綜增訂，篇章間亦完具。加以攟摭畸零，聯繫斷散，計續得有篇目者數則，闕題者更夥，視嚴本又增五百餘字。固未能頓還舊觀，而逸文賸句，當亦有出宋本外者。兹值奉檄修校聚珍版諸書，《傅子》亦在其中，遂取舊所重輯之本，並以近得海寧錢氏清風堂本，屬孫鹹尹星華悉心讐勘。孫君爲成例言刊諸卷端，並冠以敘録，大段尚燦然可觀。爰附刻於聚珍本後，刻成爲誌其顛末如此。

傅氏家訓

右先七世祖知事公《家訓》六篇，康熙辛巳鐫於越中里塾，閲歲寖多，間有闕失。道光壬辰冬，先大夫自德水乞養歸，並公所校訂之《人譜類記》，與夫六世從祖縣丞公之《色戒録》，六世祖大使公之《心孺詩選》，逐一補葺，仍還舊觀。己酉春，伯兄宰陵邑，以僚友求索者夥，嘗丐翟文泉年丈以分隸揭櫫。方謀鋟木，會移疾未果。同官胡秋潮明府聞之，願任剞劂之役，旋以咸豐癸丑春翻雕於東郡。以禮曾誌緣起，以爲跋尾。相距已四十載，胡刻莫知流落何所。家藏諸槧，則辛酉遭亂，播散殆盡，幸撫印之帙偶存。同治戊辰冬，得猶子楨汴梁書，請重鍥，用垂永遠。時正蒐輯先代撰述，由晉迄唐各集爲《傅氏家書》，兩宋遺著爲《傅氏續録》，亟思以次壽之梨棗。而網羅殘賸，聯繫奇零，剌取綦繁，彙纂匪易。爰先以有傳本二種辨疑糾誤，即於次年夏，手寫《夏小正戴氏傳》墨版。久之，至今冬甫繼成先忠肅公文集，均附以札記。因此編篇頁尚簡，遂踵付梓人。原刊無卷數，謹釐爲上下卷。其中字句，視家乘所載少有異同，業命猶子樾參互讐對，以禮覆加審定。《心孺詩選》有七絕題詞，采入弁首，並以家乘小傳附後，俾讀者藉得考見公之行誼焉。

能改齋漫録

謹案：是録據卷首提要稱：「自元初以來，刊版久絶，此本乃明人從祕閣抄出，原闕首尾兩卷。焦竑家傳寫之本，遂以第二卷、第十七卷，各分爲二，以足其數，實非完帙」云云。舊藏錢遵王述古堂寫本殘帙，所缺乃卷二及卷十七，與提要所載小異。此本卷二共九十則，即割取卷一後半之文。至卷十七從何卷析出，惜錢本卷十以下全佚，莫可證明。《守山閣叢書》載有是録，因合三本互勘。錢鈔本卷首多京鏜一序，卷六、卷七事實類多二條，卷八沿襲類多一條。叢書本卷十七樂府類多二條，又據《蘆浦筆記》采録事始類一條。其有此本字句譌缺，而殘鈔本、叢書本不缺者，此本既未便改刻，故别録爲脱文，均依類排比，彙爲拾遺，而以京序補弁簡端。至叢書本雖祖《四庫》本，而較此本多二則者，以卷末錢熙祚跋尾考之，蓋曾據臨嘯書屋刻本參校，故有所增補云。

享金簿

右《享金簿》一卷，孔東塘民部著。記所藏碑帖、書、畫、鐘鼎暨各種古器，詳著時代款識，雖寥寥三十七則，頗資考證。如是建初慮傂銅尺，今金石家輾轉著録，即民部故物也。是書未見槧本，流傳甚尠。

此本乃張叔未解元手鈔，各條下間附校定語，極精審。去冬得之張氏族人，他日當刻入《校録彙函》，以廣厥傳。孔，名尚任，自號云亭山人，曲阜聖裔。張，名廷濟，嘉興人。

武經直解

右《武經直解》二十五卷，明劉寅因宋朱服本重加校輯。凡《孫子》三卷，《吴子》二卷，《司馬法》三卷，《李衛公問對》三卷，《尉繚子》五卷，《三畧》三卷，《六韜》六卷，又附[一]《讀法》、《凡例》、《陣圖》、《國名》各一卷，《附録》一卷，實共三十卷。其《三畧直解》，《四庫全書》已著録。阮氏又得《司馬法》、《尉繚子直解》兩種進呈。蓋流傳多零種單行，均未見全書完帙也。張綸《林泉筆記》作六種，誤。

[一]「附」原作「服」。

柳邊紀畧 張石洲舊鈔本。

右《柳邊紀畧》，爲張石洲明經舊鈔，今歸詠樵太史藏弆。中籤改各條，當屬明經手筆，並附何願船比部識語。道光中，吴江沈翠嶺楙悳曾刻入《昭代叢書》壬集，不分卷，且多删節，卷首衹存自序，末卷諸詩全闕。考《拜經樓藏書記》，稱後一卷爲詩，前有自序及費密、潘耒、林佩、黄中堅、王源諸公跋。《吹網錄》所載畧同。核之此本，悉與脗合，蓋足本也。今秋寓書太史假讀，因檢沈本互校。沈本固非完書，然其中亦有可訂此本之誤者，已用朱筆一一是正，共得三百餘字。惟末卷無可參證，姑就訛奪顯然者，標著眉端，以竢審定。其《換車行》暨《至寧古塔》二首，已選入《國朝詩別裁集》，而字句頗有異同，疑出選者潤色，不得據校。錄副既竣，覆勘一過。楊氏所著《鐵函齋書跋》，曩借太史藏本讐對，亦寫有定本。他日當與《大瓢偶筆》殘稿合刊爲《楊氏遺書四種》，附識以當息壤。

又 手校定本。

《柳邊紀畧》五卷，山陰楊賓撰。賓，字可師，號耕夫，別署大瓢山人。八歲能作擘窠書，及長，以刑名經濟之學歷佐大吏幕，好著述，兼善書法。父春華坐友人累，偕妻流寧古塔。康熙己巳，聖祖南巡，賓偕弟寶迎叩御舟，請代父戍，不許，遂至寧古塔省親，途中墮馬幾殞。及父歿於戍所，復詣闕請歸骨。而格於例，徧訪舊案。久之始獲一卷，以請部議，從之。乃迎母奉父柩葬於蘇州，遂家焉。卒年七十一。見乾隆《蘇州府志·流寓傳》。乃《國朝詩別裁集》稱其赴闕訟冤，得旨之柳條邊迎親歸。殊爲失考。按：賓之至寧古塔也，以己巳冬往，庚午春歸。歸十七年，博稽圖籍，追述見聞，輯爲是編。柳邊者，插柳條爲邊，猶古之種榆爲塞，在寧古塔境，故以名其書。書中不分門目，大致卷一爲城府、關塞、山川，卷二爲道里、官制、屯衛，卷三爲部落、物產，卷四爲風俗、碑刻，卷五以省親詩附焉。舊藏《昭代叢書》本，首祇自序，末無詩什，證以《拜經樓藏書記》、《吹網録》諸書，知非完帙。近假龔詠樵太史所藏張石洲舊鈔足本，初擬就《叢書》本增補。洎細檢，則其所闕不止第五卷暨費密等五序，即各卷亦多删節。脱文既夥，行間眉端不能具載，因命侍史另繕是本。繕完覆勘一過，卷四金《完顔婁室碑》内缺文，兩本所標空格多寡互異。是碑金石家記已著録，當覓其書審定。卷五以無別本參訂，僅就訛奪顯然者拈出一二，亦當訪求善本以正之。

淡生堂外集

《淡生堂外集》，明祁承㸁撰。承㸁，字爾光，一字密士，號夷度，山陰人。萬曆甲辰進士，仕至江西右參政，忠惠公彪佳父也。淡生堂儲藏之富，甲於江浙。著有《文集》十二卷、《牧津》四十四卷、《國朝徵信録》二百十二卷、《餘苑》六百四卷，又《淡生堂書目》暨《宋賢雜佩》如干卷，惜均未見傳本。此《外集》二册，爲蕭山王氏十萬卷樓舊藏，亂後散出，丙辰得之越中常賣家。計雜著三種，曰《瑯琊過眼録》、曰《符離弭變紀事》、曰《兩遊蘇門山記》。前無序目，似非完帙。《知不足齋叢書》載有《淡生堂藏書約》，疑亦外集之一種。爰手抄附後，都爲四卷。時方增輯忠惠公集，他日當合訂爲《祁氏家書》。惜羈宦海嶠，力不能任剞劂，未審何時始償此願，姑識此以當息壤。

潭西草堂憶記

《憶記》四卷，明吴甡撰。甡，字鹿友，揚州興化人，萬曆四十一年進士，崇禎朝官至禮部尚書東閣大學士，坐事遣戍金齒。福王即位赦還，復故官。唐王立於閩，復召入閣，以道阻未赴，久之卒於家。是編舊有自序，《南疆繹史》嘗引其語曰：「遠追微箕狂遯之迹，終矢龔謝病臥之心。懔守歲寒，歸覲君父。」又云：「以溪堂爲大窨，膽薪爲氈雪，冠履爲漢節。」蓋作於鼎革以後，故其言如此。横雲山人《明史稿》譏其「受命督師，遷延卸責，不能死報君父，其後偃臥潭溪，作爲《憶記》，自比微箕，君子有微憾」云云，亦指自序中語。今此本卷首無序，殆偶佚之也。

按：全氏《鮚埼亭集》有是書跋二首，其文足以雪舊史之誣。《明史》以興化與楊嗣昌同傳，亦爲未允。余近輯《明史附編》，擬爲另立佳傳，因録全跋於右以備參考。

人海記

初白先生《人海記》，乃其居都下時聞見雜志。因東坡有「惟有王城最堪隱，萬人如海一身藏」之句，故以「人海」命其書。先生《敬業堂集》久風行海内，此記獨爲世所罕覯。道光中，吴江沈翠嶺楙悳，以先生所著《易説》，同刊入《昭代叢書》壬集，於是流傳始廣。記中多述國初掌故暨明代瑣事，亦間及桑海遺聞，雖所載寥寥，頗有與各家野史詳畧互異者。爰别而出之，稍加詮次，裒爲一編，並標篇目於右，以便檢閱，凡二十有三條。

瀛舟筆談

是書爲儀徵阮梅叔亨著。梅叔乃文達太傅介弟。太傅撫浙時，嘗以「瀛舟」顏其齋，梅叔因以名書。所記皆太傅撫浙政績，及一時投贈之作，惟於浙人士稱頌篇什一概濫列，未免珠礫並陳。其末二卷載進呈各書提要及金石雜記，頗資考證。己未十一月朔日粗閱一過，因誌其梗概如右。

鐵函齋書跋 楊氏重編四卷本。

是書吳江沈翠嶺楙悳曾梓入《昭代叢書》壬集。曩有其書，遭亂遺失。此本乃道光丁未，漢軍楊慰農制府霈刊於嶺南，附《大瓢偶筆》後。舊分六卷，合併爲四，按碑帖時代，次其先後。復據他書采入十八則，據卷末附目，共增十九則，中《開皇禊帖跋》舊鈔原載，殆楊氏所見之本偶遺之耳。刪其詞意複見者一則。夫依類重編，用便尋檢。雖孫氏星衍輯《古刻叢抄》已有此例，然失原書面目矣。若卷第悉仍其舊，而以新增者爲補遺附後，則盡善矣。客秋從龔詠樵太史借讀，塵俗經心，衹翻摘一過，未及細校。今歲榷鹽東沖，晝長多暇，因以蕭山王氏十萬卷樓舊鈔互勘，計訂譌補漏七十二處，俱標識眉端。舊鈔亦有衍奪，顧遠勝此本。最謬誤者，卷二何氏東陽《蘭亭帖跋》內「鶴口」二字併作一「崔」字，卷四《涵萬樓舊拓爭坐位帖跋》

內「姜學在」作「姜學士」。不知「鶴口」乃虞永興《與圓機書》中字，有人收得，翦開賣之。「罄卿」二字得麻一斗，「鶴口」二字得銅研一枚，見《金陵瑣事》。姜學在，名實節，萊陽人，明給諫垜子也。此皆無知者妄改，賴寫本僅存，得據以是正，足見讐對雖學問末務，亦未可以輕心掉也。太史精於考訂，必謂雍之言然。

又

王氏舊鈔六卷本。

《鐵函齋書跋》寫本六卷，乃周曼嘉太守所藏，蕭山王氏十萬卷樓舊鈔，經晚聞先生點勘，曼嘉曁亡友魏稼孫大令亦互有是正。今夏從龔詠樵太史借得楊慰農督部霈刊本，互校一過，據增《郭泰碑跋》已下十八則，並從墨迹采得《十三行聖教序》兩跋，爲補遺附後，合原載共一百九十通，已定，可繕寫。是書尚有《昭代叢書》本，惜遭亂失去，末由參考，殊爲闕典。楊刻依時類重編，併爲四卷。卷一中李鳳陽《東陽何氏蘭亭第二跋》，因語多別見，删去。而以采自他書諸條散入各卷，致新增與舊載漫無區別，且失於讐對，藉此訂正者甚夥，於此蓋徵舊鈔之足貴。

承清館印譜

《承清館印譜》初續集各一卷，明張灝輯。灝，字夷令，太倉諸生，南京工部尚書輔之之子，翰林院庶吉士溥從兄也。其譜每翻列印八，兩集各三十翻，共收四百八十章。各印下首載釋文，次詳印質，末列鐫者姓氏。所載印人爲文三橋、名彭，字壽承，長洲人，官國子監博士。何長卿、名震，又字主臣，號雪漁，婺源人。梁千秋、名袠，揚州人。歸文林、名昌世，崐山人，震川先生孫。以上四人見《印人傳》。李長蘅、名流芳，號檀園，嘉定人，萬曆丙午舉人，又號泡庵。蘇嘯民、名宣一，字爾宣，號泗水，新安人，有《印畧》。程彥明、名遠，無錫人，有《印則》、《印旨》。張休儒、名嘉，譜中有序。沈從光、吳門人。沈千秋、楊漢卿、葉德榮、錢適之、周朗生、王梧林、歸道玄、陳居一、徐上甫、王修之、王晉卿、以上十六人俱見鞠履厚《印人姓氏》。吳考叔、王玄陽、徐上卿，以上三人無考。共二十三人。初集前有張崍、陳元素、張嘉、舒曰敬序暨自序。後有李繼貞、王在公、李吳滋、徐日久、金在鎔跋，王伯稠題詞。續集前有管珍、張壽朋、陸文獻、歸昌世、黃元會、張大復序暨自序。後有薄淡儒、錢龍錫、王志堅、陸獻明、王瑞章跋。序跋各篇均不署年月，惟徐日久跋有「歲己酉見所集印譜」語，金在鎔跋有「是譜肇於丙丁之際，今春始告成」語。以其時考之，則萬曆中葉也。張氏別有《學山堂印譜》，其成書後此譜二十餘載。卷首論印極推崇文三橋、王梧林，而譜中並未采及，向竊疑之。今秋沈淇泉茂才客姑蘇，偶得此譜，書來備悉體制。始知張氏有前後兩譜，並恍然後譜之不收文、王兩家，以其已具前編也。亟馳書屬爲物色。適故家以此本出售，遂以泰西銀錢十八枚易得。吾友魏稼孫大令，專門金石之學，旁及篆刻，嘗自署「印奴」，浼趙撝叔明府刻一小印，其癖嗜與余同。而訪求之勤，鑒別之確，裒集之富，橅搨之精，則自愧不逮遠甚。明末國初諸名家如何長卿、程穆倩，稼孫皆得其手製。餘亦藏有拓本，惟以未獲文氏真迹爲憾。

囊客黄巖，從友人借觀《賴古堂》殘譜，其中文印適缺，因手識云：「余所見國博印，獨其詩箋押尾『文彭之印』、『文壽承氏』兩印真耳。未谷先生論文氏父子印，亦以書迹爲據。今人守其贋作，可哂。櫟園相去不遠，所輯當不謬，竟不得見，則終不得見矣。」其傾慕可謂懇摯。余之不靳重值致此，正以中有文作，欲與稼孫共欣賞耳。乃郵寄未達，遽於八月初作古，「終不得見」之言，不意竟成語讖。而今而後，更何人相與考析耶！每展是編，輒爲腹痛。

寶印齋印式

《寶印齋印式》二册，明汪關印稿也。關，字尹子，原名東陽，字果叔，歙人，家太倉。册首標題兩行暨各印下間注「磁」、「銅」、「晶」、「玉」等字，當是汪氏手筆。前有張崍序，宋珏題詞。後有李瞀之、侯岐曾、文震孟、王崟、潘雲翼、張紀、吴樂、繆昌期、顧普連九人詩什，亦皆墨迹。同時張夷令灝輯《承清館》、《學山堂》兩譜，文、何以下羅列至二十餘家，尹子子宏度亦預而不收。尹子之作且於《學山譜》中注云：「果叔素不解奏刀，每潛令其子代勒，以溷世遂浪得名。」今好事家所藏果叔篆刻，皆出宏度手也。」周櫟園侍郎亮工《印人傳》力辨之，謂：「羲、獻大有分别在，夷令必有私憾於尹子，故譽子以抑其父耳。」又云：「印章漢以下推文國博爲正燈，近人惟參此一燈，以猛利參者何雪漁，以和平參者汪尹子。」其推許可謂至矣。《賴古堂印譜》備録此傳，尹子手製印次於後。每以傳本罕覯，遊想而已，不意其自有《印式》

專譜也。此譜乃翦黏本，共存印三百三十又一，成於明天啟中，迄今已二百八十餘祺，手稿勵存，真不可無一不能有二者。況有繆文貞、文文肅諸賢題詠，尹子固不必藉人而傳。然得此益覺增重已。舊爲王奐之樂所藏，奐之工篆刻，有《印存》行世。繼歸陳子有德大，子有富於收藏，册尾有其手跋，及所錄《印人傳》二則。往歲蔣香生太守得之滬上。借觀累月，愛玩莫釋，遂以漢玉印易得。時損重資，從江左購致張氏兩譜，方惜其中獨遺尹子。今獲是譜，匪特證張說之誣，且適補張譜所闕。合之舊藏黄子環《款識錄》、薛穆生《漢燈》諸譜，而明季各家篆刻畧備矣。原裝渝敝，亟重新之，分爲上下兩册。其中原缺一方，又有一印兩見者，會沈淇泉茂才得尹子石刻三，魏稼孫大令藏宏度牙章一，各摹搨見遺。因檢兩方補入，而以並拓款識者另幀列後，宏度所鐫亦附焉。其重出爲「張灝之印」四字，今移置簡端，作爲鑒賞之章。兩賢相厄於生前，一旦復合於身後，地下有知，當相視而笑，其亦印林中佳話也歟？

胡氏印存殘帙

曩歲己卯，佐郡莆陽，劉上舍尚文以剪黏舊印一帙見貽。中多明季鉅公名章，刀法蒼茂古雅，頗足方軌文、何，惟以名氏無考爲憾。客秋有展覲之役，歸途復經滬上，偶從坊肆得胡氏《印存》初集四卷。與此互勘，始知爲胡正言手筆。第是帙凡七十六印，而見《印存》者僅十有八。其餘各印，或成譜時删汰，未可知也。胡氏，名正言，字曰從，休寧人，家於金陵。弘光建號，授中書舍人。當時璽寶咸出其手。事迹具《印人傳》洎《南畺史》。《四庫全書總目》載《印存》初集二卷、《印存玄覽》二卷。初集以朱印之，别名《元覽》者，則以墨印之，見子部藝術類《存目》。

漢銅印叢

《漢銅印叢》八卷，歙汪啟淑輯。汪氏曾輯《集古印存》，余齋亦有存本。此譜卷首朱樟序稱：「汪君秀峰，嗜古有奇癖，得古印幾盈萬鈕，彙爲《訒庵集古印存》三十二卷。近又出示袖珍《印叢》四册，云成《印存》譜後，續得漢銅舊刻所成」云云。蓋即《印存》續集也。每卷三十翻，以綠色松竹梅爲四闌，亦與《印存》畧同，惟用巾箱本爲小異耳。客秋以泰西銀錢六圓，從碑客董引之購得。疇昔任牧甫茂才嘗以殘本見貽，乃十一、十二兩卷。是八卷外尚有增續，附識以備訪求。

續唐人說薈

右唐人說部五種，南城胡氏編集，以續陳氏《說薈》。道光中刻於嶺南。各種雖蒐羅什一，未能頓復舊觀。然唐代遺編，流傳日尠，藉此得存梗概，未可以小說家言少之。據胡氏《御史臺記序》稱：「竹林兄弟暇日共議輯唐人說部書十二種，爲世所未有者。」似其所輯尚不止此，今未見傳本，不審果否成書也。

鬼董

右《鬼董》五卷，宋沈某撰。其名無考。元錢孚跋云「孝光時人」。國朝鮑廷博跋，據第四卷「嘉定戊寅予在都」之語，謂其人寧宗時尚存。按：卷二載有紹定己丑臨安道士坐逝事，更後於嘉定戊寅十餘年，是沈且下逮理宗之世，而兩跋均未檢及，何也？書中所述皆南宋近事，間及北宋時，其中人名年月往往可考。惟開卷五則，末卷二則，乃《太平廣記》之文。卷一「年潁」一條，見卷三百五十二。「章翰」、「章仇兼瓊」、「吳生」、「韋自東」四條，見卷三百五十六。卷五「常夷」、「唐晅」、「田達誠」三條，一見卷三百三十六，一見卷三百三十二，一見卷三百五十四。「章翰」《廣記》作「哥舒翰」，「韋自東」上有「貞元中」三字，「常夷」上有「唐」字，「唐晅」條內有「開元十八年」等字。蓋襲寫舊文，取盈卷帙，以內有唐代名氏年號，與此書專記宋事之體例不符，遂點竄以掩其迹。亟宜删去，毋使糅雜。其間近刻有《知不足齋》、《龍威祕書》兩本，都未拈出，因詳著之。續檢得卷一「新昌令」一條，見《廣記》三百三十五，原作「新繁縣令」。卷二「襄陽主簿張有」一條，見三百三十三，原作「楚邱主簿」。「王無有高密王萼」一條，見三百三十四，原作「高密王玄之。」卷四「太原王垂」一條，見三百三十八，中有「唐大曆初」等字，此篇皆删改。合前拈出者已得十二條之多，恐繙帑未及者尚有所遺也。

歷代故事

右《歷代故事》十二卷，宋楊次山撰。次山，字仲甫，寧宗楊皇后之兄。其先開封人，家於越之上虞。少好學能文，補右學生，后受册封永陽郡王，晉會稽郡王，卒年八十八。韓侂胄之誅，悉出其謀，事迹詳《宋史·外戚傳》及《后妃傳》。卷首有序，中云：「老兄永陽郡王昨處庠序，親書《歷代故事》，上自三代，下及五季，開門聚類，包羅撰敍，靡不載焉。」末署「壬申歲仲春望日坤寧殿題」。是書各家書目均未著録，惟歸安陸氏藏有宋槧。其《藏書志》稱：「書中不署撰人名氏，序稱坤寧殿題，則當爲皇后所製。因以序中『老兄永陽郡王』一語求之，知爲宋楊次山所輯。史稱楊后涉書史，知古今，其序當后所自製。壬申歲，寧宗嘉定五年也。」

宋稗類鈔 坊刻本。

是書乃江都李宗孔書雲編輯刊行，未久即爲金壇潘永因所攘，如郭象《莊子》故事。此本卷二少畺索一門，凡例中亦有删削，並失載引用書目。考《四庫總目》亦題潘輯，惟作三十六卷爲少異耳。光緒己卯佐郡興化，從劉淡齋上舍借得雍正中汪氏刻本，雖署潘之名氏，而於原書尚無刊落。亟命侍史王彦據以鈔補各卷，改題李氏姓名，以還廬山真面。補訖重裝，用誌梗概。

近得李氏原槧，首有龔鼎孳、曹申吉、周瑞岐三序暨李氏自序，末題康熙八年。此本李漁爲潘撰序亦署康熙己酉。己酉即八年也。是李書甫成，即爲潘攘。宜乎原槧之不易覯也。

又 李氏原槧本。

《宋稗類鈔》八卷，國朝李宗孔編。宗孔，字書雲，江南江都人，順治四年進士，見國學《題名碑》。官給事中。見王氏《東華錄》。此書近世通行本皆題「金沙潘永因長吉輯，兄永圜大生訂。」《四庫總目》亦然，惟作三十六卷，殆又經後人分析。總目又稱：「分類纂輯，皆不著所出，分隸亦多未允。然綴集英華，網羅繁富，分門別類，較易檢尋」云云。指陳得失，賅括無遺。至以永圜所著《讀史津逮》爲永因作，則紀氏記憶偶疏也。昔咸豐中，曾見山陰周子翼太史淇所藏李氏原槧，甫經假讀，旋遭亂失去。此本得之三山坊肆，與周本悉合，爲侯官劉筠川故物。劉喜儲藏，精鑒別，嘉道間知名士也。李氏尚有《明稗》一書，他書間有引及者，當已刊行，惜未見。另有《李書樓帖》行世。又常與冒辟疆唱和，詩載《同人集》。

高僧傳 明支那本。

右《高僧傳》十四卷，梁釋慧皎撰。慧皎，會稽上虞人，住嘉祥寺，梁承聖二年遭侯景之亂，避地至湓城，次年卒，春秋五十有八。先是，釋惠敏撰《高僧傳》六卷，祇分譯經、義解兩門。慧皎復加推廣，分立十科：曰譯經、曰義解、曰神異、曰習禪、曰明律、曰遺身、曰誦經、曰興福、曰經師、曰唱道。每一科後繫以論贊。起漢永平十年，終梁天監十八年，凡載二百五十七人，又附見者二百餘人，卷首有自序。慧皎蹤迹不出江南，故其書詳於吳越，畧於燕魏。《隋書·經籍志》未著錄。《唐書·藝文志》、《郡齋讀書志》、《文獻通考》所載均與此合。

續高僧傳 明支那本。

右《續高僧傳》三十卷，唐釋道宣撰。道宣有《廣弘明集》，《四庫全書》已著錄。此書繼慧皎而作，上接梁天監，下訖唐貞觀十九年，凡錄二百四十人，又附見一百六十人，瞿氏《藏書記》作三百三十一人，附見一百六人，當係別一本，俟再考。亦分十門。惟易神異、誦經、經師、唱道四科爲感通、護法、讀誦、雜科，餘仍慧皎之舊。《舊唐書·經籍志》、《郡齋讀書志》、《文獻通考》所載皆與此合。《新唐書·藝文志》作三十二卷，以「道宣」爲「道宗」，當是傳寫衍誤耳。《四庫》所收宋釋贊寧《宋[一]高僧傳》，託始於唐高宗時，門目悉依此書，蓋又以續道宣之後也。

[一]「宋」原作「宗」，今據《四庫全書總目》改正。

陰騭文注釋

文昌帝君《陰騭文》，相傳爲降箕之筆，斯世皆奉爲金科玉律，習舉業者尤重之。於是有逐句命題作製藝者，作試帖者，更有一事繪一圖，後附古人前言往事，足資法戒者爲之證佐。各書雖不一體，而爲此文申明義藴則一也。從兄吉甫先生宅心寬厚，事事不欲上人，即有横逆之加，亦能忍而不校。迹其生平，與此文所稱「容人之過」、「奴僕待之寬恕」等語，莫不脗合，蓋有賦性使然也。迄晚歲始，每早虔誦此文數十遍，然後飲食酬應。服習既久，嘗歎古人舊注闡發未盡，日手一編，反覆紬繹，積數年心力，成注釋八十九條。議論崇宏，援引博贍，行當與惠定宇《感應篇注》並傳[一]。兄生而穎異，讀書數過輒成誦，文筆尤敏捷，間爲小詩，亦輕倩流利。惜隨手散置，中丁兵燹，莫可掇拾。已補博士弟子員，久之甫食餼。以廣文注選。顧淡泊寡營，亦未嘗爲禄仕也。亂後家中落，授徒自給，從游甚夥。子及孫皆自課，今相繼遊庠。兄凡十踏省門，兩次佹得復失。而及門録其課藝，高擷榜花。故余挽兄詩有「文章漫道無憑據，餘緒猶成豎子名」之句，蓋紀實也。丁卯秋，予將由楚南之官閩中，兄賦七律贈別。辛巳春奉差旋里，見兄髩髮雖衰，飲啖猶昔，相與訂十年之約，當告歸共尋釣游之所。孰知一别遂成永訣，甫隔五載，遽以訃聞。嗚呼傷已！今秋子壬姪書來，附寄此編，敬述遺命，乞爲之跋，將繡梓以廣流布。兄長余三歲，先後同學十有四年，相知最深，何敢以不文辭。既助以剞劂之資，復述兄之存心行己，及詮解此文之苦心。所願後之學者，轉相勸勉，身體力行，庶余兄淑身淑世之志，藉以少慰也夫。

[二]「定」，原誤作「芝」。

北堂書鈔

右明初寫本《北堂書鈔》一百六十卷，孫氏五松書屋故物。孫氏暨高郵王氏、臨海洪氏均嘗校勘。卷一至卷二十六，卷一百三十二至卷一百六十，又經烏程嚴鐵橋年丈覆校。《鐵橋漫稿》載有是書書後，云：「陽湖孫淵如得《書鈔》原本，卷首有『雲章閣』及『紉佩齋收藏』印，不知何許人。淵如作跋尾，別紙夾置卷首。其書中用丹筆改字者，王石華也，卷首用墨筆録錫鬯《類要跋》者，亦石華也。書中校語用墨筆者，余與洪筠軒也。」又稱：「淵如藏本，後爲何夢華元錫所得。夢華棄世，其子以售於秀水令陳振之。振之閩人，罷官，本入閩。」按：孫跋及收藏兩舊印，今書中具在，惟《類要跋》失去。陳大令名徵芝，非振之。嚴氏得之傳聞，致音同字異。同治乙丑，大令之孫以是書出售。祥符周季貺太守損數百金得之。余以耆輯《傅子》、《傅鶉觚集》、《傅中丞集》、《傅光祿集》、《晉諸公敍讚》諸書，屢從借閱，留予齋先後幾及三載，繙帑循覽數過，謹就所載先世雜著，芟訂衍奪，録入《傅氏家書》，餘祇點勘一二。伊予腹笥單疏，行塍又未能多攜書籍，不克通體審定，完嚴氏未竟之業，良用恧然。嚴氏嘗謂《書鈔》原本孫氏，而當時江浙尚有四本。今去嚴氏又三十年，江浙均經兵火，均不免皆爲昆明池下物已。近時儲藏家如豐潤丁氏、歸安陸氏亦各收得一本，然均出後來傳寫，且未經讎對，脱譌尤夥，則論《書鈔》，於今日不能不推此爲最初最善之本矣。季貺其珍秘之，尤願周氏世世子孫永寶之。甲申初夏，余爲作緣，此書已歸吳門蔣香生太守。三十年中，三易其主，難聚易散，古與今如一邱之貉，學者以善讀爲善藏可耳。

姬侍類偶

右《姬侍類偶》一卷，宋周守忠榕菴撰，鄭棫中卿爲之序。二人里貫均無考。其書見《浙江采進遺書總録》，首多嘉定間自序，作二卷。《四庫全書存目》亦同，或所據即浙江采進本也。此本乃璜川吳氏舊藏，繼爲黄蕘圃所得，曾假吳枚庵手寫本互勘，綴以二跋，並録枚菴識語附後。黄氏遺書旋歸同邑汪閬原，復歸上海郁泰豐。郁氏即校刊《宜稼堂叢書》者。其收藏之富，道咸間甲於江左，乃歿未二十年，皆散入雲煙過眼録已。壬辰冬日，其孫務生司馬偶出是編見視，孫子宜鹹尹爲鈔副帙。暇日繙帋手校一過，惜尚闕自序之文，當訪求他本補之。

台州叢書

此書爲臨海宋確山大令校刊，本以十干分集，甫刻至丙集而大令下世，故僅存七種。疇昔家居時，吾友趙撝叔明府掌教黄巖，得是書於彼都人士，知余有《續彙刻書目》之役，以子目録寄。余見中有馮再來侍郎《見聞隨筆》，可與所著《刼灰録》參考，亟寓書託購。書未達而撝叔已歸，旋即計偕北上，余亦由楚南赴閩需次。每以匆匆分手，未及向其借讀爲憾。今夏，周友莊郡丞奉差赴浙，友莊籍隸台州，便道返里，覓得此本見貽，云：「是亂後僅存者。」惜其中闕葉過多，每種題耑亦失去大半，並無總目，幾無從考其完否。撝叔近捧檄西江，何時假其藏本，爲之校補，姑識此以俟。

乙亥春，張子載貳尹又贈一部，兩本合併，僅《石屏集》、《赤城志》尚闕數翻，當再覓舊本補之。《滇考》中原缺四十四字，亦據原槧增入矣。《石屏集》舊缺序文二頁。癸巳仲冬，顧楚英大令以新刊本兩翻見貽，即補入卷首，此集遂爲完本。

支道林集

是集《隋書·經籍志》作八卷，《唐書·藝文志》作十卷，《宋史·藝文志》已不著録，其散佚由來舊矣。至明嘉靖中，始有蘇州皇甫涍輯本二卷刊行。明人徵引載籍，往往不著出處，一時遂詫爲祕笈，互相傳寫。錢氏《述古堂書目》、《讀書敏求記》所收，及阮氏依汲古閣舊藏過録進呈者，皆皇甫本也。按：集中詩文全見《弘明集》，若《古清涼傳》所載《文殊像贊序》即未采及。是僅就一書鈔撮成編，曷貴有此輯本乎？此本爲明季舊鈔，末有崇禎庚午震澤葉氏手識，曾經泰興季氏收藏，卷首有「季振宜印」、「滄葦」兩朱記。同治壬申冬，從福州陳氏購得，陸存齋觀察見而愛之，因輟贈焉。

傅光祿集

右宋尚書令建城縣公文集，《隋書·經籍志》載：「三十一卷，梁二十卷錄一卷。」舊、新《唐書》皆作十卷。著錄互異，或卷有合併，或漸次闕殘，未可知也。明張溥《漢魏六朝百三名家集》彙輯詩文爲《傅光祿集》一卷，國朝嚴可均《全上古三代秦漢三國晉南北朝文》例不收詩，據《藝文類聚》增《立學詔》，而删去詔册璽書七篇。蓋謂進劉裕侍中、封豫章郡公二詔必非亮作，惟封宋公、進宋王二詔當屬亮，而無左證。禪代詔策璽書，則王韶之作也。考《宋書》、《南史》本傳，皆云高祖登庸之始，文筆皆是參軍滕演。北征廣固悉委長史王誕。自此之後，至於受命，表策文誥，皆亮辭也。然則封公、進王兩詔，按當日時事，自出公手。史傳之言，尚不得爲左證乎？爰從張本，仍列卷中。復據《文館詞林》增《征劉毅詔》、《收葬荆雍二州》、《文武試嚴》二教。據《宋書·禮志》增《殷祭即吉議》，其《修復前漢諸陵教》，並依《詞林》補六十五字，而附以請歸政三表，則公與徐羡之同奏者也。集內諸作多有年月可考，已於標目下分别詳註，依此排比先後，勒爲上下二卷，故編次視張、嚴二本，時有異同。張本首弁題詞，末附史傳，均仍其舊。傳稱嘗作辛有、穆生、董仲道諸讚，今並亡。所著《應驗紀》一卷、《續文章志》二卷，傳本亦佚。幸《志》文頗爲諸書徵引，謹搜集如干則附刊集後，俾讀是集者，藉得考見梗概云。

斜川集

宋蘇過叔黨《斜川集》，原書久佚，元以來行世者，皆竄改謝邁《竹友集》、劉過《龍洲集》爲之，以二人與叔黨同名故也。此與抄撮朱松《韋齋集》中之作，假託洪邁《野處類稿》者，同出雞林黠賈作僞。第《類稿》之爲贋本，知者尚尠。是集則《四庫全書總目》已詳辨之。考丁氏《持静齋續增書目》，有元刊《斜川集》十卷，未知果屬真本否也。乾隆中歷城周永年搜集《永樂大典》，所集叔黨詩文，裒然成帙，於是真本復顯於世。仁和吴長元更剌取他書，以增益之，勒爲六卷，附以遺事、訂誤，武進趙懷玉序而刻之。嘉慶中蒙古法式善復從《大典》掇拾，得《補遺》二卷、《續抄》一卷，屬長沙唐仲冕刊附於後，即此本也。向爲歙鮑廷博所藏，卷中增詩三首，晉稗一則，又别紙録張耒答詩，皆其手筆。後遂重加排比，以《補遺》、《續抄》各篇散入六卷中，祇存《附録》一卷，刻入《知不足齋叢書》第二十六集。惟較少東亭一詩暨像圖，並别紙所録張詩，亦仍遺之，殆授梓時偶漏脱耳。嘗檢鮑刻合勘，凡編次互異處一一標識眉端。鮑刻新增釋道潛贈詩，亦補次張詩之後。是集雖攟摭成書，然經諸君子一再鑒定，故一時推爲精審。惜其中尚有誤收者，如《補遺》中《紹熙改元賀表》，鮑刻編入卷四。不知出誰氏手。紹熙爲光宗年號，叔黨卒於宣和五年，見晁説之所撰墓志，下距光宗初元六十八載，其非叔黨之作明甚。蓋《大典》誤以他人之文屬之叔黨。沓輯者不及詳審，遂仍其訛。儀徵阮文達《揅經室外集》有是集提要，亦未著其誤，故爲拈出，俾後來重刊者，得據以删削焉。

傳忠肅公文集

右先忠肅公文集三卷，宋慶元初元，公孫樞密公編輯。原槧久佚，由元迄今，未經重雕。《宋百家詩存》嘗刻一卷，祇詩三十九首。《乾坤正氣集》亦刻一卷，祇文十一篇。全書則輾轉襲寫，雖已著錄《四庫》，而傳本甚尠。曩歲庚戌在越中祖貫，周曼嘉司馬介沈霞西徵君，假何竹薌司馬所儲吳州來校本錄副見貽。中更辛酉之亂，先世圖籍及半生珍弆播散殆盡，獨是集從故紙堆中檢出，完好如故。俛失旋得，歷刼幸存，或有神物護持，俾永其傳。屢思繡梓壽世，苦無他本讐對，緘皮篋衍，僂指四十餘稔已。戊辰冬赴官三山，獲交楊雪滄觀察，承以殘編持贈。會陸存齋觀察奉檄來閩，亦出吳兔床藏書相眎。復寓書丁松生大令借得兩種，一爲吳州來校本，即何氏故物，一則藍格舊鈔。繙帋數過，五本互有異同，爰命猶子楣辨別疑譌，標舉脱衍，又屬魏稼孫明府鉤稽彙勘，是正良多。己卯秋，命侍史另謄清本，躬自審定，句梳字櫛，紬繹再三。庚寅夏覆加董理，旁徵博證，凡詩文采入諸家總集者，《宋詩存》、《正氣集》外，如《御定四朝詩》、《宋詩紀事》、別本《乾坤正氣集》，即所選無多，罔弗參考。惟各本皆奪之文暨付闕如，不敢臆補，因成《校勘記》一卷附後。公事迹具《宋史·忠義傳》，若身後以子孫升朝追贈少師，累贈太師，則見於《晦庵集》暨《後村大全集》。墓在南安縣雙象峰，則見於《福建通志》。此皆史傳狀誌所未詳者。行狀乃建炎二年晁氏公休撰，墓誌爲紹興五年李文肅邴作，並在編集以前。晁固姻家，李亦兒女戚，又公同年友也。論文章名位，李實敻出晁上，迺集中僅附行狀而遺墓誌，今據《清源文獻》增入。更從《宋史》

錄出本傳，從泉州宗譜影橅象圖，從《靖康小雅》刺取贊語，並歷代收藏書弁諸簡端，用述今昔流傳梗概，已定，可繕寫。

謹案：是集已合五本，經三手互勘四過，其中藍格本最爲完善。吳兔床與楊氏贈本大致無異，疑同祖一本，卷上均脱一百二十三字。吳州來本卷上脱七絶一首，卷中又脱四百三十九字，卷下又脱啓一篇，家藏本即從此傳鈔，脱簡悉同，而譌奪更夥，可資訂正者頗尠。州來本末附校字二百餘則，今擇其精審足據者，彙入此記。集中表、頌、功德疏、口號諸作，其頌颺君國處，俱上空一字。舊本必通體盡然，衹以屢經襲錄，遂致各本紛歧，或另跳行，或徑連寫，糅雜參差，前後互殊。考卷首序文、行狀，乃宋本原載，其間涉及朝章國故者，壹皆接書。謹援其例，逐卷排比，概不空格，以歸一律。又集中凡構、穀、敦、廓等字，咸避而不書，分注高宗廟諱、嫌諱，太上、今上嫌名。編集在慶元初年，光宗已傳位寧宗，當時因有太上、今上之稱，後世重刊，固可不拘元式。第古書面目，未宜輒改，故悉仍其舊，而以所避本字，臚著斯記，用備參證。此編知而未見者尚有兩本，一爲《四庫》著録，乾隆中敕建七閣，各儲《全書》一分，文匯、文宗、文瀾三閣在江浙者已燬，衹存天府之文淵、文溯、文源、文津四閣耳，中秘鉅編末由覯也。一爲常熟瞿氏家藏，見所輯《恬裕齋書目》，江海閒阻，遠莫能致。倘他日天假之緣，咸遂快讀，據以覆勘，先集庶無遺憾。並識於此，以當息壤云。

文定集拾遺

謹案：宋汪應辰《文定集》，《宋史·藝文志》暨本傳均未載。明弘治間程敏政於文淵閣得五十卷本，删存二十卷，嘉靖中刊行。嗣後祇選本流傳，原本遂佚。此卷從《永樂大典》采出，共二十四卷。卷首提要稱是集載《宋志》，殆偶誤也。《宋志》祇有汪應辰《翰林詞章》五卷。歸安陸存齋觀察心源是集跋，據《五百家播芳大全集》又得遺文六首，臚列篇目，見《儀顧堂集》。今檢原書，具録全文，輯爲《拾遺》附後。

攻媿集拾遺

謹案：宋樓鑰《攻媿集》原本一百二十卷，《宋史·藝文志》與《直齋書録解題》所載脗合。乾隆中，館臣因中有數卷僅存篇目，文多殘闕，復凜聖訓，凡青詞、朱表、齋文、疏文之類均非文章正軌，特删去一百六十七篇，重編爲一百十二卷，即此本也。考《東觀餘論》、《石屏詩集》、《通鑑總類》，卷首序文亦出其手，皆集所未收，今彙爲《拾遺》附後。

重編張尚書集

右《張尚書集》三卷，明張煌言撰。煌言，字玄箸，號蒼水，鄞縣人，崇禎十五年舉於鄉。魯王監國紹興，賜進士，授翰林院編修兼行人，從亡海上，累擢兵部右侍郎。桂王遥加本部尚書兼翰林院學士。康熙三年爲大兵襲執，不屈，死於杭州。事迹詳溫睿臨《南疆逸史·列傳》暨黄宗羲所撰墓誌，全祖望所撰神道碑，而《明史》不爲立傳。蓋史稿創於國初，其時未經論定，故不免尚有嫌諱也。乾隆四十一年，表章明末死綏諸臣，賜通謚「忠烈」，見《欽定勝朝殉節諸臣録》。忠烈夙擅文譽，著述極富，有《冰槎集》、《奇零草》、《采薇吟》、《北征紀畧》各種。惟《奇零草》，慈谿姜宸英曾序以行世，餘皆稿本勵存。雍正間鄞全祖望裒集各種，都爲《張尚書集》十二卷，附《鄉薦經義》，又爲作《年譜》一卷、《詩話》二卷，以詳其遺事與所贈答之人。惜未繡梓，傳本甚尠。道光中，涇縣潘錫恩輯《乾坤正氣集》，收忠烈遺文三卷，改名《張閣學文集》，惟不載詩詞，且編纂叢雜無緒。然如《北征紀畧》及復郎總督、趙總督、王安撫諸書，上魯監國、延平王諸啟，有關出處大節者，均臚列無遺，雖非全豹，亦見一斑已。爰就潘本重訂，分體詮次，復捃拾諸書所載詩詞以增益之。其詩文有見他書而字句或異者，則參互校正，擇善而從，仍勒爲三卷，標題從全氏之舊，而以郎、趙兩總督招降書附入卷中，用著我朝大度如天，待亡國大夫惓惓若是。然非忠烈之舍生取義，百折不回，亦安能致此哉！忠烈官階終尚書，被執時，浙督曾以其印上之。黄氏墓誌作侍郎，固非，《殉節録》作大學士，亦沿稗乘之訛，全氏神道碑嘗辨之。今並溫傳、黄誌及全氏原序，采弁簡端。不特忠烈生平崖畧有所考見，且俟後之學者，藉此得以訪求全集云。

按：公《北征録》有云：「戊戌年，予以兵部尚書奉命視師。」雖未詳除授時日，而是年之長中樞，則具有明徵，乃全氏神道碑謂戊戌滇中遣使授兵部左侍郎兼翰林院學士，與録年同官異。考公仕魯王已至兵部右侍郎，滇中既遠頒恩命，偏加舊臣封爵，而公僅以故官由右轉左，不晉一階，毋乃與情事有所未合乎？然此猶誤襲黃氏墓誌舊文也。至碑謂：「明年駐節天台，遣人告敗於滇中，且引咎。滇中賜公專敕慰問，加官尚書，兼官如故」云云。則墓誌並無是語，不識所據何書。夫桂王之棄滇竄緬也，尚在己亥二月間，而公之自江南敗歸浙海也，則在己亥八月後。全滇久非明有，何地得通使命全氏之爲此言？殆未就當日時勢一細核也。余戚徐太守鼒撰《小腆紀年》調停其説，遂易爲遣使告敗於緬甸行在，冀得其實。不知桂王入緬後，受困緬人，已與中土隔絕。李定國、白文選輩，兵臨緬境，尚不能得王實耗，一通音問，矧相去萬里之浙海乎？然則是年遣人告敗，及賜敕加官之事，可斷其必無矣。總之，公之官階終尚書，而拜命實在戊戌，此後別無遷擢。他書更有作加閣銜者，碑中已詳辨之，兹不復贅。

以禮之朁輯是集也，蓋二十稔於兹矣。曩歲丙寅，偶得《野史無文》殘帙，載有《北征録》，後附《復郎總督書》、蒙難時諸作，因畧剌各書以增益之，彙入《桑海遺編》，備稗乘之一種。癸酉秋，從潘茂如觀察駿章假得《乾坤正氣集》是集爲涇縣潘文慎河帥錫恩輯録周至明忠臣烈士之文，凡一百一種，五百七十四卷。同時長洲顧沅所輯與此同名，所載惟詩，蓋補是集所未備。其中卷五百五十五、卷五百五十六爲《張閣學集》，《北征録》、《復郎總督書》外，又得文二十一通，重繕清本，以舊采詩詞併附，廣爲三卷。辛巳春，奉差赴浙，復借錢唐丁松生大令丙、歸安李少青廣文宗蓮兩家寫本。丁鈔衹存詩什，概題《奇零草》，末附《北征録》、《經義》、《年譜》。李鈔詩文咸具，並載詩餘，且以《采薇吟》別爲一集，與《鮚埼亭集》所載脗合。兩本詩文皆分體，題下間注甲子。雖詮次互異，而叢雜無緒，先後倒置則同。爰詳考時事，參證史籍，於各體中按年排比，寫本所闕者，則全以《正氣集》補之。依全氏祖望原定卷第，仍分十二卷。凡子目四，其《冰槎集》則雜文也，其《奇零草》則詩詞也，其《采薇吟》則散軍入山後之作也，其《北征錄》則己亥紀事之編也。附以《鄉薦經義》洎全氏所撰《年譜》，視全氏舊目僅闕《詩話》二卷。惜全本惟存序文，其書罕覯，不獲互相印證。《詩話》亦付幽遐，無從增補，殊爲缺典。考是集，《鮚埼亭集》題《張尚書集》，《正氣集》則作《張閣學集》，今改署追賜之謚，用彰聖代褒忠盛典，他日當將集内違礙字句少爲删潤，合舊輯《史忠正》、《祁忠惠》兩集爲《明季三忠遺著》，繡梓以廣厥傳，特粗官薄祿，未審何日克償此願耳。

忠烈遺著惟《北征錄》暨雜文廿二篇，曾刊入《乾坤正氣集》行世，此外皆輾轉傳鈔。就所見丁李兩家藏本而論，多寡各殊，舛訛百出。暇日合《正氣集》參互校勘，凡詩文及前人序跋，如衹見某本而别本無之，標明出處，有從他書增入者亦然。並各本異同詳加臚列於左，成劄記如干則。若字句偶歧，無關要義，概不拈出，以省繁瑣。

天啓宫詞

右《天啓宫詞》一卷，卷首題「虞山陳悰述」，並有自序。考《明詩綜》載徐大臨云：「近傳《天啓宫詞》百首，乃琴川秦秀才辭，而同里陳悰攘爲己作，公然鏤版行之。」又稱：「德陵實錄，爲黑頭爰立者所攫。天啓四年、七年事，遂爾遺佚。秦秀才宫詞，捃摭禁庭瑣語，頗稱詳核。第合而觀之，嫌其述客魏居多，而事關德陵者寡，不無遺憾耳。」按：秦名徵蘭，字楚方，常熟儒學士，亦見《明詩綜》。是編雖有專刻行世，而《酌中志餘》亦載之。客冬購得《志餘》舊鈔，偶闕此種，亟借周氏書抄閣寫本傳錄，即此本也。其中第三、第二十六、第五十一、第五十二、第六十二、第七十四、第八十九、第九十四，共八首選入《明詩綜》。所附詩注與此小有詳畧，爰校列異同於各詩下，以備參考。至第九十九首本詠馮銓事，而注中屬顧秉謙，當是銓仕我朝後，避怨爲諱耳。今旁證他書，並爲改正。

雪交亭集

右《雪交亭集》十二卷，明高宇泰撰。宇泰，字元發，晚號蘗庵，鄞縣人。父斗樞，官副都御史、陝西巡撫，《明史》有傳。宇泰仕監國魯王，官兵部武選司員外郎，所著尚有《敬止録》、《肘柳集》，事迹具詳全氏祖望所撰墓表，見《鮚埼亭集》。其書薈萃勝國忠臣、義士烈女，各立小傳，詳畧不等，按年份紀，以殉節先後爲序，始於甲申，訖於癸巳。又以流離盡瘁、賫志以殁者爲《特紀》。初曾迎降後仍效死者爲《附紀》。并載諸人遺言絶筆，而當時同志哀輓之作亦間及焉。獨《癸巳紀》祇署萬曰吉、楊卓然、朱昇、余鵾翔名氏，注云：「萬曰吉一類未考其詳，容續補之。」而於《附紀》末又列余、萬二人及蔣德璟行畧詩什，未免分隸不倫。余少加釐定，爲移入《癸巳紀》中，俾與上文連屬，補所未備。是集乃鄞縣黄氏家藏，今春從駿孫郡丞借讀，亟屬李君子長録副，兩月而畢。原本繕寫草率，雖每紀自爲一帙，顧漏標卷數，且未署何人所撰，因另增目録弁首，補題作者姓名里貫，逐卷復著明卷第，以便檢閲。蓋此編鈔本僅存，從未墨版，二百餘年輾轉傳寫，遂致斷爛不全。開卷自序即首尾不具，又少《壬辰紀》一卷。此外空行錯簡，更僕難數。幸所采詩文往往見諸各家，本集據以校讐，或刊誤，或拾遺。惟無他書可證者，仍付闕如。他若篇目之混淆，字句之顛倒，罔勿反覆紬繹，分别是正。雖未能通體完善，第較之原本，則大相逕庭已。集末有咸豐辛亥甬上何樹崙跋。各卷亦間附識語。據何跋，舊本原載墓表，當此本偶遺，爰併《鄞縣志·人物傳》補録增入，庶後之讀者，藉得考見其行誼云。

四明先生遺集

右《四明先生遺集》，載涇縣潘文慎河帥所輯《乾坤正氣集》中。曩歲己卯，余佐郡興化。文慎從姪儀卿刺史適權莆田令，行幐攜有家刻，因從假讀，命侍史王彦録存。篇頁寥寥，祇奏疏十一通，雜文七首，未知全書共如干卷。四明之稱，爲忠介自署歟？抑後人所題歟？《鮚埼亭集》外編有《錢忠介公全集序》，當鈔弁卷首，以備他日訪求。

祁忠惠公集

《祁忠惠公集》十卷《補編》一卷，附商夫人《錦囊集》、女昭華《未焚集》、子奕喜《紫芝軒逸稿》。道光壬辰，山陰杜煦尺莊、春生禾子同輯。同治丙寅，坊友姚君以此本持贈，無《附編》三種。初謂偶佚，嗣見新印各本皆然，甫知咸豐辛酉之亂，板本殘闕。庚午夏，自閩入都展覲，與家子蓴駕部昕夕過從。子蓴以十錢得《附編》於廠肆，知余所藏適缺是册，遂以見貽。延津劍合，洵快事也。嗣從魏稼孫明府獲覩忠惠尺牘墨迹，亟録入《附編》卷尾。公先德夷度先生，著述尤富，惜傳本罕覯，亂後僅得《淡生堂外集》二册，其子目爲《瑯琊過眼録》、《符離弭變記》、《兩遊蘇門山記》，復據《知不足齋叢書》增以《淡生堂藏書約》，他日擬合是集重刊，名曰《祁氏家集》。另有增訂史忠正公、張忠烈公遺著，并擬匯爲《明季三忠集》，是固鄉後學之責也，特未知何時獲償斯願耳。

杜氏原編，體例尚有可商者，如《勝朝諸臣殉節録》，自應并采所載行畧，不應僅録賜專謚數語列入像後，況此乃謚議，非像贊乎？今擬重爲編次，惟卷一奏疏、卷五《救荒全書小序》、卷六《救荒雜議》、卷七《寓山注》、卷八《越中園亭記》，悉仍其舊。所有《附編》詩文并新增尺牘，則散入卷二、卷三、卷四、卷九各卷中，勒爲八卷。而以《明史》本傳、《勝國諸臣殉節録》、像圖弁首，以行實、遺事、世系附末。是集乃後人蒐輯成編，非出忠惠手定，不嫌另行排比，讀者當不以爲無知妄作也。

今樂府

《今樂府》百首，吳江吳炎撰。所詠皆有明朝野雜事。其中《五人墓》一首，朱氏彝尊選人《明詩綜》，而署名爲「吳如晦」，幷注「吳江人，有《今樂府》」。豈炎又名如晦耶？按：炎，字赤溟，博學有史才，尤留意勝國一朝之史，與同里潘檉章輯《國史考異》一書，甫成洪、永兩朝，以湖州莊氏史案連染，皆論死。其書僅存六卷，今著錄《四庫》，而不題撰人名氏，殆以二人罹法而削之與？

榆墩外集

《榆墩外集》一卷，明徐世溥撰。世溥，字巨源，新建人，山居爲盜焚掠而死。或云徐以事積忤同里降賊侍郎李明睿，李銜之刺骨，使人僞爲盜以殺之。所著詩文諸集皆以「榆墩」、「榆溪」爲名。是書記甲申之變，殉難、從逆、被拷、潛逃諸臣姓名事畧。從逆分已官、未官，被拷分已死、未死，共一百九十一人。然以李國楨、朱純臣、陳必謙闌入死節，恐所載未能盡核也。別有《江變紀畧》二卷，記金聲桓之亂頗詳。

楊大瓢雜文殘稿

右大瓢山人《雜文殘稿》，僅存文三十八通，末附省親出塞時同人贈行詩文，卷首有太倉季錫疇、吳門葉廷琯兩跋暨《蘇州府志・流寓傳》。季跋稱：「殘稿向藏其裔孫六士員外夢符處。六士子果林爲吾邑尹，没後遺書散佚。此書亦出以易米，惜其或致漂没，因與王君心齋同録」云云。余搜羅大瓢遺集有年，近讀葉君《鷗陂漁話》，附載季跋，知吴下尚有傳本，亟書屬淩子與茂才物色。子與夙留意鄉先輩撰著，時客邗上，不數月爲傳寫郵致，即此帙。因手録目次弁首，以便尋檢，并據所見墨迹，摭拾詩什如干首附入。其《晞髮堂稿》，雖付幽遐，而遺墨流傳尚夥，復有所得，當隨時增續也。至葉跋謂大瓢所著大半已佚，存者惟《柳邊紀畧》及此一編而已，其言未免失考。就余見聞所及，《紀畧》殘稿外，如《鐵函齋書跋》、《大瓢偶筆》、《家庭紀述》，近世均有傳本。吴江沈翠嶺楙悳，嘗以《紀畧》、《書跋》刊入《昭代叢書》。《偶筆》則鐵嶺楊慰農霈制府刊於嶺南，共八卷，復附《書跋》四卷。惟沈刻《紀畧》不分卷，復漏載費密等五跋洎原附諸詩。楊刻《偶筆》、《書跋》，皆以類重編，非復原書之舊。楊氏當時并得《記述》一書，惜未同付剞劂，僅采録數條附入《偶筆》，致其書不顯於世。周曼嘉太守藏有《書跋》原本六卷，爲蕭山王氏十萬卷樓故物，經晚聞先生點勘。曩曾借録，已與楊刻互校，并增補數通。復從龔咏樵太史假得張石洲明經手校《紀畧》舊鈔，五卷完具，亦繕有定本，極思并此編彙爲《楊氏遺書五種》。而《偶筆》、《記述》兩種原本，一時無從購置，未審天壤間尚有流傳否？因跋此稿，并附及之，以待訪求。

堵文忠公全集

《明史》本傳稱桂王贈公潯國公，謚文忠。是書題《堵文忠集》，從正史也。考集中孫順所爲墓表暨胡氏撰家傳，均云贈鎮國公，謚文襄，後改謚忠肅。孫與公爲同年友，胡則嘗從事軍中者也，耳目所見，當得其實，似改題《忠肅集》爲允。

會稽綴英續集

右《會稽綴英續集》五卷，宋黄康弼編，徐鐸校。據卷首結銜，康弼官「將仕郎守大理評事簽書鎮東軍節度判官廳公事」，惜里貫未詳。孔延之《會稽綴英集》二十卷，《四庫全書》已著録。此則續孔書而作也。孔書傳本甚夥，是編藏書家罕有載者，惟《皕宋樓藏書志》稱卷末有「隆慶戊辰夏，彭城錢穀手録」一行，又有萬曆庚申如月文震孟跋。此本悉與脗合，蓋即從錢鈔傳録也。

詩倫二卷

右《詩倫》二卷，國朝汪薇編。薇，字思白，歙縣人，康熙二十三年進士，官福建提學副使，見《福建通志》。其書甄采商周訖明歌謠樂府暨五七言古詩義關倫紀者，裒爲一集。每首標題及篇末各加註，以申明之。與沈易《五倫詩》、鄭人炳《明倫集》命意畧同，蓋總集也。丁氏《持靜齋書目》列入經部詩類，誤已。謹案：聚珍板諸書，惟兩宋撰著爲最夥，元祇《名臣事畧》、《金淵集》、《牧菴集》三種，明祇《墨法集要》一種，本朝官書而外，私家記載僅《琉球國志畧》、《畿輔安瀾志》並此而三耳。顧《琉球》、《畿輔》兩志，均經表進於朝。而薇以康熙間儒臣，身後遺書獲邀睿鑒，並蒙排印頒行，洵千載一時之遭際云。

文館詞林

右《文館詞林》，唐許敬宗等奉敕撰。原書一千卷，《宋史·藝文志》祇以詩一卷著録。此後傳本遂絕，獨日本國藏有殘本。計刻入《佚存叢書》者凡四卷，刻入《古佚叢書》者凡十四卷，惜卷第連屬者少，首尾且多闕逸。此外尚有馬融《廣成頌》，原本纂入卷三百四十八。《古佚》本因《後漢書》具載全文，遂撤出，僅存其目，且誤以《後漢書》爲《文選》。今從范史録出增列，合《佚存》、《古佚》兩本所存，排比先後，彙爲一編，共得一十九卷。弁以目録，詳著各卷完缺，幷采摭唐宋史志，近人題跋，成敍録附焉。惟書內衍奪舛譌，多不勝乙，幸所收不盡佚文，頗有見諸各史紀傳、各家遺集洎文選者，參互校訂，或可落葉盡埽。自歎年老目眊，不克終朝伏案，從事丹鉛，未知何時方能卒業。汗青無日，書以志愧。

按：《古佚》本有楊君守敬跋語，云：「其書刻成後復得目録一紙，除已見刊本外，日本尚有十餘卷，皆不易傳録。」跋後附存其目，並詳著某卷見存某所，所望嗜古者按圖索驥，訪求踵刻，即以此本爲擁篲先驅也可。

傅氏家書

《隋書·經籍志》總集類《李氏家書》八卷，傳本久佚。梁劉昭《續漢書志注》，引漢李郃上顯宗兩書暨六宗祠奏，皆《家書》之文。則先集彙錄，東京已有之矣。吾傅氏係出唐堯，自夏時大繇以封邑爲氏，在商有《説命》，載在《尚書》，在周則瑕仕於鄭，傻見於晉，而世次弗詳，蓋書闕有間已。厥後義陽侯起北地，始大於漢，於是有北地傅氏著譜著錄《隋志》，《世説新語》嘗引及之。從此人才輩出，史不絕書。歷魏晉南北朝隋唐史册有傳者□十□人，著述見史志者二十五種三百八十餘卷。所謂立德立功立言者，於斯爲盛。溯厥本貫則皆北地也，乃以世祀逾邈，數丁五厄，累代撰著都付幽遐，或幸而散在簡策，輒割析辭義，互相乖迕。以禮繫粗官，聞見弇陋，文字不足以揚芳烈，學業不足以綜墮遺。賴前賢輯本具存，得以保殘守缺，從而寫襲。雖補苴罅漏，芟定衍奪，僅等諸一畚增嶽，一蠡損海。而過不自量，鋭志纘緝，句梳字櫛，紬次爲編，載離寒暑已，於事而竣，定著六種附二種，都□卷。其孤文片記勵存者，則合數家爲一帙，仿吳越錢氏書爲《傳芳集》□卷附後。吾宗由漢迄唐之文不盡於此，而盡於此。入宋已後，別列續錄，不在是籍，題曰《家書》，從李氏例也。

傅氏續錄

續之名曷仿乎？《漢書·藝文志》有馮商所續《太史公》七篇，爲續書著錄史志之始，自時厥後，羣歸相沿。《説文》："「續，連也。」《爾雅·釋詁》云："「續，繼也。」蓋連類而及，繼事爲功，義兼有之。且「似續妣祖」，載在《毛詩》，則施於一家之言。及固其所，吾傅氏自北地徙清河，見《新唐書·宰相表》。五代擾攘，闃寂無聞。入宋而人文蔚起，克融世哲，益暢宗支。雖屢遷厥居，而譜牒備具，繫葉秩然。故劉後村撰《忠簡公行狀》有曰："「傅氏自獻簡以論諫顯，忠肅以節義著，太傅以高才稱。公襲忠孝之嫡傳，備家庭之全美，而又受業於朱文公，嘗以君親爲重，利祿爲輕。」真西山序忠簡公猶子景裴《文編》亦曰："「盛哉！傅氏之懿也。自獻簡以高文正學爲元祐正臣，一傳而爲忠肅，再傳而爲至樂，又再傳而樞密大坡之弟。文章著錄，前後相望，雖前代文宗未有及之者，其文均載本集。至樂爲太傅公齋名，朱子曾爲之記。大坡謂忠簡公，蓋公嘗官諫議大夫云。計兩宋三百餘年，先世著述登志乘者，其目十有六，爲卷二百二十有二，而奉敕纂修者不與焉。乃元明以來，什一僅存，及今不㝱輯，久益漂佚。於是懷鉛握槧，不遑監寐。凡首尾完具諸衷，既參校各本，刊正疑譌。即篇章亡散，而遺文墜簡，雜出衆家敍載者，罔勿旁摭博綜，緝而綴之，俾逸而復存。惟以傳作匙罕，不能專行，概彙入《傳芳集續編》，仍前書例也。皆已定，可繕寫。如未櫽括，後之人幸詳其致焉。昔黃梨洲子百家裒集先世事實詩文，爲《黃氏續錄》。謹襲其名，用續《家書》，凡存書三種，附錄兩種，共二十有三卷。

傅氏傳芳集外編

嘉興錢給事儀吉《錢氏清風集序》曰：「予撰次先世文字，及先人師友周旋之雅，詩歌投贈之作，都爲一集，流連諷詠，此亦先人志意之所存。而聲音笑貌，雖悠遠闃寂之餘，猶往往若有聞見。嗚呼！其能已於思乎？詩爲我先人作也，故第其前後不以作者，而從我先人之世次長幼。若其年可知者，即於題下繫之年，可以考見當時出處蹤迹之畧」云云。見《衎石齋記事續稿》。吾傅氏漢晉而後，以宋爲最盛。道德節義，政治文章，世濟其美，故累朝褒答之詔，同列薦舉之牘，洎銘幽表德之文，投贈倡酬之什，見諸一代載籍暨各家别集者，更僕難數。以禮既裒集有宋先世遺著爲《傅氏傳芳集續編》，復仿錢氏書例，輯爲是集，凡分五門，都爲八卷。所愧見聞弇陋，蒐羅垂五十稔，而兩宋遺篇未見者，尚有什之二三，後有所得，當隨時增續云。

重輯續文章志

案：此志《隋》、《唐》二書《經籍志》均作二卷，蓋繼晉摯虞《文章志》而作，故以續名。厥後又有宋明帝《晉江左文章志》、梁沈約《宋文章志》。《隋志》臚列其目，今皆不傳，衹存殘篇斷句，見諸羣書徵引。其中亦間署撰人名氏，而但題《文章志》者較夥，致某人爲某志，漫無區别。今就見存之文，反覆尋繹，大抵摯虞所紀，乃周秦兩漢人物。此志續以三國西晉至明帝之志，東晉沈約之志，劉宋則命名固顯著已。爰準此采摭，凡志文載魏晉間事迹，逐條寫出，省併重複，聯繫奇零，共得一十四人，子孫可考者亦附及焉。中惟陸雲、木華二則，《北堂書鈔》、《文選注》各題傳亮《文章志》。潘岳一則，《世說新語注》題《續文章志》。此外十一則，諸書但題《文章志》，不署撰人名氏。觀《新唐書·藝文志》不著録，傳本之佚，當在北宋，其散見諸書者，亦未經前人彙輯。今雖什一勵存，亦足窺全豹之一斑云。

藏園九種曲

近世院本《玉茗堂四夢》之後，端推《藏園九種曲》，凡講音律者，罔弗家置一編，不知原本共有十二種也。咸豐初，從同里故家得蔣氏初槧《香祖樓》、《一片石》、《雪中人》、《空谷香》、《第二碑》、《冬青樹》、《桂林霜》、《臨川夢》、《四絃秋》，而外尚有《廬山會》、《採樵圖》、《采石磯》三種。自袖珍本出，惟此九種盛行，餘三種遂不復覩，其爲後人删定，抑坊間漏刻，均未可知。觀《彙刻書目》所載亦然，則其失傳由來久矣。余齋舊藏，遭亂失去，不克重刊，廣厥流傳，惜哉！

石鼓文

石鼓自唐相傳周宣王獵碣，史籀所書，其説必有本祖，故當時記載僉同，絕無異議。至宋始有指爲成王作者，由是言人人殊。或謂秦篆，或主拓跋魏，或主宇文周，甚至疑其僞託。此與昔人注《春秋》，輒云三傳皆不足據，惟己獨得其實者，其蔑古將毋同。平心而論，謂出於成王者，因《左傳》有岐陽之蒐；謂出於秦人者，因篆文間與秦器相合。尚非鑿空臆斷。最謬妄者，南北朝之說。考陳倉有石鼓山，見劉昭《續漢書志注》。山名未必起於漢代，其鼓之由來已久可知。即昭爲梁人，亦在西魏北周之前，然則瞽說尚足辯乎？十鼓自元皇慶中移置國學，迄今蓋五百六十餘年矣。昔之金石家如趙氏崡、郭氏宗昌，皆以剝泐日甚，護持無人爲言。今幸值右文之世，乾隆中特命護以重欄，復摹其文，另勒貞珉，以應來者捶搨。伏讀御製《重刊石鼓文序》，從韓愈詩斷爲宣王時物，且以十干爲之次。天語論定，昭示千秋，從此各家歧說概可置之已。是拓乃明人遺墨，爲莆田郭子壽司馬所贈，題籤及釋文皆其尊人蘭石廷尉手書，洵足寶貴。惟歷年既久，屢付贉池，紙本分截零落。原裝出俗工手，錯簡迭見，甚至字或倒置，中復遺奪甲鼓「我毆其時」「我」字、壬鼓「日維丙申」「日」字。「日」字雖有釋文旁注，細審乃另一漫漶莫辨之文。適齋中舊藏殘帙，此兩字具存，各以增入。並偏旁字畫蠹蝕者，亦割殘帙逐字湊合。幸楮墨新舊不相懸絕，居然痕迹都泯。重加排比，浹兩旬甫竣。昔錢遵王以各種宋槧《史記》，大小長短都爲一書，戲襲李汧公琴名曰「百衲本史記」。第錢書祇集諸刻爲之，未經翦裁綴緝也。若此册之聯繫散亡，整補缺損，方類鶉衣百結，琴名屬此，尤稱其實。未識得與《集翠帖》並傳否？余之不辭詞費，無非自著篝燈呵凍之苦心，俾後人益加珍視耳。識者當不誚其玩物喪志也。

是刻自宋以來，論辨訓詁日繁，姑就所知專書而論，元有潘迪《音訓》，明有楊慎《音釋》、陶滋《正誤》，我朝有劉凝《定本》、朱彝尊《石鼓考》、附《日下舊聞》後。張燕昌《釋存》、吳東發《石鼓讀》。此外金石家鈎槧記載中，著録互有異同，更僕難數。甚至有顛倒其文者，如鄭樵以丙鼓「止陕」爲「陣止」之類是也。有以意增加者，劉凝以丙鼓「宮車」下有「吾」字，薛尚功以己鼓末「晉」字下有「孫」字之類是也。大抵所據之本，非輾轉傳鈔，即翦裝錯雜，遂與原刻往往參差。若楊慎之妄自增補，假託唐拓，更不足齒已。惟王氏《萃編》，先就見存拓本摹録，次考宋拓暨諸家槧本，補釋闕文，復甄采衆說，而已爲之跋。跋中歷舉潘氏《音訓》之失，亦多可取。惜百密不止一疏，匪特點畫未能盡依石本，且有顯然可辨之字，概作空格者。又如丙鼓「田車」下跋謂當從宋本作「孔」是已，而釋文則仍作「既」。丁鼓「彤矢」下跋謂止應空一字，當是重文成句，其說與《鐵網珊瑚》作「𦊅𦊅」合，而所摹則沿音訓之訛，仍空二字。壬鼓「馶馶」下所摹殘字作「肥」，與近拓相符，而跋則云今尚存半字作「駓」。按：此字宋本明載爲「馶」，《說文》：馬彊也。《集韻》有祇、支、試三音，潘氏僅據元時殘石摹擬，致誤「馶」爲「識」。若王氏則曾見宋本者，乃不以完好之字入録，徒執殘闕之文以辨，何也？凡此自相牴牾，或由繕刻時失於檢點，以此本釋文悉本是書，偶爲覆按，附著其得失如此。

蘭石先生原釋衹依《金石萃編》著録，餘未旁及，不揆弇陋。謹考諸書所載，證以顧、阮兩家重刊宋本暨近拓未剪本，擇其確有徵信者，間爲改釋、補釋，並審定所缺字數，一一標識。復取近拓反覆互校，計此存而今盡蝕，此全而今半泐者各五字，此已損而今愈殘者又九字，已於各鼓中拈出。昔梁茝林中丞所藏僅乙鼓，「朔」上「其」字尚完好，「柳」字尚見右半。丁鼓「虎」字尚露下半，謂是百餘年前舊拓。見《退菴題跋》。以驗此本，「其」、「虎」二字畧同，「柳」字所存即不止右半，且勝於近拓者別有十六字，則爲明代物無疑矣。微惜用墨未足，凡漫漶處輒不搴及，使當日加意濡脫，其殘横賸直中，必當有若干字可以審定。如辛鼓久無一字，翁覃谿閣學官成均時，手剔諸鼓以水洗之，數日而後，命工精拓。其辛鼓之首隱隱有「工」字，與顧氏研本相符。見《復初齋文集》。近世且然，況前此二百餘載乎？但張叔未孝廉嘗云，所見明拓數本，第九鼓首尾多闕，以此鼓較他鼓行數獨多，俗工勒紙爲方幅所限也。見《清儀閣雜錄》。然則完具如此本，在舊迹中固不易致，可勿更爲苛論矣。

秦度

是器舊爲禾中張叔未解元所藏，今歸吳興吳平齋太守。同治丙寅春日，魏稼孫明府手拓見貽，鮑少筠鹾尹采入《金石屑》，亦附張、徐題識，與此本悉同。

稼孫，名錫曾，仁和諸生，仕福建鹾尹，補官後擢縣令，與余交垂二十年。一生專力金石之學，藏弆既富，考訂復精，著有《萃編補石》、《績語堂碑錄》，惜未卒業。客歲摭拾張叔未解元遺著，爲《清儀閣題跋》，余相助蒐輯，乃校刊甫半，遽以疾卒。而今而後，孰與余共賞析耶！覩物懷人，曷勝於邑。

漢竟寧雁足鐙

此鐙舊爲維揚馬半槎所藏，繼歸新安程木庵。道光中，嘉禾范吾山觀察購得。其子不能守，近聞已屬他氏，或云吳下潘玉泉都轉買去。建昭鐙詳載《金石契》、《萃編》、《積古齋款識》、《授堂三跋》、《兩漢金石記》。徐紫珊復輯有專書疏證，已無遺義。是器雖翁氏亦爲著錄，而「元年令賞」等字咸缺。此外惟見諸家詩集，《樊謝詩注》中脫「考工工」三字，又「三」誤「四」、「尊」誤「廩」、「卒」誤「衣」、「省」誤「首」、「中」誤「山」。何太史《東洲草堂詩鈔》亦附釋文，訂正厲氏之訛，最爲精審。第證諸此本「年」下「工」上似非「考」字，或摹拓不真之故。識此以質觀者。

漢三老諱字忌日記 附釋文

右《三老諱字忌日記》，乃其孫邯所作。額斷闕，姓氏里貫無考。左分四列，外加界縷，其中四、五、六行不等。一、二列爲祖父母、父母諱字忌日，三、四列爲九子二女名字，邯亦與焉。右通作一長格，載記文三行，共二百一十七言。據所記父母忌日，一在建武十七年辛丑，一在建武二十八年壬子。考列代建武紀元者凡六，惟漢世祖有十七暨二十八年，正值辛丑、壬子，與此脗合。雖未著刊勒歲月，而爲東漢初物則無疑義。咸豐壬子，餘姚周君世熊得之客星山中，今藏於家。兩浙石刻向以建初元年《大吉買山記》爲最古，此則更在建初已前，且兩石均出越州，足爲吾鄉生色。《買山記》已載《越中金石記》，此以晚出見遺。近時趙撝叔《續寰宇訪碑録》始存其目，蔣生沐《東湖叢記》並錄其文。惜《叢記》所釋多誤，殊不足據，爰與魏稼孫鹹尹參互審定，另釋於右：

三老諱通，字小父。
庚午忌日。
祖母失諱，字宗君。
癸未忌日。

右第一格，凡四行，行七字。

椽諱忽，字子儀。
建武十七年，歲在辛丑，四月
五日辛酉忌日。
母諱捐，字謁君。
建武二十八年，歲在壬子，五月十日甲戌忌日。

右第二格，凡六行，行字不等。

伯子玄，曰大孫。
次子但，曰仲城。
次子紆，曰子淵。
次子提餘，曰伯老。
次子持侯，曰仲雍。
次子盆，曰少河。

右第三格，凡六行，行字不等。

次子邯，曰子南。
次子土，曰元土。
次子富，曰少元。
子女曰無名。
次女反，曰君期。

右第四格，凡五[一]行，行字不等。

三老德業赫烈，克命先已，汁稽履化，難名兮，而右九孫，日月虧代，猶元風，力寸第一行。邯及，所識祖諱，欽顯後嗣，蓋春秋義，言不及尊，翼上也。念高祖祖字左側補刻。至九子未遠，所諱第二行。不列，言事觸忌，貴所出嚴及焦，敬曉末孫，耑副祖德焉。

曩歲丙寅里居，姚江周清泉過訪，攜贈是刻拓本數通，並出跋尾手稿相質。藏之十餘年，疊經友人請乞。今夏曝書，檢眎行縢，勵存此本。亟剪裝成帙，手署釋文。復屬郭幼安茂才爲録此跋，附入册末，俾此碑出土顛末有所考見。惜清泉墓草已宿，不獲重與賞析。撫物懷人，曷勝歔罔。

〔一〕「五」原作「六」。

漢曹全碑

右漢郃陽令《曹全碑》，無額文，十九行，行四十五字，文後空一行，方列年月，凡九字，署於是行之末。明萬曆初，甫從郃陽舊城掘得，故視漢代諸刻獨完好，今在郃陽縣學。《兩漢金石記》稱初出時止缺一「因」字，後乃中有斷裂，又後乃「乾」字中「曰」有穿連之直畫矣。今日得「乾」字未穿者爲舊本也。是拓已有斷痕，而「乾」字未損，其餘亦鋒鍛銛利如新，與今本敻別。惟楮厚墨重，凡點畫纖細者皆不甚明顯，又失拓碑陰，尤爲闕典。然考《雍州金石記》亦謂「此碑文止八百四十餘字，而碑陰有四百四十餘字，惜乎搨工不搨碑陰，使好古者不得盡見之」云云。足徵舊本往往如是，無足異者。他日當覓近時精拓補之。舊藏莆田郭氏，乃廷尉蘭石先生故物。哲嗣子壽司馬併先生臨本舉以見貽，不啻獲一珍珠船也。子壽博學多識，尤邃於《易》，著有《周易從周》，與余爲金石交。余之寶此，固不僅以物云。

右《曹全碑陰》，通體有界縷，計三十三行，題名則分五層。首層於第二十七行列處士一人，次層從第一行横列縣三老等二十六人，三層從第二十五行列元等三人，空一行又列故郵書椽等五人，四層從第一行列故市掾等八人，空十二行又列起等十人，五層從第一行列義士等四人。共五十七人，四百四十二字。結體視面字畧小，分法亦微不同。石嘗中斷，三層末二行有四字損去。是刻經諸家詮釋考證，幾無賸義。獨此處所闕何文，從未載及。今以上文類推，首乃兩「故」字，其一尚存數筆，下二字未詳。余既得明搨碑面，亟思覓此補足。疊致數通，皆以濡脱不善置之。最後得此本，乃梁曦初太守所貽。行間泐痕差少，點畫遂覺明顯，用墨亦前後一律，無新拓枯燥溼重諸病，蓋近數十年中佳拓也。歷來俗工憮搨是碑，以吝紙往往遺此，故其中鋒鍛尚存者較多。觀此本後明拓已二百年，而字迹尚不至今昔懸絶，即其左驗已。太守籍隸三原，與余同官興化一載，談藝頗洽，知余相需之殷，爲寓書故鄉，展轉物色，復不遠數千里，間關郵致，俾成完帙，是可感也。

此本舊爲蠹損，其中「直慕史魚」「慕」字，「續遇禁冈」「冈」字，祇存其半，餘字亦多闕殘。念舊搨不易致，亟覓不全本，手自割截，逐字湊合，幸楮墨如一，了無綴輯痕。後以近拓碑陰善本補入册末，遂爲完本。裝訖綴筆，用志墨緣。

漢李氏鏡

此鏡爲朱寶來司馬故物，製作精絕，銘末署款尤漢鏡所罕覯。寶來，名之琛，山陰人，嗜金石，收藏古器甚富，與余向有姻連。壬戌春，曾一握晤别，甫數月遽以疾卒。身後家中不戒於火，所藏蕩然。此鏡即從煨燼中檢出，色白類錫，蓋銀汁外洩也。昔人云漢鏡以銀合鑄，於兹益信。

秦漢瓦當文字

右《秦漢瓦當文字》一卷，乾隆中程敦輯。敦，字彝齋，號勉之，歙人，官陝西縣丞。其書分兩册。上册凡瓦七十五，原目作七十三，誤。下册合《續録》，凡瓦六十四。原目作六十一，誤。每瓦圖後繫其考説，其文同而字體少異多至十餘稱者亦並列焉。卷首目録後有程氏識語，及致孫淵如編修書、鄭雲門閣學復書，皆商訂此書之文。識語稱康熙中侯官林侗同人，得長生未央瓦，偏徵題詠，都爲一編。乾隆初，武林朱楓排山獲瓦當三十，異文者多至十六七，因作《秦漢瓦當記》，瓦當之有專書始此。惟謂見諸前代記載僅宋人《澠水燕談録》、《長安圖志》、《東觀餘論》諸書，後無聞焉。則未免失考。當元明時，學者究心及此者固少，然王忠文禕曾見「漢并天下」等瓦六種，後得其一爲硯，因作《漢瓦記》，文載本集。程氏殆偶未檢及耳。我朝金石之學最盛，或縮臨，或鉤橅，成書者各極精審。程氏更出新意，仿漢人鑄印翻沙法，以本瓦爲笵，展轉鎔錫成之，據以濡脱，輯爲此書。其文字之肥瘦完闕，視原瓦毫髮無遺憾，遂於勒石、繡梓外别創一格。周曼嘉太守曩得一本，上册祇五十八圖，目作六十五，誤。下册祇五十六圖，目作四十六，誤。又續者六圖，蓋初創之帙也。嗣因所聚益夥，重加增删，凡向以倣本補數者，概易新拓。考説亦多點竄，如「萬歲冢當大萬樂」，當初讀爲「冢當萬歲樂當大萬」，「永受嘉福」，初釋作「迎風嘉祥」，皆於此本訂正。一再編摩，甫成定本，其用心可謂勤摯。觀孫淵如觀察《孫祠書目》列諸内編，則其書爲藝林所重，由來久矣。面頁舊有程氏名號印四，及前人題字，歲久蠹損零落。爲割截綴緝，黏置副葉，以存其舊。此書爲張鼎臣貳尹所藏。鼎臣，名國楨，錢塘人，性敏捷，嗜金石，喜收藏，作畫刻印亦能爲之。橐筆遊閩，因就末秩，爲禄養計，需次五載，甫展一階，遂以瘵卒，年僅三十又四。身後遺書散出，亟從常賣家物色購得十餘種，此其一也。覩物懷人，爲述梗概，庶讀是編者藉以悉其生平，不至有名氏翳如之嘆。

秦漢瓦當文字續集

余夙嗜金石，而於古磚瓦當搜羅尤多，以其值廉，力所能致。客秋得程氏《瓦當文字》，喜其仿漢人翻沙法，摹拓惟肖，因檢所藏瓦當打本楮質與之相似者，排比成册，以爲《續集》。中惟九字瓦爲程本所未載，其餘均已著録。然彼從錫笵濡脱，此則拓自原瓦，中郎虎賁，識者自能辨之。

漢龍虎二瓦

龍虎二瓦，金石家罕見著録。此本乃趙撝叔明府手拓見貽，藏之二十年已。撝叔少余三歲，幼同里閈，潛心漢學，書畫篆刻尤有盛名，以孝廉議敍縣令，需次江右，疊權緊望。乃甫登薦剡，遽歸道山，惜哉！同人講金石之學者，以撝叔爲最博，以稼孫爲最專。自辛巳稼孫下世，每一念及，輒爲腹痛。不圖去冬又弱一個，今而後孰共商量舊學耶？余年齒長於二君，今反爲後死友。既傷逝者，行復自念，書竟不禁泫然。

魏北海王元詳造象記

右《魏北海王元詳造彌勒象記》，首言「維太和之十八年十二月十一日，皇帝親御六旌，南伐蕭逆」，與《魏書·高祖紀》「十八年十有二月辛亥，車駕南伐」，時日正同，蓋是月辛丑朔，辛亥即十一日也。時詳扈從伐梁，故造象以祈福佑。又《獻文六王傳》：「獻文高椒房生北海王詳，字季豫，太和九年封，世宗時暴卒，謚曰平王。」記稱太妃者，乃高太妃也。碑末結銜爲侍中護軍將軍，亦與傳合。石刻洛陽龍門山，金石家向未著録，吾友趙撝叔明府《續訪碑録》亦遺之，爰雜考史傳以爲跋尾。

魏始平公造象記

右《始平公造象記》，乃其子所建，在洛陽老君洞。始平爲元魏封爵，記中不署名氏，未由考定其人。北朝造象，陽文加方格者惟是刻暨馬天祥兩種，外此則罕覯也。末題「太和廿二年九月」，蓋與北海王元詳造象同時立石。錢氏《金石文字目録》、孫氏《訪碑録》以爲十二年，誤矣。

魏楊大眼造象記

右《魏楊大眼爲孝文皇帝造象記》，無年月。武氏《金石跋》、孫氏《訪碑録》俱云此記當在宣武初年。碑首自署「仇池」者，大眼爲武都氏難當子，其遠祖騰，漢末徙居仇池，因以爲號，子孫遂襲其稱。大眼仕至平東將軍，荆州刺史，《魏書》有傳。

東魏高湛墓誌銘

右《東魏高湛墓誌》，凡六百五十二言，每字界以方格，祇磨泐一字，殘損八字，銘詞末句「長離」二字誤倒，未經更正。乾隆己巳，德州衛河岸決，得此石，今藏州人封氏家。道光丁酉，先大夫來牧是州，歷九載之久。是刻暨《高植墓誌》、《高貞碑銘》各得數本，皆當時州人士所貽，藏之三十餘年。浙中辛酉之亂，並各種石墨播散無遺，每以先世舊藏不能保守爲憾。此本乃咸豐乙卯分贈周眖公司馬者。同治中同官閩中，既公知予藏本失去，遂完趙璧。追理前塵，蓋七十餘年舊拓也。《山左金石志》、《潛研堂金石跋尾》、《金石萃編》均著錄。《萃編》稱其筆法秀勁，爲唐時虞、褚諸家所本，洵篤論也。誌內闕文乃「澄」字。蓋湛字子澄，孝靜詔字而不名，尊之之義。亦制誥中所罕見也。《高植墓誌》、《高貞碑銘》皆得之德州衛河，即高氏墓所。一康熙中出土，石爲田綸霞侍郎所得，其後人猶世守焉；一嘉慶丙寅出土，今移置州學。

北齊姜纂造象記

右北齊天統元年《姜纂造象記》，凡一十五行，行二十字，除空格外共二百八十九言。考《中州金石記》，是刻係偃師武虛谷明府億搜得，計其時當在乾隆中，乃甫閱百年。其中皇家之「皇」泉「四生咸」三字，近拓咸闕，餘字點畫間亦損泐。此本爲平津館舊藏，通體完具，互勘一過，益見舊搨之足貴。

唐碧落碑

是刻在絳州龍興宮，宮舊爲碧落觀，故又名《碧落碑》。考《金石萃編》所載，僅缺「峒山順風」「峒」字、「蒙轂靈遊」「蒙」字、「朌嚮孤風」「朌」字、「式展誠祈」「誠」字。今拓則四字外並缺「幽契無爽」「幽」字、「發言先乎箴訓」「發」字、「肅奉沖規」「肅」字、「融心懸解」「融」字，又「作固永播」四字、「無拔昔人」

四字、「賦況清輝懋範」六字、「心事音儀日遠」六字。此本惟「無拔」以下四字、「賦況」以下六字、「心事」以下六字殘缺，餘皆完具，而有如干字楮墨與通體敻異。凡今拓所闕者皆在焉，當是此本闕字本同今拓，此如干字則割他本補入者。然觀《萃編》所闕四字具存，而「無拔」以下諸字，未能一律補完，則所割之本，亦一不全舊拓耳。

唐庚賁德政頌

右《唐庚賁德政頌》，原石久亡，此乃金貞元三年龔縣令宋佑之重摹本，在寧陽縣即金龔縣也。碑中如「荀」當作「郇」、「筠」當作「組」、「摹」當作「莫」、「繼」不當作「䋢」，王氏《萃編》詳言之。初疑翻刻偶誤，及觀《栖先塋記》、《三墳記》諸刻，其中不合《說文》者不一而足。少溫自負「斯翁之後直至小生」，即歷來論篆學者，亦推爲秦漢以後第一，而字多從俗，不合六書之體，何也？客冬，郭子壽司馬以家藏篆刻舊拓四種見貽，其三種皆尊甫廷尉公手書釋文，惟此刻闕如。既補緝重裝，並爲逐字補釋，取便參考，初不計字之工拙也。閱者得無以續貂見誚耶。

宋資忠崇慶禪院碑

右碑載先六世從祖獻簡公奏乞僧院看管先塋事。前列公銜，署姓而不名，次禮部公牘，次疏文，未具年月及撰書、題額、刊人姓名。按《宋史》本傳，公諱堯俞，字欽之，本鄆州須城人，徙孟州濟源，卒贈銀青光禄大夫，謚曰獻簡。又《宰輔表》，公以元祐四年十一月自試吏部尚書，除中大夫守中書侍郎，六年十一月卒。此疏成於六年九月，下距公薨僅三月耳。公王考諱珏，官右班殿直，贈太子太傅。王妣霍氏，贈太原郡夫人。公以王妣嘗至濟源，愛其土風，遂葬焉。考諱立，官山南東道節度推官，贈太子太師。妣長壽縣君王氏，贈昌國太夫人，以熙寧二年十月，葬於濟源縣清廉鄉美化里。司馬光、王安石撰有墓誌，並見本集。碑云先塋，即指此兩世而言。碑又稱側近龍潭。考《文潞公集》輓公句云：「常愛龍潭龜島上，移床醉臥緑髯中。」又《濟源縣志》載公墓在龍潭塔西北。蓋龍潭地近先塋，公生遊於此，殁葬於此，體魄相依且三世矣。資忠崇慶禪院之名，本傳及說部紀公佚事者，皆不載，惟晁公休撰公從孫先八世祖忠肅公諱察行狀，附《忠肅公文集》後。稱忠肅使金死節，歸骨濟源，權厝資忠崇慶院，即賜獻簡守墳佛廬。李邴撰誌畧同。誌見《三朝北盟會編》及《清源文獻》。今賴此碑，詳具乞院守墳始末，足資家乘采輯，斯可珍也。李格非，字文叔，濟南人，官禮部員外郎。秦觀，字少游，高郵人，官秘書省正字。均見《宋史·文苑傳》。李惟《洛陽名園記》傳世，文集久佚，此疏以刻石勵存。秦集有《賀吏部傅侍郎啟》及輓詞二首，蓋與公皆素交也。劉頤、耿應無考。

李格非女清照，自號易安居士，歸趙挺之子明誠。而忠肅公配秦國太夫人，即挺之女。晁狀稱忠肅舉進士，蔡京將妻以女，拒弗答。後爲趙清憲公壻，京銜之。考其事在崇寧五年，若元祐時則與李未爲姻連也。記載家多以清照爲趙汴子婦，亦謂忠肅公爲汴壻，蓋因挺之謚清憲，汴謚清獻，憲、獻音同而誤，附著於此。

宋林孺人墓誌

孺人爲龍圖閣學士劉文定克莊室，後贈淑人，見林希逸所撰《文定行狀》，其墓在莆田縣西劉山。元明以來久失考，光緒初元，後裔澹齋上舍尚文始訪得之，因修葺並獲銘幽之石於藏中。首行題有「宋林孺人墓誌銘」，通體完好，僅數字少泐。亟檢《後村居士集》互勘，第二行所缺乃「禮法持」三字、第三行所缺乃「祕閣」二字、第七行所缺乃「一」字，末行結銜署名下，當有「撰書」等字，亦漫漶莫辨。此行集中無之，其字遂不可考。文載本集卷三十七，標目作「亡室墓誌銘」，「直祕閣」下少「母黄宜人」句，生卒年月下無「亥時」、「辰時」等字，「祕閣公」下多「與黄宜人」句，其餘悉同。按：《誌》稱「歿於戊子七月，明年小祥之翊日葬於壽溪西劉山」。計時爲己丑七月，壙志即先期勒石，當亦去葬時不遠，以文字生平考之，蓋理宗紹定二年也。《誌》又稱爲雙壙，復爲冢舍，似文定後來合葬於此。而邑乘則云墓在鼓樓山。乙亥冬，上舍復輾轉訪得，始知別葬馬坑山之原，並萬曆戊子冬裔孫元桂重修舊碣在焉。今秋佐郡莆陽，上舍以拓本見貺。此《誌》甫經出土，金石家均未著錄，爰校補闕文並考定刊刻歲月，以備嗜古者采輯云。

宋劉後村暨配墓圖

宋劉後村先生以講學嘗受業真文忠，文章乃其餘事，而遺集之富，在南宋亦與范、陸兩家連鑣藝苑。昔先忠簡公因讀先生所爲《朱文公謚議》，寄聲願納交，迫召道莆，親造其廬，徧覽近作，遂以著述屢薦諸朝。洎退老泉南，先生數從之遊，相與歡甚。故公生平言行事迹，先生實狀之，並祭文挽詩具載本集。集有兩本，一爲《後村集》五十卷，已著錄《四庫》，一爲《大全集》，一百九十六卷，則寫本劻存。曩以采錄與公酬答諸作，曾合兩本，粗校一過，惜閩中均無傳本，所望是邦賢士大夫訪求舊鈔，壽之梨棗，庶邑中大著作不使夾漈《通志》獨擅千古。今秋佐郡莆陽，偶以先生故居訪諸郭子壽司馬，司馬因出此册屬題。册載先生暨配林夫人墓圖，次列先生手書林夫人墓誌拓本，蓋後裔澹齋上舍修墓新得者。後附司馬所撰訪墓記，備述上舍志願之篤，搜訪之勤，一旦苦心不負，兩墓既先後得之，並沈埋六百餘年，銘幽之石，亦得復顯於世。烏虖！上舍以今人而有古人之行，其事宜登諸志乘，使世有所矜式，且爲金石家考訂之資，夫豈徒託空言詠駿誦芬者所可同年共語乎？至壙誌書法茂美，固無當時蘇、黄豪縱習氣。其文已參校本集，另爲之跋。惟禮祖貫溫陵，南宋已來，近在晉南兩邑，顧以羈於職守，官閩已逾十稔，尚未獲一拜墓下，覽觀是册，良用恧然。

貫
伍

貞祐寶券

偽造者斬賞

奏准印造，諸路通行，寶券並同，見錢行用，不限年月，許於京兆平涼府官庫倒換錢券。

字料 寶母 庫推押 專副 攢司押

伍貫八十足陌偽造者斬賞寶券叁伯貫 仍給犯人家產

字號 貞祐 年 月 日 造庫庫子押攢司押

寶券貳伯貫

寶券庫使押 副 判 官
印造庫使押 副押 判 官
尚書户部句當官 押

京兆府合同 平涼府合同

金貞祐寶券 附釋文

右金「貞祐寶券」銅版，四圍作海馬波濤紋，陽文大小共一百廿五，押字八。惟第二層「僞造者斬，賞寶券叄百貫」十字篆書，餘並正書。《金宣宗本紀》，貞祐三年七月，改交鈔名「貞祐寶券」，即此版也。錢氏《金石文跋》、王氏《萃編》皆載之，而詮釋未全。惟烏程張鑑審定精確，證引博贍，見《蓮漪文鈔》。是拓字多漫泐，藉張氏所釋，得以考見全文，今依券式，具錄於右。

華延年室金石拓本

此册原題《咸悦齋古器銘款》，乃桐鄉金茜穀刺史錫鬯手拓本，平湖朱椒堂侍郎爲弼爲之考釋，並賦古風弁首，不知何時流轉入汴，爲予戚王臥山司馬官亮所得。咸豐末，司馬銜恤回里，舉以見貽。未數月遭亂失去，事平後有友人從常賣家購致，以中有予小印寓書馳告，用酬以明人書畫兩幀易歸。惜爲水潦所漬，字迹間有漫滅，刺史舊署面檢亦殘燬過半，蓋原本衹剪黏成帙，未經裝背故也。亟割截綴緝，逐一甄釐，以侍郎題識各種列前，餘者次後，以俟補釋，分裝上下册。時新得拓本甚夥，方事裒輯，遂以此爲前編。考簡端題詞作於嘉慶丁卯，迄今剛枝幹一周。二公皆吾鄉前輩，侍郎又與先大夫同鄉舉，邃於金石之學，爲阮文達太傅入室弟子。前賢遺墨，歷久僅存，已足寶貴，況輾轉兵戈水火間，幸未爲昆明池下物。一旦楚弓復得，趙璧仍完，以昔準今，當同此愉快也已。

玉版十三行　順治中楊氏藏本

是刻自萬曆中出土，垂三百年，濡脫既久，日益剝泐。嘗聞諸故老，當康熙末年，其「晉」字中畫已斷，「合」字波末已作黍米缺。舊本且然，何況自鄶以下？則初搨尚已。此本舊爲山陰陸氏所藏，順治中歸朱敬身，會其友楊春華坐事遣戍，朱即以贈别。楊攜至塞外廿餘年，畀其子大瓢世守。傳至裔孫名果林者，宦江左，卒於官。先世金石文字有大瓢書後者甚夥，盡出以易米。此本爲吴下滕六圃所得。滕以貿遷起家，喜收羅，能鑒别，中年家驟落，所藏復輾轉入於嘉禾張氏。張翁乃叔未解元從子，饒於貲，遇法書名畫，不靳直，所蓄皆精品。厥嗣祥伯通守需次閩中，寶愛此本，挈以自隨，自云損重貲所購，不輕示人。丙子冬，以資斧不繼，將假歸，浼余作緣，並明人詩札巨册質於汪冕齋明府。冕齋嗜名人真迹，而碑帖非所好。事將中寢，余念此爲同邑先哲故物，且其中楊氏父子題記，《鐵函齋書跋》、《大瓢偶筆》皆未載，而春華遺墨流傳尤尠，因留以錄副，擬補入書跋中。另檢元明畫卷三事抵付冕齋。祥伯本定半年之期即寄貲，完璧以歸，乃去如黄鵠，數載杳然。己卯冬，冕齋比鄰不戒於火，災及寓舍，半生珍弆，都被六丁收去。此本以存予齋僅免是劫，豈即春華跋語所謂有數存焉耶？當余之以珪易邽也，祇謂互藏外府耳。心雖欲之，未便效據舷故事，不圖因此一轉移，遂爲華延年室物也。今秋又得魏水村藏本，曾經張氏清儀閣收藏，與此一濃一淡，各極神妙。尤奇者，其初皆出浙中陸姓，又皆經大瓢跋尾，皆由祥伯以入余齋。寶玉大弓復歸於魯，偶得其一已覺可珍，矧如驂之靳，先後並致乎？石墨有緣，尺璧何足寶哉！爰合裝一櫝，而疏其會合之由如此。

是册舊附姜西溟太史臨本，近得林吉人中翰遺墨，因並列入。兩公同時擅書名，雖皆橅大令遺迹，而其本各殊，蓋一爲柳跋本，一則玉版本也。

又 康熙中魏水村藏本

《玉版十三行》自覆刻疊出，真本遂微。考古者以其中「衡」字左旁直末回鋒如反趯，「姚」字女旁起筆如彎弓而有勁，爲真本左證，固已。若曾經前人鑑賞，源流可考，其傳拓更足徵信。此本乃康熙時，項霜洇手橅以遺陸辛齋，陸贈魏水村。魏歷遊南北，徧徵題詠，裒然成帙，身後歸丁方谷。嘉慶中，張叔未解元以三十八金得之丁氏後人，詳加疏證，一再跋尾，益以同人篇什，遂爲鉅觀。同治中，其孫祥伯通守需次來閩，攜之行塍。陸存齋觀察聞而借觀，即以爲餽。時余遠宦東瀛，深以未經目驗爲憾。今春奉差返浙，迂道吳興，訪存翁，得觀二王墨迹《行餽》、《送梨》兩帖，暨宋槧《白六帖》諸書，偶及此本，知已寄完祥伯。祥伯不善治生，假歸數載，先世儲藏斥賣殆盡，其中烜赫有名之品，如宋搨《醴泉銘》，唐荊川所藏《柳跋十三行》，仇十洲《篸篌圖》、王石谷《趨古册》，均不知誰屬，以爲此本亦入雲煙過眼錄已。秋初，蔣香生太守自江右旋閩，以新得書畫索題，盡出所藏見示，則此本在焉。詢之，乃道出滬上時損六十金購得，並述及中途覆舟，如趙子固《蘭亭》往事。故瞶池已敝，篇頁零落，亟假歸與翻本互校，覺中郎虎賁，大有分別在。惟「和予」下闕「兮」字，末闕篆文「和」字，當是剪裝時偶遺。又新舊各跋失去數翻，則黠賈所爲，割入他本矣。余念此固吾鄉故物，二百年來屢易其主，終輾轉浙中，一旦流徙異地，情難恝置。適余齋中懸唐子畏《觀瀑圖》，香生重其爲鄉賢劇迹，亦欲楚弓楚得，遂爲珪邦之易。會魏稼孫大令編刊《清儀閣題跋》，余相助搜輯，從張氏得《雜錄》稿本，中載此本詩跋。觀款計所缺十四則具存，因屬沈留安茂才補錄册尾，以還舊觀，復爲完本。往歲得楊大瓢舊藏，雖摹搨較蚤，而題記寥寥。此則琳瑯滿目，不下數十家，遂爲增重。余夙耆是帖，咸豐乙卯里居，嘗得一烏金拓本，腧麋如漆，爲何恭惠家物。惜辛酉遭亂散失，至今常懸心目間，方嘆佳拓不可數覯。不圖數年中迭致兩本，視曩本皆不啻過之，從此亦當以寶晉名齋矣。米老有知，得毋笑其效爭墩故智耶。

又

附楊翁兩跋本

賈秋壑《十三行玉版》，明萬曆間自葛嶺出土，蓋其地即半閑堂故址也。初爲嘉善陸夢鶴明府所藏，入我朝歸杭州葉氏、王氏。康熙癸未流轉入都，海寧陳清恪宗伯議購未果。仁和翁康飴僉憲損三百金易得，手自題識，並楊大瓢跋，刊端石儷之。旋貢入天府，傳拓日尠。咸豐庚申御園災，是刻播散民間，復濡脫盛行。張廷濟《清儀閣題跋》謂「晉」字中畫之斷，在歸翁刻跋後，又稱玉版既經進，端石遂不知存佚，其墨本視賈刻真本更少。今此本「晉」字中泐，後有二跋，足徵張說不誣。惟近搨皆附題跋，即滬上用泰西法照石者亦然，疑當並端石呈進，故得至今並傳也。庚辰夏，碑客曾攜一本求售，索直十四金，以居奇未購。此本乃沈淇泉茂才爲致自吳門，僅損番錢四枚，而楮墨均善，因附裝舊拓本後，用備參校。

又 任竹君重橅本

《玉版十三行》翻本更僕難數，大抵神采全失。此本乃任竹君少府所鐫，雖「晉」字中畫已斷，所祖非初拓本，然鉤摹惟肖，終異俗工所爲。竹君名淇，蕭山人，善繪事，工篆隸，所橅刻尚有宋拓殘本《醴泉銘》、小字《麻姑仙壇記》各種。憶昔己未家居，竹君扁舟過訪，以此拓暨其族人渭長畫幀爲贈。未幾遭亂，畫幀失去，此本勵存，聞原石已燬，固宜以少見珍，矧其爲故友所貽乎？詎可以復本而易之。

明張忠烈詩文手稿墨刻

右明季張忠烈手稿，凡文一篇，詩四十四首，詞四闋，末附小象。范莪亭永祖得墨迹橅勒上石。今夏丁松生大令以余編輯公集，郵寄見贈。其中《梅花》、《月夜重登普陀山》、《憶菊》、《羈旅》、《牆角紅梅》諸什，集皆漏載，亟爲補入。舊藏忠烈硯銘拓本，乃李少青廣文所貽，因彙裝一册。硯藏定海王氏，少青曾爲文以記之，並錄於後。范跋稱舊藏公答趙督臺、錢肅樂劄子十餘幀，燬於庚午之變。按：答趙書見存集中，更從《清獻集》采出招降原書附後。惟答錢忠烈諸劄竟付幽遐，爲可惜耳。

明北津渡巡檢司印

右明官印，銅質，面刻「北津渡巡檢司印」凡七言，陽文篆書。側面刻「思」字一，已下磨泐莫辨。背有紐，左刻「北津渡巡檢司印」凡七言，右刻「禮部造洪武十八年十月日」凡十有一言，作兩行，並陰文正書。按《明史・地理志》，北津渡屬四川順慶府南充縣，縣舊治本在北津渡，洪武中徙今治，因於其地設巡檢司，有巡檢、副巡檢，俱從九品，主緝捕盜賊，盤詰奸僞。初洪武二年，以廣西地接猺獞，始於關隘衝要之處設巡檢司，以警奸盜，後遂增置各處。此印爲洪武十八年造，蓋即徙縣治改設時也。是年太歲在乙丑，下距光緒，計八周枝幹又十有三年矣。毘陵袁又庵明府遊蜀攜歸，此印留余齋數月，既摹拓入《古印輯存》，復雜采史志以爲跋尾。

明崇德縣醫學記

右明官印，銅質，面刻「崇德縣醫學記」凡六言，陽文篆書，中有刓痕，「崇德縣」三字少泐，側面刻「學字三百三十八號」凡八言，背有紐，左刻「崇德縣醫學記」凡六言，右刻「禮部造洪武三十五年十一月日」凡十又三言，作兩行，並陰文正書。按：崇德縣即今浙江嘉興府，屬之石門，在明爲崇德縣，國朝避太宗年號改今名。《明史・職官志》載，府、州、縣均設醫學。府正科一人、典科一人，縣訓科一人。又《本紀》載洪武三十一年閏五月，太祖崩，惠帝嗣立，以明年爲建文元年。至四年六月成祖靖難，兵犯闕，惠帝遜國去。成祖革除建文年號，詔今年以洪武三十五爲紀。此印署三十五年十一月造，蓋成祖即位後所頒云。吾友魏稼孫鰜尹錫曾，於亂後得於虎林常賣家，手拓一紙並印寄示，爲考顛末以歸之。

俞人蔚跋

《華延年室題跋》二卷，外王父大興節子傅公著也。公爲學一以乾嘉諸老爲宗，多識博聞，長於考訂，自歷代典章制度，以及故書雅記、金石譜錄、逸史稗乘，靡不博綜，參稽鈲析其同異得失，而於明季掌故，蒐討尤勤。同時交遊若杭州丁大令丙、湖州陸觀察心源，以藏書雄海內。而會稽趙大令之謙、李農部慈銘、仁和魏鰜尹錫曾、祥符周太守星詒，又皆一時方聞之彥。公與諸子方駕聯鑣，郵問往來無虚日。每得珍槧佳本，祕笈精鈔，輒彼此餉遺，互相賞析。由是所見益富，而考證亦精。是編所錄經史子集傳記各題跋，凡一百七十餘篇，雖不足以盡公之學，生平精詣所萃，畧具是矣。公於戊戌歸道山，子式舅氏以金石文字世家學，方欲校梓，遽於癸卯下世。嗣孫開壽，頻歲客遊，未遑繼志。蔚母，公女也，懼先澤就湮，亟謀付之剞劂，俾傅氏子孫，永寶勿替。經始於己酉春，越三閱月而工竣。母氏諭蔚曰：「公嘗有言，書之傳否不繫於人之序，汝毋以乞序爲難。然公生平用力之所在，與夫刊刻之緣起，不可無以示後人，汝其誌之。」蔚於公之學一無所窺，敬承親命，敢記其崖畧如此。校讐是書者，仁和高椿壽、長興吳寶椿壽，公從孫壻也。宣統元年四月，餘杭俞人蔚謹誌。

薖廬題跋

大興傅　栻子式

周叔氏寶林鐘

右鐘見于金石諸書者凡三，此爲四明趙叔孺司馬所藏，前人未曾著録，蓋别是一器也。文字如一，惟字之結體互異，以周尺度之，自甬至銑通高二尺三寸有奇，鉦銘首行泐其半。「」字《積古齋鐘鼎款識》釋爲「棽」，謂即林之古文。《金石索》又疑是「林夾」二字之合文。今反覆審眎，似均未確。又其「巖在上」之下二字，阮釋爲「愷愷、能能」，馮釋爲「豈豈、㲋㲋」，亦未諦當。惟孫氏《續古文苑》，上一字釋作「敱」，審以字形，較爲近似，然不敢臆斷，姑從闕疑。據《金石索》所載，其一鼓右少泐二字，「子子」下乃「孫孫永」也。

周子義帛劍

右劍今爲趙叔孺司馬所藏。庚子夏月，同官三山，出以相示。細審篆文精古，洵爲周制。以周尺度之，通長二尺四寸。珥作六角形，中空可貫帶，握莖橢圓，臘鐫銘曰：「王賜子義帛金，用作寶器永寶。」凡十二字。王指周王，或列國時僭稱之王，蓋以王所賜金鑄劍而永寶也。「子義帛」疑作劍者之字與名。周人往往有字名連稱，如《左傳》之孔父嘉，《論語》之仲叔圉，及孔子之父稱叔梁紇，皆上字下名。或以王父字爲氏，其人氏子義名帛，如魯有子服氏，鄭有子人氏，亦未可定，然均不敢自信，姑存臆說以質識者。

漢建昭雁足鐙

右鐙歷經王述菴少司寇、孫淵如觀察收藏，繼歸上海徐紫珊，咸豐間爲侯官王壯愍中丞所得，今藏於家。予侍宦來閩二十餘年，欲借無由，每憾未獲目睹。丁亥夏，浼楊雪滄觀察轉假，留拓三日，詳審全式。鐙盤凡爲圜二重，以漢建初尺度之，外圜徑五寸，內圜徑二寸，其周輪高八分厚一分，底橢而式長，前近趾處略寬，後近跟處微殺，横度之，前寬三寸一分，後二寸六分，通高六寸，以今營造尺度之，通高四寸四分。其銘文云重三斤八兩，以今權權之，僅一斤八兩，則漢權較今權殺不及半，而漢度視今度殺不及十之八耳。以款識備載金石諸書，故不具論，惟詳記古今權度異同，並錄其釋文，摹其圖式，藉補各家所未及云。

漢内者樂臥行燭鐙

右鐙舊爲黄小松司馬所藏，今歸四明趙氏。《金石索》已著録，署曰「鐎斗」，並云《積古齋鐘鼎款識》稱爲樂臥銅器，未知其名。予近見漢藍田宮行燭鐙，亦四明趙氏所藏。形制與此相同，特較大耳。既有漢人鐫銘可據，亦當改署「行燭鐙」爲允。

魏景初元年帳邊構銅

是器狀如截筩，上大而方，下小而圓，頂實而中空，銘凡三十有二字，其接續處削作八觚，以微有高下，故十字拓難明晰。考帳構銅之名，見《宋書·江夏王義恭傳》及《西京雜記》。金石諸書所載凡三種，一即此，一不紀年月，文字形狀大同小異，一亦係魏景初所造，惟「邊」字作「廣」字，且旁出歧枝有孔耳。

東魏興和四年成述祖造象

右銅像款識，波磔纖細，驟難識别，反覆諦審，始辨爲八行，凡五十六言，可識者四十一字。手録釋文於後，以備觀覽。餘爲青緑所掩，不敢臆斷，仍闕疑待定。興和四年歲在壬戌，東魏孝静帝之九年也。江都徐乃秋觀察兆豐獲此佛於京師。光緒庚子同官閩中，出以相示，因假歸手拓記之。

漢永平元年殘專

右專文曰「永平元」，下泐無考。案：漢明帝、晉惠帝、北魏宣武帝並以永平紀元，而晉惠帝即位之次年辛亥正月，改元永平，三月旋改元元康。歷時未久，民間未必周知。況是磚字體尚存漢人渾樸之舊，元魏造磚世所罕覯，此非北朝人筆，意其爲漢造無疑。

漢永寧元年專

右專文作反形，曰「永寧元年八月一日」。案：永寧紀元者，爲漢安帝、晉惠帝。細審字體，篆兼八分，確備漢人渾樸氣象，且磚質堅細，花紋古茂，是漢非晉無疑。

魏景元元年張氏墓塼

同治末，都人掘地，得魏景元磚三種。其文三行者未見拓本，行字不詳。二行者行四字，文曰：「張使君兄墓同年造。」四行者，行八字，文曰：「魏景元元年使持節護烏丸校尉幽州刺史左將軍安樂鄉侯清河張普先君之墓。」磚界棋局，格如《勸進碑》式，書法在隸楷之間，古雅可愛，從可想見鍾梁字體。魏專世少見，如此款式，古專中尤罕覯，足珍也。按：《三國志》，青龍中，毌丘儉以幽州刺史，使持節領護烏丸校尉，正始七年遷左將軍。王雄以幽州刺史加護烏丸校尉，杜恕以使持節幽州刺史領護烏丸校尉。其載在《晉書》、《御覽》者更十數見。蓋魏晉間，幽州刺史多領護烏丸也。按：《宋書·志》，前漢遣使始有持節，晉世使持節爲上，得殺二千石以下。又案：《通典》，左將軍一人，弟三品；諸州刺史，六百石，弟五品；幽州統郡國十一治涿護烏丸都尉一人，比二千石，弟四品，治廣寧。《晉書·地理志》廣寧郡下注云：「故上谷，太康中置郡。」而《職官志》但云「雜號都尉居」，蓋其時仍魏制。若燕國閻柔，以烏丸司馬遷護校尉，雍奴田豫持節護校尉者居之，刺史領校尉則自治涿也。普當是幽州統下人，如漁陽鮮于輔，以左渡遼將軍封亭侯，鎮撫本州者，故墓在其地。魏晉士夫喪葬多歸本里，否者爲世譏，非史傳紀者不勝載也。張普里貫行事史及他紀載都無考，其人仕宦不爲不達，故當時於其兄墓亦特書張使君兄，蓋以普名位顯赫，期其兄當附以傳，乃不謂千載後，名氏同泯泯也。薛姬工繡，鄭嫗善相，婦人女子一技之絕乃足千古，士夫恥沒世無稱者，正未可以名位爲足恃矣。長沙賀又愚別駕，得數磚於都下，攜以入閩，予從乞得其二，手拓文字，爰雜考諸書以爲跋尾。

吳黃龍元年磚

右磚文曰：「黃龍元年八月，上虞王元方作。」魏稼孫丈、何竟山司馬各得其一，是一笵所成。趙氏《續寰宇訪碑錄》列之西漢。按：漢宣帝、吳大帝並以黃龍紀元。細冞是磚，字體秀整，稍改漢人渾樸之舊，其方折之筆駸駸開《神讖碑》而尚不甚縱。計吳黃龍元年先於天璽元年幾五十載，風氣正應爾也。

五銖錢文既漢甓所罕覯，其上下界畫外作聯珠半形，尤與天紀諸磚式合。上虞本吳屬地，是磚當改屬吳爲允。

八月潘氏專

此甘露二年磚之下半截也，近人《千甓亭古磚圖釋》列是磚於西漢。案：漢宣帝、魏高貴鄉公、吳歸命侯並以甘露紀元。磚出吳興，非魏疆域。審字體秀整，稍改漢人渾樸之舊，當改屬吳。昔年得此全磚打本，雖同出一笵，而拓未明晰，致失其真。今有友人以此見示，假歸手拓，復彙入殘磚中。

晉陳黑專

右專文備篆隸二體，旁鐫姓名，一作「陳黑」，一作「于休」。案：晉武帝、宋明帝皆以泰始紀元。陽湖李申耆先生定爲晉物，並云陳黑乃當時督將。予則疑是工匠名，雖都無證據，而以他磚例之，多有記匠名者，則工匠之說似勝也。

晉建興二年專

右專出自烏程，近人《千甓亭古磚圖釋》所載乃一字不泐，今補錄之。案：漢後帝、吳侯官侯、晉愍帝皆以建興紀元，而歲在甲戌，則愍帝踐祚之次年也。

晉升平咸安兩紀年專

同治初，越人掘地，於古墓中得此。案：升平三年歲在己未，晉穆帝之十五年，咸安二年歲在壬申，簡文帝之末年，前後相距凡十有四載，一磚而鐫兩代紀年，亦屬僅見。惟近人《千甓亭古磚圖釋》載有二種，疑當時匠人誤合二笵爲一。此説似未締當，然究不解古人命意之所在已。

陳太建四年專

古昔隸楷淵源，惟賴碑版以考因變，而南朝石刻寥寥，又藉磚甓流傳，得想見過江士夫書體，此磚文所以與金石遺文並重也。陳石世無一存，磚亦罕覯。家君曩得太建四年作者一，至德三年作者一，書法與隋《龍藏寺碑》及諸州舍利塔銘絶相似。雖各祇五言，而一朝書體，藉可考見大概，良足珍也。至德磚旋爲趙撝叔大令索去。今琢是磚爲硯，日置几案，以補石墨之闕。

求恭謇專

曩得「求」字磚五，文字各别，此其一也。文曰「求恭謇」，無時代，細案字體，當是南朝物。或據《説文》云「求」爲「裘」之重文，古文省「衣」，此即裘姓省文。案：《古今姓氏書辨證》引《姓苑》云：「求」本仇氏，避難改焉，漢有求仲。又案：《元和姓纂》云本裘氏改焉。又考《漢書・何武傳》云：「武弟顯家有市籍，租常不入，縣數負其課。市嗇夫求商捕辱顯家。」師古註：「求，姓；商，名。」據此則自來固有求姓，恭賽殆其名也。

魏丘穆陵亮爲亡息牛橛造象記

丘穆陵，代北三字姓，見《通志・氏族考》下註云代人，孝文改爲穆氏，是亮即穆亮。《魏書》、《北史》穆崇有傳，亮傳附之，蓋崇之玄孫也，字幼輔，起家爲侍御中散，尚中山長公主，拜駙馬都尉，封趙郡王，旋徙封長樂王，屢除使持節，後轉司空公。其前後歷官備載於史，記書爵位與史畧同。孝文以太和紀元，歷年凡二十有三。首行所泐乃「十」字，蓋太和十九年所造也。其明年，魏初定族姓，諸功臣舊族自代來者，姓或重複，皆改之。記先一年作，故仍舊稱。書體遒勁，北朝造象中之上品也。

魏涇州刺史齊郡王祜造象記

右《魏齊郡王祜造象記銘》，非祜自撰，故多頌詞。案：《魏書》，文成七男，弟四男爲齊郡王簡。祜，簡之子也，字伯授，襲封位官涇州刺史，薨謚曰「敬」。惟記作「祜」，而史作「祐」。金石如錄與史率同，皆由祜、祐形近易於致誤。《潛研堂金石文跋尾》則云《北史》作「祜」，乃傳刻之譌。不知錢氏所見何本，今以此記證之，疑以不誤爲誤矣。記云「達成賓之通途」，「賓」即「匱」字。北朝碑刻，字多别體，《萃編》誤釋爲「貴」。又銘云「超觀淨境」，亦誤「超」爲「臨」，蓋所見皆非精拓。近拓較明晰，反覆諦審，「絕」下疑是「塵」字，「福田」上乃「三空」兩字，皆可補《萃編》所未及。餘則漫漶無從辨已。

華嚴經殘石

右《華嚴經》殘石，時代無可考。陶心雲太守定爲隋物，蓋石經洞多隋迹故也。以予所見隋代刻石，如諸州舍利塔銘，《龍山公墓誌》，洎諸碑刻造象，其書法類多古樸。此獨神鋒透露，秀穎韡麗，由北魏趨虞、褚，極似初唐人手筆。然亦未敢遽斷，姑存臆說，俟精於考古者審定焉。

華延年室集拓古專文字

先子性耽經史，旁及金石，兼喜搜訪古專，早歲里居，與趙撝叔大令之謙爲鄰，嗣與周丈季貺星詒、魏丈稼孫錫曾同官於閩。三公亦雅同此癖，每有所得，必互相討論，並手自椎拓。先子遇事冗，則命之亡妹雋儒。歷四十年，自漢迄元，凡積存八百餘種，藏弆篋衍，未遑整理，而先子遽捐館舍。深惟手澤所留，慮致散佚，緣悉心排比，分代編列。其無可考之殘專及不紀年代者，咸附於後。有爲他人所貽，打本不精，或真贋莫辨，悉就刪薙。計費匝月功，乃獲蕆事，付裝成册。前代紀元多有同者，今審其字體，以定其先後，安施狂瞀，未敢自信，願與世之同好者品定之。

華延年室集印

自明中葉，吳中文氏創刻燈光凍石印，而石章始盛行。何雪漁承文氏父子之後，以刻印名家，始輯所作爲印譜行世。迄於今，繼起者殆將百數十家，遂爲士夫遊藝之一事，好事者且彙爲《印人傳》以著之。於是復有收集諸家散見諸印爲彙譜者又百十種。而流傳珍祕，購求尟得。就先大夫所藏單行者，如蘇爾宣之《蘇氏印畧》、胡曰從之《印存初集》、此兩種皆於各印下詳載釋文。汪尹子之《寶印齋印式》、碎塊黏册，不載釋文。薛穆生之《漢燈》、既載釋文，間註此字篆缺，今從本文，並有註明此爲某人之印，係何別字。鞠履亨之《坤皋鐵筆》、首附《印文考畧》，後附王聲振《研山印草》各一卷，各印下均載釋文。陳曼生之《種榆遷館印譜》。不載釋文。總集者如張夷令所輯《承清館印譜》既載釋文，又詳印質，末列鐫者姓字，藉知某印爲某人所刻。及《學山堂印譜》、卷首詳列篆刻各家姓氏，亦載釋文。汪訒菴所輯《飛鴻堂印譜》，計五集，格式與《承清館印譜》同，惟不詳印質。凡所著錄，例各不同，俱未見有拓及署款者也。迨道光朝，吳中顧湘舟所集印册，遺其譜名，似名《藝海樓》。及杭人林雲樓所輯《十六家印譜》，咸豐間，先大夫曾於友人處見之。始各備拓邊款，當時詫爲罕見。厥後武林王安伯泰好藏各家刻印，所聚獨多，手拓款識，精妙寡倫。魏丈稼孫錫曾少與安伯遊，同有是癖，亦精樵拓，所集《浙西六家印譜》最爲富美，朱墨爛然，令觀者愛不釋手。余酷嗜金石兼喜集印，搜羅廛肆，乞借友人，見必手拓。亡妹雋儒夙有同嗜，尤精拓款，得其贊助，歷三十年輯成六卷。卷首備載印人姓氏里貫，以資參考，蓋擇用諸譜例也。始何雪漁，迄趙次閑、楊龍石，凡四十有餘家，皆經稼丈審定。其篆法少遜，及在疑似間者，悉棄而不取。帙末《附録》一卷，則以人存印，不復計其工拙矣。韋端己有言曰：「沙之汰之，始辨辟寒之寶；載雕載琢，方成胡連之珍。」後有同志，當或有取爾。

西泠六家印存

浙中印人，自丁敬身出而黄、蔣、奚繼之，二陳又繼之，浙派之名於是著。武林王安伯泰酷好六家印，所聚獨多，庚辛之亂，盡燬於火。賊退，丁丈松生丙廣爲搜集，得百數紐，半出王氏廢宅瓦礫中。藏弆之富，近罕其匹，久以未獲目睹爲憾。辛巳春，家君以事旋浙，悉從假歸，手拓累月，宿願頓償。同好見之紛紛索贈，濡脱不易，無以徧應，因與何竟山太守澂議都爲一書，各出舊藏並訪借友人所儲附益之，彙印百二十，分署曰《西泠六家印存》。魏丈稼孫錫曾爲審定焉。稼丈少與安伯游，喜集西泠諸家篆刻，藏有舊拓，文特完好，石經兵燹中多斷泐，藉得録補，其無可考者，則闕之。秋堂作印，筆多於意，儕諸五家，不免如仲宣體弱，以齒長曼生，列之第五。譜成而稼丈之墓草已宿，緣經手定，不忍改易。各印款識，波磔纖細，世乏章簡甫摹勒好手，難得其真。爰屬予友沈榴庵鎮轉録並寫釋文，付梓以廣流傳。

是譜經始於辛巳春，竣事於甲申冬，各印半爲亡妹雋儒寯、采儒寀手鈐。兩妹幼承庭訓，性俱慧，知書史，嗜金石。長妹尤精槪拓，款識細密，不爽毫髮，予與次妹皆不逮焉。長妹適馮文卿大令彬蔚，次妹適徐偉卿茂才蔾青，三年中均罹産難，譜成而兩妹不及見矣。附綴數言，益深手足之痛。

蔣吉羅蔣山堂印真水無香樂安書屋三印拓

吉羅居士蔣先生仁，字山堂，仁和布衣也。篆刻宗鈍丁，妙得其神，古雅靜穆，自足名家。每喜於石四側鐫小文歌詩，累累數百言，密行細字，周繞殆徧。既素工書，往往就石丁刓作小孔，類古碑刻剝蝕，然益多奇古之趣，於諸家印款外別創一格，世寶重之。顧生平不多作印，流傳甚罕。杭州丁丈松生集得數十鈕，予盡從假拓。右三印款識滿石，最爲精妙，因另拓一幀懸諸座右，以供昕夕之賞。其首印刻《自鳴鐘》、《苗刀》兩詩。次篇載吳葉廷琯《鷗陂漁話》，誤以「篆姓名」作「人頭名」，「憫惜」作「惻惜」，「知何用」作「如何用」，並附正之。

子式舅氏承外王父家學，篤嗜金石，賞鑒精審。平生於著述不甚留意，身後遺稿僅得金石題跋數篇。而考據之精，迥與盲人評古不同。吉光片羽，彌足寶貴。兹刻外王父《華延年室題跋》竣，仿古集子從父例，即以此編附卷末云。宣統元年四月餘杭俞人蔚謹識。

附錄

俞鳴齋先生及配傅夫人墓誌銘

義寧陳三立撰

昔大興傅節子太守，以雅儒夙望官閩中，負一時人倫。鑒有女賢而才，議所適，難其選。一日於廣坐中見浙江餘杭俞君，與語，喜曰：「是可以壻吾女矣！」遂字之。君時方槖筆爲人傭書，未知名，聞者皆愕眙。已而覘君行誼，則又皆嘆服，以爲傅君果知人。君名振鸞，字鳴齋。考葆慶，妣董氏。兄弟二人，君其次也。幼開敏，早歲爲諸生，家貧不得竟舉子業，從母轉徙之閩中，入貲爲府經歷，雖在僚底，而善書能文，與俗吏異趣。久之參戎幕，會台酋蠢動，將釀巨變，君從容擘畫，制其要害，潛解默化，亂是用弭。朝使林維源按部上其功，擢知縣，於是長官僚吏爭才君矣。譚文勤公督閩，設局蓄軍械，備非常，檄君主其事。儲峙有法，檢驗以時，帑無縻耗，器不窳敗。甲午之役，海氛不靖，君左右之，晏然不驚。出知寧洋縣，縣瘠苦最，得者輒顰蹙嘆嗟，趦趄不欲赴。君被檄欣然之官，曰：「何莫非天子民，吾得藉手行吾志矣！」既至，則求民所疾苦，去其不便，而行其便者，期年政化大行，民用和悦。以微疾卒官，邑人輟舂相吊，有泣下者。長官僚吏則又莫不太息，以爲如君者，乃早死，不獲盡其才，爲可悲也。年五十有四，葬某鄉某原。夫人名宛，字青儒，生有異稟，能承其父學，於書無所不覽，長於識斷，又嘗問業於李越縵、周季貺，故尤工詩。年二十八嬪於俞。俞君篤内行，以孝悌聞鄉黨間。夫人來歸，逮事舅姑，誠敬婉愉，相得益宜。俞君不幸早世。夫人所生子曰人蔚，年甫冠，出爲兄後。人萃，妾鄭出，鄭又前卒，呱呱襁褓中，夫人撫之若己出，以一身兼嚴父、慈母、師保之任，先後督兩孤成立，至於有孫三人，女孫二人，而人蔚尤仕官有聲，夫人則既勞且老矣。又嘗建宗祠，立條教，示子孫，梓其父《華延年室題跋》三卷行於世。晚歲究心内典，益努力爲慈善事，所蠲振金累巨萬，全活災黎無算。吟諷詠歌，至老不倦。人蔚宦游所至，歷閩、鄂、蘇、浙諸行省，皆奉板輿從焉。山川風物，登眺之所得，撫時感事，悲憂快愉，一寓之於詩。所著《山青雲白軒詩草》二卷，孤秀有雄概，見□謂近世閨秀之作莫能及，嘗進呈今上，蒙賜題「清泉」二字。清泉者，夫人晚年所自號也。年七十有七，卒杭州。其鄉人孫寶琦等上其事，史館立傳，葬既卜甲子歲某月，人蔚、人萃具狀來請曰：「先君之殁也，未有銘，今將啟先君之封而以吾母祔焉，乞賜之文，俾有以掩諸幽。」乃序而銘之，銘曰：

試令而才不究施，室有賢儷鳴以詩，更二令子載譽馳，百歲同穴其何唏，來者可訊視此辭。

書後

右節子太守遺著，後附《邁廬題跋》，則太守哲嗣子式齜尹之所作也。太守攝福州府事，余方年少，未獲瞻望丰采。後從林漢如舅氏，數過子式寓廬，參稽金石文字，因得飫聞緒論，並乞隸書數紙藏之。癸卯正月，予以計偕北行，子式即於是年下世。漢如舅氏逾時亦歸道山。歷歷前塵，不堪回首。乙丑冬旋里，忽於舊書肆見此三册，亟擕以歸。時日展誦，輒用低徊不置。溯當同光之交，游宦吾閩如陸存齋觀察心源、周季貺太守星詒、魏稼孫貳尹錫曾輩，類皆淹雅能文，鋭志著述。節子太守適於是時涖閩，與陸、周、魏諸公游處講肄，博洽多聞，爲世所稱。亦以見隆平之世，冠蓋還往，雖形役簿書錢穀，猶以餘力從事搜討，不廢文墨。故所論著，動能標新領異，以明心得。非徒彈冠相慶，志在青紫。此所以異於俗吏之爲，宜其精神所寄，歷久不磨也。俞君人蔚，篤念外家，特爲排印以傳，既酬賢母苦心，而太守之流風餘韻，亦於是乎存。爰將陳伯嚴吏部所撰俞君先世墓志録次卷末，以著淵源所繫云。

歲次癸酉夏五月侯官丁震識於舊京。

華延年室題跋卷下

殘明大統曆

弘光元年乙酉 七月以後爲隆武元年。

正月乙酉朔 小初八立春，廿四雨水。

二月甲寅朔 大初十驚蟄，廿五春分。

三月甲申朔 小初十清明，廿六穀雨。

四月癸丑朔 大十二立夏，廿七小滿。

五月壬午朔 大十三芒種，廿八夏至。

六月壬子朔 小十四小暑，廿九大暑。

閏六月辛巳朔 小十五立秋。

七月庚戌朔 大初一處暑，十七白露。

八月庚辰朔　小初二秋分，十七寒露。
九月己酉朔　大初三霜降，十八立冬。
十月己卯朔　大初四小雪，十九大雪。
十一月己酉朔　大初四冬至，十九小寒。
十二月己卯朔　大初五大寒，二十立春。

隆武二年丙戌　魯王監國元年。

正月己酉朔　小初五雨水，二十驚蟄。
二月戊寅朔　大初六春分，廿二清明。
三月戊申朔　小初七穀雨，廿二立夏。
四月丁丑朔　小初八小滿，廿三芒種。
五月丙午朔　大初十夏至，廿五小暑。
六月丙子朔　小初十大暑，廿五立秋。
七月乙巳朔　小十二處暑，廿七白露。
八月甲戌朔　大十三秋分，廿八寒露。

九月甲辰朔　小十三霜降，廿九立冬。
十月癸酉朔　大十五小雪，三十大雪。
十一月癸卯朔　大十五冬至。
十二月癸酉朔　大初一小寒，十六大寒。

永曆元年丁亥　魯王監國二年。

正月癸卯朔　小初一立春，十六雨水。
二月壬申朔　大初二驚蟄，十八春分。
三月壬寅朔　大初三清明，十八穀雨。
四月壬申朔　小初三立夏，十八小滿。
五月辛丑朔　小初五芒種，二十夏至。
六月庚午朔　大初六小暑，廿一大暑。
七月庚子朔　小初七立秋，廿二處暑。
八月己巳朔　小初八白露，廿三秋分。
九月戊戌朔　大初九寒露，廿五霜降。

十月戊辰朔　小初十立冬，廿五小雪。
十一月丁酉朔　大十一大雪，廿七冬至。
十二月丁卯朔　大十二小寒，廿七大寒。

永曆二年戊子　魯王監國三年。

正月丁酉朔　小十二立春，廿七雨水。
二月丙寅朔　大十四驚蟄，廿九春分。
三月丙寅朔　大十四清明，廿九穀雨。
閏三月丙寅朔　小十五立夏。
四月乙未朔　大初一小滿，十六芒種。
五月乙丑朔　小初一夏至，十六小暑。
六月甲午朔　大初三大暑，十八立秋。
七月甲子朔　小初三處暑，十八白露。
八月癸巳朔　小初四秋分，二十寒露。
九月壬戌朔　大初六霜降，廿一立冬。

十月壬辰朔　小初六小雪，廿二大雪。
十一月辛酉朔　大初八冬至，廿三小寒。
十二月辛卯朔　小初八大寒，廿三立春。

永曆三年己丑　魯王監國四年。

正月庚申朔　大初十雨水，廿五驚蟄。
二月庚寅朔　大初十春分，廿五清明。
三月庚申朔　小十一穀雨，廿六立夏。
四月己丑朔　大十二小滿，廿七芒種。
五月己未朔　大十二夏至，廿八小暑。
六月己丑朔　小十三大暑，廿八立秋。
七月戊午朔　大十四處暑，三十白露。
八月戊子朔　小十五秋分。
九月丁巳朔　小初一寒露，十六霜降。
十月丙戌朔　大初二立冬，十八小雪。

十一月丙辰朔　小初三大雪，十八冬至。
十二月乙酉朔　大初四小寒，十九大寒。

永曆四年庚寅　魯王監國後元年。

正月乙卯朔　小初五立春，二十雨水。
二月甲申朔　大初六驚蟄，廿一春分。
三月甲寅朔　大初七清明，廿二穀雨。
四月甲申朔　小初七立夏，廿二小滿。
五月癸丑朔　大初八芒種，廿四夏至。
六月癸未朔　小初九小暑，廿四大暑。
七月壬子朔　大初十立秋，廿六處暑。
八月壬午朔　大十一白露，廿六秋分。
九月壬子朔　小十一寒露，廿六霜降。
十月辛巳朔　大十三立冬，廿八小雪。
十一月辛亥朔　小十三大雪，廿八冬至。

閏十一月庚辰朔　小十五小寒。

十二月己酉朔　大初一大寒，十六立春。

永曆五年辛卯

魯王監國後二年。

正月己卯朔　小初一雨水，十六驚蟄。

二月戊申朔　大初三春分，十八清明。

三月戊寅朔　小初三穀雨，十八立夏。

四月丁未朔　大初四小滿，二十芒種。

五月丁丑朔　小初五夏至，二十小暑。

六月丙午朔　大初六大暑，廿二立秋。

七月丙子朔　大初七處暑，廿二白露。

八月丙午朔　小初七秋分，廿二寒露。

九月乙亥朔　大初九霜降，廿四立冬。

十月乙巳朔　大初九小雪，廿四大雪。

十一月乙亥朔　小初十冬至，廿五小寒。

十二月甲辰朔　大十一大寒，廿六立春。

永曆六年壬辰

魯王監國後三年。

正月甲戌朔　小十一雨水，廿七驚蟄。

二月癸卯朔　小十三春分，廿八清明。

三月壬申朔　大十四穀雨，廿九立夏。

四月壬寅朔　小十五小滿。

五月辛未朔　大初一芒種，十六夏至。

六月辛丑朔　小初一小暑，十七大暑。

七月庚午朔　大初三立秋，十八處暑。

八月庚子朔　小初三白露，十八秋分。

九月己巳朔　大初五寒露，二十霜降。

十月己亥朔　大初五立冬，二十小雪。

十一月己巳朔　大初六大雪，廿一冬至。

十二月己亥朔　小初六小寒，廿一大寒。

永曆七年癸巳 魯王監國後四年三月，去監國號，奉表行在。

正月戊辰朔　大初七立春，廿三雨水。
二月戊戌朔　小初八驚蟄，廿三春分。
三月丁卯朔　小初九清明，廿五穀雨。
四月丙申朔　大十一立夏，廿六小滿。
五月丙寅朔　小十一芒種，廿六夏至。
六月乙未朔　小十三小暑，廿八大暑。
七月甲子朔　大十四立秋，廿九處暑。
閏七月甲午朔　小十四白露。
八月癸亥朔　大初一秋分，十六寒露。
九月癸巳朔　大初一霜降，十六立冬。
十月癸亥朔　大初二小雪，十七大雪。
十一月癸巳朔　大初二冬至，十七小寒。
十二月癸卯朔　小初二大寒，十八立春。

永曆八年甲午

正月壬辰朔　大初四雨水，十九驚蟄。
二月壬戌朔　小初四春分，二十清明。
三月辛卯朔　小初六穀雨，廿一立夏。
四月庚申朔　大初七小滿，廿二芒種。
五月庚寅朔　小初八夏至，廿三小暑。
六月己未朔　小初九大暑，廿四立秋。
七月戊子朔　大十一處暑，廿六白露。
八月戊午朔　小十一秋分，廿六寒露。
九月丁亥朔　大十二霜降，廿八立冬。
十月丁巳朔　大十三小雪，廿八大雪。
十一月丁亥朔　大十三冬至，廿八小寒。
十二月丁巳朔　小十四大寒，廿九立春。

永曆九年乙未

正月丙戌朔　大十五雨水，三十驚蟄。
二月丙辰朔　大十六春分。
三月丙戌朔　小初一清明，十六穀雨。
四月乙卯朔　小初二立夏，十七小滿。
五月甲申朔　大初四芒種，十九夏至。
六月甲寅朔　小初四小暑，十九大暑。
七月癸未朔　小初六立秋，廿一處暑。
八月壬子朔　大初七白露，廿二秋分。
九月壬午朔　小初七寒露，廿三霜降。
十月辛亥朔　大初九立冬，廿四小雪。
十一月辛巳朔　大初九大雪，廿四冬至。
十二月辛亥朔　小初十小寒，廿五大寒。

永曆十年丙申

正月庚辰朔　大十一立春，廿六雨水。
二月庚戌朔　大十二驚蟄，廿七春分。
三月庚辰朔　小十二清明，廿七穀雨。
四月己酉朔　大十三立夏，廿九小滿。
五月己卯朔　小十四芒種，廿九夏至。
閏五月戊申朔　大十五小暑。
六月戊寅朔　小初一大暑，十六立秋。
七月丁未朔　小初二處暑，十七白露。
八月丙子朔　大初三秋分，十九寒露。
九月丙午朔　小初四霜降，十九立冬。
十月乙亥朔　大初五小雪，廿一大雪。
十一月乙巳朔　小初六冬至，廿一小寒。
十二月甲戌朔　大初七大寒，廿二立春。

永曆十一年丁酉

正月甲辰朔　大初八雨水，廿三驚蟄。
二月甲戌朔　大初八春分，廿三清明。
三月甲辰朔　小初八穀雨，廿四立夏。
四月癸酉朔　大初十小滿，廿五芒種。
五月癸卯朔　小初十夏至，廿六小暑。
六月壬申朔　大十二大暑，廿七立秋。
七月壬寅朔　小十二處暑，廿七白露。
八月辛未朔　小十四秋分，廿九寒露。
九月庚子朔　大十五霜降，三十立冬。
十月庚午朔　小十六小雪。
十一月己亥朔　大初二大雪，十七冬至。
十二月己巳朔　小初二小寒，十七大寒。

永曆十二年戊戌

正月戊戌朔　大初四立春，十九雨水。
二月戊辰朔　大初四驚蟄，十九春分。
三月戊戌朔　小初五清明，二十穀雨。
四月丁卯朔　大初六立夏，廿一小滿。
五月丁酉朔　大初六芒種，廿二夏至。
六月丁卯朔　小初七小暑，廿二大暑。
七月丙申朔　大初八立秋，廿三處暑。
八月丙寅朔　小初九白露，廿四秋分。
九月乙未朔　小初十寒露，廿五霜降。
十月甲子朔　大十二立冬，廿七小雪。
十一月甲午朔　小十二大雪，廿七冬至。
十二月癸亥朔　大十三小寒，廿九大寒。

永曆十三年己亥

正月癸巳朔　小十四立春，廿九雨水。
閏正月壬戌朔　大十五驚蟄。
二月壬辰朔　小初一春分，十六清明。
三月辛酉朔　大初二穀雨，十七立夏。
四月辛卯朔　大初二小滿，十八芒種。
五月辛酉朔　小初三夏至，十八小暑。
六月庚寅朔　大初四大暑，二十立秋。
七月庚申朔　小初五處暑，二十白露。
八月己丑朔　大初六秋分，廿一寒露。
九月己未朔　小初七霜降，廿二立冬。
十月戊子朔　大初八小雪，廿三大雪。
十一月戊午朔　小初八冬至，廿四小寒。
十二月丁亥朔　大初十大寒，廿五立春。

永曆十四年庚子

正月丁巳朔　小初十雨水，廿六驚蟄。
二月丙戌朔　大十二春分，廿七清明。
三月丙辰朔　小十二穀雨，廿七立夏。
四月乙酉朔　大十四小滿，廿九芒種。
五月乙卯朔　小十四夏至，廿九小暑。
六月甲申朔　大十六大暑。
七月甲寅朔　大初一立秋，十六處暑。
八月甲申朔　小初一白露，十六秋分。
九月癸丑朔　大初三寒露，十八霜降。
十月癸未朔　小初三立冬，十八小雪。
十一月壬子朔　大初四大雪，二十冬至。
十二月壬午朔　小初五小寒，二十大寒。

明亡。

永曆十五年辛丑

正月辛亥朔　大初六立春，廿二雨水。
二月辛巳朔　小初七驚蟄，廿二春分。
三月庚戌朔　大初八清明，廿三穀雨。
四月庚辰朔　小初九立夏，廿四小滿。
五月己酉朔　小初十芒種，廿五夏至。
六月戊寅朔　大十二小暑，廿七大暑。
七月戊申朔　大十二立秋，廿七處暑。
八月戊寅朔　小十二白露，廿八秋分。
九月丁未朔　大十四寒露，廿九霜降。
十月丁丑朔　大十四立冬，三十小雪。
閏十月丁未朔　小十五大雪。
十一月丙子朔　大初一冬至，十六小寒。
十二月丙午朔　大初一大寒，十七立春。

永曆十六年壬寅 臺灣稱。

正月丙子朔 小初二雨水，十七驚蟄。

二月乙巳朔 小初三春分，十八清明。

三月甲戌朔 大初五穀雨，二十立夏。

四月甲辰朔 小初五小滿，二十芒種。

五月癸酉朔 小初七夏至，廿二小暑。

六月壬寅朔 大初八大暑，廿三立秋。

七月壬申朔 小初八處暑，廿四白露。

八月辛丑朔 大初十秋分，廿五寒露。

九月辛未朔 大初十霜降，廿六立冬。

十月辛丑朔 大十一小雪，廿六大雪。

十一月辛未朔 小十一冬至，廿六小寒。

十二月庚子朔 大十三大寒，廿八立春。

永曆十七年癸卯 臺灣稱。

正月庚午朔 大十三雨水，廿八驚蟄。
二月庚子朔 小十四春分，廿九清明。
三月己巳朔 小十五穀雨。
四月戊戌朔 大初一立夏，十六小滿。
五月戊辰朔 小初二芒種，十七夏至。
六月丁酉朔 小初三小暑，十八大暑。
七月丙寅朔 大初四立秋，二十處暑。
八月丙申朔 小初四白露，二十秋分。
九月乙丑朔 大初六寒露，廿二霜降。
十月乙未朔 大初七立冬，廿二小雪。
十一月乙丑朔 小初七大雪，廿二冬至。
十二月甲午朔 大初九小寒，廿四大寒。

永曆十八年甲辰 臺灣稱。

正月甲子朔 大初九立春，廿四雨水。

二月甲午朔 小初十驚蟄，廿五春分。

三月癸亥朔 大十一清明，廿六穀雨。

四月癸巳朔 小十一立夏，廿七小滿。

五月壬戌朔 大十三芒種，廿八夏至。

六月壬辰朔 小十三小暑，廿八大暑。

閏六月辛酉朔 小十五立秋。

七月庚寅朔 大初一處暑，十六白露。

八月庚申朔 小初一秋分，十七寒露。

九月己丑朔 大初三霜降，十八立冬。

十月己未朔 小初三小雪，十八大雪。

十一月戊子朔 大初五冬至，二十小寒。

十二月戊午朔 大初五大寒，二十立春。

永曆十九年乙巳 臺灣稱。

正月戊子朔 大初六雨水，廿一驚蟄。
二月戊午朔 小初六春分，廿一清明。
三月丁亥朔 大初七穀雨，廿三立夏。
四月丁巳朔 小初八小滿，廿三芒種。
五月丙戌朔 大初九夏至，廿五小暑。
六月丙辰朔 小初十大暑，廿五立秋。
七月乙酉朔 小十一處暑，廿六白露。
八月甲寅朔 大十三秋分，廿八寒露。
九月甲申朔 小十三霜降，廿八立冬。
十月癸丑朔 大十四小雪，三十大雪。
十一月癸未朔 小十五冬至。
十二月壬子朔 大初一小寒，十六大寒。

永曆二十年丙午 臺灣稱。

正月壬午朔 大初二立春，十七雨水。

二月壬子朔 小初二驚蟄，十七春分。

三月辛巳朔 大初三清明，十九穀雨。

四月辛亥朔 大初四立夏，十九小滿。

五月辛巳朔 小初四芒種，二十夏至。

六月庚戌朔 大初六小暑，廿一大暑。

七月庚辰朔 小初六立秋，廿一處暑。

八月己酉朔 小初八白露，廿三秋分。

九月戊寅朔 大初九寒露，廿四霜降。

十月戊申朔 小初十立冬，廿五小雪。

十一月丁丑朔 大十一大雪，廿六冬至。

十二月丁未朔 小十一小寒，廿七大寒。

永曆二十一年丁未 臺灣稱。

正月丙子朔 大十三立春，廿八雨水。
二月丙午朔 小十三驚蟄，廿八春分。
三月乙亥朔 大十五清明，三十穀雨。
四月乙巳朔 大十五立夏，三十小滿。
閏四月乙亥朔 小十六芒種。
五月甲辰朔 大初二夏至，十七小暑。
六月甲戌朔 小初二大暑，十七立秋。
七月癸卯朔 大初四處暑，十九白露。
八月癸酉朔 小初四秋分，十九寒露。
九月壬寅朔 大初六霜降，廿一立冬。
十月壬申朔 小初六小雪，廿一大雪。
十一月辛丑朔 大初七冬至，廿三小寒。
十二月辛未朔 小初八大寒，廿三立春。

永曆二十二年戊申 臺灣稱。

正月庚子朔 大初九雨水，廿四驚蟄。
二月庚午朔 小初十春分，廿五清明。
三月己亥朔 大十一穀雨，廿六立夏。
四月己巳朔 小十二小滿，廿七芒種。
五月戊戌朔 大十三夏至，廿八小暑。
六月戊辰朔 大十三大暑，廿九立秋。
七月戊戌朔 小十四處暑，廿九白露。
八月丁卯朔 大十五秋分。
九月丁酉朔 小初一寒露，十六霜降。
十月丙寅朔 大初二立冬，十七小雪。
十一月丙申朔 小初二大雪，十八冬至。
十二月乙丑朔 大初四小寒，十九大寒。

永曆二十三年己酉 臺灣稱。

正月乙未朔 小初四立春，二十雨水。
二月甲子朔 大初六驚蟄，廿一春分。
三月甲午朔 大初六清明，廿一穀雨。
四月癸亥朔 大初八立夏，廿三小滿。
五月癸巳朔 小初八芒種，廿三夏至。
六月壬戌朔 大初九小暑，廿五大暑。
七月壬辰朔 小初十立秋，廿五處暑。
八月辛酉朔 大十一白露，廿七秋分。
九月辛卯朔 大十二寒露，廿七霜降。
十月辛酉朔 小十二立冬，廿七小雪。
十一月庚寅朔 大十四大雪，廿九冬至。
十二月庚申朔 小十四小寒，廿九大寒。
閏十二月己丑朔 大十六立春。

永曆二十四年庚戌　臺灣稱。

正月己未朔　小初一雨水，十六驚蟄。
二月戊子朔　大初二春分，十七清明。
三月戊午朔　小初三穀雨，十八立夏。
四月丁亥朔　小初四小滿，十九芒種。
五月丙辰朔　大初六夏至，廿一小暑。
六月丙戌朔　小初六大暑，廿一立秋。
七月乙卯朔　大初七處暑，廿三白露。
八月乙酉朔　大初八秋分，廿三寒露。
九月乙卯朔　大初八霜降，廿三立冬。
十月乙酉朔　小初九小雪，廿四大雪。
十一月甲寅朔　大初十冬至，廿五小寒。
十二月甲申朔　小十一大寒，廿六立春。

永曆二十五年辛亥

臺灣稱。

正月癸丑朔　大十二雨水，廿七驚蟄。
二月癸未朔　小十二春分，廿八清明。
三月壬子朔　大十四穀雨，廿九立夏。
四月壬午朔　小十四小滿。
五月辛亥朔　小初一芒種，十六夏至。
六月庚辰朔　大初二小暑，十七大暑。
七月庚戌朔　小初二立秋，十八處暑。
八月己卯朔　大初四白露，十九秋分。
九月己酉朔　大初四寒露，二十霜降。
十月己卯朔　小初五立冬，二十小雪。
十一月戊申朔　大初六大雪，廿一冬至。
十二月戊寅朔　大初七小寒，廿二大寒。

永曆二十六年壬子 臺灣稱。

正月戊申朔 小初七立春，廿二雨水。
二月丁丑朔 大初八驚蟄，廿四春分。
三月丁未朔 小初九清明，廿四穀雨。
四月丙子朔 大初十立夏，廿六小滿。
五月丙午朔 小十一芒種，廿六夏至。
六月乙亥朔 小十二小暑，廿七大暑。
七月甲辰朔 大十四立秋，廿九處暑。
八月甲戌朔 小十四白露，廿九秋分。
閏八月癸卯朔 大十六寒露。
九月癸酉朔 小初一霜降，十六立冬。
十月壬寅朔 大初二小雪，十七大雪。
十一月壬申朔 大初三冬至，十八小寒。
十二月壬寅朔 大初三大寒，十八立春。

永曆二十七年癸丑 臺灣稱。

正月壬申朔　小初三雨水，十九驚蟄。

二月辛丑朔　大初五春分，二十清明。

三月辛未朔　小初五穀雨，廿一立夏。

四月庚子朔　大初七小滿，廿二芒種。

五月庚午朔　小初七夏至，廿二小暑。

六月己亥朔　小初九大暑，廿四立秋。

七月戊辰朔　大初十處暑，廿五白露。

八月戊戌朔　小十一秋分，廿六寒露。

九月丁卯朔　大十二霜降，廿七立冬。

十月丁酉朔　小十二小雪，廿八大雪。

十一月丙寅朔　大十四冬至，廿九小寒。

十二月丙申朔　大十四大寒，三十立春。

永曆二十八年甲寅 臺灣稱。

正月丙寅朔 小十五雨水。

二月乙未朔 大初一驚蟄，十六春分。

三月乙丑朔 大初一清明，十七穀雨。

四月乙未朔 小初二立夏，十七小滿。

五月甲子朔 小初三芒種，十八夏至。

六月癸巳朔 大初五小暑，二十大暑。

七月癸亥朔 小初五立秋，二十處暑。

八月壬辰朔 小初七白露，廿二秋分。

九月辛酉朔 大初八寒露，廿三霜降。

十月辛卯朔 小初八立冬，廿四小雪。

十一月庚申朔 大初十大雪，廿五冬至。

十二月庚寅朔 大初十小寒，廿六大寒。

永曆二十九年乙卯 臺灣稱。

正月庚申朔 小十一立春，廿六雨水。

二月己丑朔 大十二驚蟄，廿七春分。

三月己未朔 大十三清明，廿八穀雨。

四月己丑朔 大十三立夏，廿八小滿。

五月己未朔 小十四芒種，廿九夏至。

六月戊子朔 大十五小暑，三十大暑。

閏六月戊午朔 小十五立秋。

七月丁亥朔 小初二處暑，十七白露。

八月丙辰朔 大初三秋分，十八寒露。

九月丙戌朔 小初三霜降，十九立冬。

十月乙卯朔 大初五小雪，二十大雪。

十一月乙酉朔 小初五冬至，廿一小寒。

十二月甲寅朔 大初七大寒，廿二立春。

永曆三十年丙辰 臺灣稱。

正月甲申朔 小初七雨水，廿二驚蟄。

二月癸丑朔 大初九春分，廿四清明。

三月癸未朔 大初九穀雨，廿四立夏。

四月癸丑朔 小初十小滿，廿五芒種。

五月壬午朔 大十一夏至，廿六小暑。

六月壬子朔 小十一大暑，廿七立秋。

七月辛巳朔 大十三處暑，廿八白露。

八月辛亥朔 小十三秋分，廿八寒露。

九月庚辰朔 大十五霜降，三十立冬。

十月庚戌朔 小十五小雪。

十一月己卯朔 大初一大雪，十六冬至。

十二月己酉朔 小初二小寒，十七大寒。

永曆三十一年丁巳 臺灣稱。

正月戊寅朔 大初三立春，十八雨水。
二月戊申朔 小初四驚蟄，十九春分。
三月丁丑朔 大初五清明，二十穀雨。
四月丁未朔 小初六立夏，廿一小滿。
五月丙子朔 大初七芒種，廿二夏至。
六月丙午朔 大初七小暑，廿三大暑。
七月丙子朔 小初八立秋，廿三處暑。
八月乙巳朔 大初九白露，廿五秋分。
九月乙亥朔 小初十寒露，廿五霜降。
十月甲辰朔 大十一立冬，廿六小雪。
十一月甲戌朔 小十二大雪，廿七冬至。
十二月癸卯朔 大十三小寒，廿八大寒。

永曆三十二年戊午　臺灣稱。

正月癸酉朔　小十三立春，廿九雨水。
二月壬寅朔　大十五驚蟄，三十春分。
閏二月壬申朔　小十五清明。
三月辛丑朔　小初二穀雨，十七立夏。
四月庚午朔　大初三小滿，十八芒種。
五月庚子朔　大初三夏至，十九小暑。
六月庚午朔　小初四大暑，十九立秋。
七月己亥朔　大初五處暑，廿一白露。
八月己巳朔　大初六秋分，廿一寒露。
九月己亥朔　小初六霜降，廿一立冬。
十月戊辰朔　大初八小雪，廿三大雪。
十一月戊戌朔　小初八冬至，廿三小寒。
十二月丁卯朔　大初十大寒，廿五立春。

永曆三十三年己未 臺灣稱。

正月丁酉朔 小初十雨水，廿五驚蟄。
二月丙寅朔 大十一春分，廿七清明。
三月丙申朔 小十二穀雨，廿七立夏。
四月乙丑朔 小十三小滿，廿八芒種。
五月甲午朔 大十五夏至，三十小暑。
六月甲子朔 小十五大暑。
七月癸巳朔 大初一立秋，十七處暑。
八月癸亥朔 大初二白露，十七秋分。
九月癸巳朔 小初二寒露，十七霜降。
十月壬戌朔 大初四立冬，十九小雪。
十一月壬辰朔 大初四大雪，十九冬至。
十二月壬戌朔 小初五小寒，二十大寒。

永曆三十四年庚申 臺灣稱。

正月辛卯朔 大初六立春，廿一雨水。
二月辛酉朔 小初六驚蟄，廿二春分。
三月庚寅朔 大初八清明，廿三穀雨。
四月庚申朔 小初八立夏，廿四小滿。
五月己丑朔 小初十芒種，廿五夏至。
六月戊午朔 大十一小暑，廿六大暑。
七月戊子朔 小十二立秋，廿七處暑。
八月丁巳朔 大十三白露，廿八秋分。
九月丁亥朔 小十三寒露，廿九霜降。
十月丙辰朔 大十五立冬，三十小雪。
閏十月丙戌朔 大十五大雪。
十一月丙辰朔 大初一冬至，十六小寒。
十二月丙戌朔 小初一大寒，十六立春。

永曆三十五年辛酉 臺灣稱。

正月乙卯朔 大初二雨水，十八驚蟄。
二月乙酉朔 小初三春分，十八清明。
三月甲寅朔 大初四穀雨，二十立夏。
四月甲申朔 小初五小滿，二十芒種。
五月癸丑朔 小初六夏至，廿一小暑。
六月壬午朔 大初八大暑，廿三立秋。
七月壬子朔 小初八處暑，廿三白露。
八月辛巳朔 小初九秋分，廿五寒露。
九月庚戌朔 大十一霜降，廿六立冬。
十月庚辰朔 大十一小雪，廿七大雪。
十一月庚戌朔 大十二冬至，廿七小寒。
十二月庚辰朔 小十二大寒，廿七立春。

永曆三十六年壬戌　臺灣稱。

正月己酉朔　大十四雨水，廿九驚蟄。
二月己卯朔　大十四春分，廿九清明。
三月己酉朔　小十五穀雨。
四月戊寅朔　大初一立夏，十六小滿。
五月戊申朔　小初一芒種，十六夏至。
六月丁丑朔　小初三小暑，十八大暑。
七月丙午朔　大初四立秋，十九處暑。
八月丙子朔　小初五白露，二十秋分。
九月乙巳朔　小初六寒露，廿一霜降。
十月甲戌朔　大初七立冬，廿三小雪。
十一月甲辰朔　大初八大雪，廿三冬至。
十二月甲戌朔　小初八小寒，廿三大寒。

永曆三十七年癸亥

臺灣稱。閏六月，臺灣降於大清，明朔亡。

正月癸卯朔　大初十立春，廿五雨水。
二月癸酉朔　大初十驚蟄，廿五春分。
三月癸卯朔　大十一清明，廿六穀雨。
四月癸酉朔　小十一立夏，廿六小滿。
五月壬寅朔　大十二芒種，廿八夏至。
六月壬申朔　小十三小暑，廿八大暑。
閏六月辛丑朔　小十四立秋。
七月庚午朔　大初一處暑，十六白露。
八月庚子朔　小初一秋分，十六寒露。
九月己巳朔　小初二霜降，十八立冬。
十月戊戌朔　大初四小雪，十九大雪。
十一月戊辰朔　大初四冬至，二十小寒。
十二月戊戌朔　小初五大寒，二十立春。

殘明宰輔年表　續明書卷

紀年	宰輔拜免
崇禎十七年甲申。五月福王監國南京，是月即位。	史可法南京兵部尚書參贊機務。五月以原官兼東閣大學士入，尋晉太子太保督師江淮，八月晉少保武英殿大學士，又晉少傅兼太子太傅，九月晉少師兼太子太師，十一月晉太保。 高弘圖南京戶部尚書。五月改禮部尚書兼東閣大學士入，六月督漕江上，八月晉太子少師吏部尚書文淵閣大學士，又晉太子太保，十月罷。 馬士英兵部右侍郎兼右僉都御史總督鳳陽。五月晉兵部尚書都察院右都御史兼東閣大學士，仍督鳳陽軍務，尋入直掌兵部事，晉太子太保，八月晉太子太師武英殿大學士，又晉少保，九月晉少傅建極殿大學士，十一月晉少師。 姜曰廣南京詹事府詹事。五月晉禮部尚書兼東閣大學士，辭改禮部右侍郎入直，八月晉太子少保禮部尚書文淵閣大學士，又晉太子太保，九月罷。 王　鐸禮部尚書。五月以原官兼東閣大學士召，六月入直，八月晉太子少師戶部尚書文淵閣大學士，又晉太子太保，十一月晉太子太傅。 蔣德璟太子少保戶部尚書文淵閣大學士。六月以原官召，辭不赴。

（續表）

	謝　陞少傅兼太子太保吏部尚書建極殿大學士。六月復原官，晉上柱國少師兼太子太師，充山陵使，時已迎降，不受。 王應熊太子太保禮部尚書文淵閣大學士。八月改兵部尚書，總督川、湖、雲、貴軍務，專辦蜀寇。
弘光元年乙酉。五月出奔太平府蒙塵，六月唐王監國福京，閏月即位，以七月以後爲隆武元年。十一月親征，移蹕建寧府。	可　法督師。正月晉太傅建極殿大學士，三月晉太師，辭免，四月揚州府失守，殉節。 士　英正月晉中極殿大學士，二月晉太保，辭免，三月復晉太保，五月奔浙江。 鐸　正月晉太子太師武英殿大學士，二月晉少保，三月晉少傅，五月迎降。 應　熊督師。正月晉太子太師，三月兼制雲南、貴州、湖廣、廣西、鄖陽、偏沅各督撫。 蔡奕琛吏部左侍郎。正月以原官兼東閣大學士入，二月晉禮部尚書文淵閣大學士，五月迎降。 阮大鋮太子太保兵部尚書巡閱江防。五月以原官兼東閣大學士，尋奔浙江。 朱大典太子太保兵部尚書巡撫應安。五月以原官兼東閣大學士，尋走浙江。 德　璟閏月以原官入。 弘　圖三月晉太子太傅，六月殉節，紹興府十一月以原官召，已卒。 曰　廣三月晉太子太傅，閏月以原官召，道阻未至。 傅　冠禮部尚書文淵閣大學士。閏月以原官入。 黃士俊少傅兼太子太傅戶部尚書文淵閣大學士。閏月以原官入。

（續表）

吳　甡	太子少保戶部尚書兼兵部尚書文淵閣大學士。閏月以原官召，道阻未至。
黄道周	太子太保禮部尚書。閏月改吏部尚書兼武英殿大學士入，八月晉少保兼太子太師兼兵部尚書，總督直省招徵事宜，聯絡恢復兩京，十一月晉柱國少傅，十二月兵潰婺源縣，被執，不屈死。
蘇觀生	禮部右侍郎翰林學士。閏月晉吏部右侍郎兼東閣大學士入，十月募兵南安。
陳洪謐	兵部右侍郎。閏月以原官兼東閣大學士召，辭不至。
林欲楫	太子太保禮部尚書。閏月以原官兼東閣大學士入，十一月罷。
朱繼祚	禮部尚書。閏月以原官兼東閣大學士入。
黄鳴駿	右僉都御史巡撫浙江。閏月以原官兼東閣大學士入，十月督師衢州。
何　楷	戶部尚書。閏月以原官兼東閣大學士入，掌都察院事，八月罷。
葉廷桂	兵部右侍郎。閏月以原官兼東閣大學士。
李先春	閏月以原官兼東閣大學士。
呂大器	兵部右侍郎。閏月晉兵部尚書兼東閣大學士入。
徐人龍	戶部尚書。閏月以兵部尚書兼武英殿大學士召，辭不至。
鄭三俊	太子太保吏部尚書。閏月以原官兼東閣大學士召，以目疾辭不至。
陳子壯	禮部尚書。閏月晉太子太保，以原官兼文淵閣大學士召，辭不至。

（續表）

陳奇瑜兵部右侍郎。閏月以原官兼東閣大學士召，道阻未至。
顧錫疇禮部尚書。閏月以原官兼東閣大學士入，八月督師溫州。
王錫袞吏部右侍郎。閏月晉禮部尚書兼東閣大學士，督師滇黔，十二月死土司沙定洲之難。
曾　櫻南京工部右侍郎。八月晉兵部尚書兼東閣大學士入，掌吏部事，九月晉太子太保吏部尚書文淵閣大學士，十一月留守福京。
何騰蛟兵部右侍郎總督湖廣。九月晉兵部尚書兼東閣大學士，封定興伯，總督湖廣、四川、雲南、貴州、廣西軍務。
楊廷麟左春坊左庶子。九月晉禮部右侍郎兼東閣大學士，總督江楚恢剿軍務，十月晉太子少傅兵部尚書武英殿大學士。
林增志右春坊右中允。九月以原官兼東閣大學士召，辭不至。
熊開元僉都御史。十月晉右副都御史兼東閣大學士入，權理都察院事。
路振飛右都御史。十月晉太子太保、吏部尚書兼文淵閣大學士入，十一月晉柱國少保。
何吾騶太子太保禮部尚書文淵閣大學士。十月以原官召。
黃景昉太子少保戶部尚書文淵閣大學士。十一月以原官入。

（續表）

隆武二年丙戌。三月移蹕延平府，八月如汀州府遇害。十月桂王監國肇慶府，十一月即位，十二月如梧州府。

觀 生正月晉吏兵二部尚書文淵閣大學士，督師南安，經畧江西、湖廣，六月晉太子太保武英殿大學士，十月走廣州，十二月失守，死節。

德 璟二月罷，九月泉州失守，絶食卒。

開 元二月罷，後爲僧。

冠 三月督師，恢復江省，總理湖南剿撫事宜，五月罷，十一月被執，不屈，死。

大 典二月晉文淵閣大學士，封婺安伯，督師金華府，六月失守，殉節。

吾 騶五月入直，晉少保兼太子太師吏兵二部尚書謹身殿大學士，六月晉少傅，八月扈從至汀州，汀州失守，走廣州，十二月迎降。

錫 疇六月爲溫州總兵賀君堯戕害。

應 熊督師。六月晉少保武英殿大學士。

振 飛二月赴浦城安撫兵變，七月督師安關，八月走泉州。

櫻 八月福京失守，走泉州。

景 昉八月走泉州。

鳴 駿六月衢州失守，走福州，迎降。

繼 祚八月扈從至汀州，汀州失守，走興化。

（續表）

	士俊八月走廣州，十二月迎降。 廷麟十月忠誠府失守，殉節。 張肯堂太子太師戶兵二部尚書。三月晉少保兼東閣大學士，總制北征，屯鷺門。 吳春枝兵部尚書。二月以原官兼東閣大學士留守建寧，辭不拜，八月迎降。 郭維經吏部，右侍郎。五月晉吏兵二部尚書兼東閣大學士，督師援贛，總理湖廣、江西、廣東、浙江、福建軍務，十月忠誠府失守，殉節。 劉麟長兵部右侍郎。□月晉太子太保兵部尚書兼東閣大學士。 丁魁楚太子太保兵部尚書平粵伯總督兩廣。十月以原官兼東閣大學士入，十一月晉武英殿大學士，十二月迎降。 瞿式耜吏部右侍郎。十月晉禮部尚書兼東閣大學士掌吏部事，十一月晉文淵閣大學士。 李永茂兵部尚書。十月起復原官兼東閣大學士，十一月晉吏部尚書文淵閣大學士知經筵，乞終制，辭不拜。 大器十月晉中極殿大學士，辭不拜。 騰蛟督師。十月晉太子太保武英殿大學士。 子壯十一月晉太保兵部尚書中極殿大學士，節制兩廣、江西、湖廣、福建軍務。
永曆元年丁亥。正月如桂	式耜正月晉太子太保，二月晉太子太傅兵部尚書，留守桂林，節制諸軍，三月晉少師兼太子太師武英殿大學士，封臨桂伯，十二月晉吏部尚書。

（續表）

林，二月如全州，四月如奉天府，九月次靖州，十月如柳州，十一月還桂林。

錫　衮二月以原官召，已前卒。

騰　蛟督師。四月晉柱國少師兼太子太師，晉封定興侯。

永　茂七月梧州舟次卒。

子　壯八月兵敗高明縣，殉節。

應　熊督師。□月封長壽伯。

文安之禮部尚書。二月以原官兼東閣大學士召，未至。

吳　炳禮部尚書。二月晉吏部尚書兼東閣大學士入，掌兵部事，八月扈從至奉天，失守遇害。

嚴起恆戶部尚書。三月改禮部尚書兼東閣大學士入，四月晉太子太傅。

方以智詹事府少詹事。三月晉禮部右侍郎兼東閣大學士，辭不至，後爲僧。

周鼎瀚詹事府少詹事。三月以原官兼東閣大學士入。

唐　誠右春坊右諭德。三月以原官兼東閣大學士入。

王化澄兵部尚書。三月以原官兼東閣大學士入，掌禮部事。

晏日曙兵部右侍郎。三月晉禮部右侍郎兼東閣大學士，六月入直，掌禮部事。

	堵胤錫兵部尚書巡撫湖廣。三月以原官兼東閣大學士封光化伯。仍總督江楚軍務，節制忠貞營，駐長沙。
	章　曠兵部左侍郎巡撫湖北。四月晉兵部尚書兼東閣大學士，尋晉太子太保武英殿大學士，仍總督恢剿軍務，八月卒於軍。
二年戊子。三月如南寧，七月次梧州，八月還肇慶。	李若星吏部尚書。六月以原官兼東閣大學士入，仍掌部事，九月奉天失守，遇害。
	式　耜留守桂林。閏三月晉左柱國。
	騰　蛟督師。閏三月晉上柱國太師。
	起　恆三月晉吏部尚書。
	鼎　瀚三月罷。
	誠　□月協守桂林，晉文淵閣大學士，總督五省義師。
	化　澄
	應　熊四月卒於軍。
	大　器五月晉少保，總督川、湖、雲、貴軍務。
	曰　廣六月晉少師兼太子太師吏兵二部尚書建極殿大學士，督師江西，恢復京、湖、閩、浙。
	吾　騶九月以原官入直，十月罷。
	士　俊九月以原官入直，十月罷。

	三年己丑。駐肇慶。
胤錫 振飛十一月以原官召。 日曙十月督師袁州、吉安兩府，道卒。 朱天麟禮部右侍郎。四月晉禮部尚書兼東閣大學士入。 郭都賢兵部尚書。八月以原官兼東閣大學士召，辭不至。 周堪賡戶部尚書。八月以原官兼東閣大學士召，辭不至。 朱由欙翰林院侍讀。十月以原官兼東閣大學士入。	式耜留守桂林。三月兼督江楚諸軍。 騰蛟正月兵潰湘潭縣，殉節。 大器督師。 曰廣正月南昌府失守，殉節。 起恆 誠正月義軍潰於湘潭縣，奔肇慶。 天麟正月罷。 由欙正月罷，下獄，尋赦出。

（續表）

四年庚寅。二月如梧州，十一月復如南寧。

吾騶二月復召入直，七月罷。

士俊二月復召入直。

化澄四月罷。

振飛四月赴召，道卒。

胤錫六月晉上柱國少傅兼太子太師吏部尚書文淵閣大學士，總督天下兵馬，十一月卒於軍。

式耜四月晉太保中極殿大學士，十一月桂林失守，殉節。

起恆正月兼掌兵部事，三月罷，五月復召入直，晉文淵閣大學士。

士俊正月罷。

天麟正月復召入直，九月晉太子太保建極殿大學士。

大器二月卒於軍。

化澄二月復召入直，十一月走端平，遇害。

櫻　七月以原官督師閩浙，總理官義兵馬錢糧，恢剿直省。

安之八月入直。

郭之奇太子太保禮部尚書。二月以原官兼東閣大學士入。

楊畏知兵部尚書。十一月以原官兼東閣大學士入。

（續表）

五年辛卯。十月次新寧。	安　之十二月晉太子太保吏兵二部尚書，總督川湖軍務。
	起　恆二月爲孫可望戕害。
	櫻　二月泉州中左所失守，殉節。
	之　奇二月遁入交趾，後爲交人執送軍前，不屈，死。
	畏　知二月晉吏部尚書文淵閣大學士，五月爲孫可望戕害。
	天　麟五月經畧左右兩江土司。
	楊鼎和兵部尚書。正月以原官兼東閣大學士總督川黔軍務，二月中道爲孫可望戕害。
	吳貞毓戶部尚書。三月以原官兼東閣大學士入。
	楊　鴻禮部尚書。五月晉太子太保，以原官兼東閣大學士，募兵烏羅土司，遇害。
六年壬辰。正月次廣南，二月如安龍府。	安　之督師。
	天　麟正月隨扈至廣南，八月卒。
	貞　毓
七年癸巳。駐安龍。	安　之督師。
	貞　毓

（續表）

八年甲午。駐安龍。	安　之督師。 貞　毓三月孫可望矯旨賜死。 張佐辰吏部右侍郎。四月以原官兼東閣大學士入。
九年乙未。駐安龍。	安　之督師。 佐　辰
十年丙申。三月移駐滇都。	安　之督師。 佐　辰三月晉吏部尚書。 扶　綱太常寺卿。三月以原官兼東閣大學士入。 馬吉翔少保兵部尚書文安侯。三月以原官兼東閣大學士入。 雷躍龍吏部左侍郎。三月以原官兼東閣大學士入。
十一年丁酉。駐滇都。	安　之督師。 佐　辰 綱 吉　翔 躍　龍

（續表）

十二年戊戌。駐滇都。	安　之督師。
	佐　辰
	綱
	躍　龍
	吉　翔
十三年己亥。正月次永昌，閏月次騰越，二月入緬甸。	安　之正月卒於軍。
	佐　辰三月迎降。
	綱　三月迎降。
	躍　龍
	吉　翔二月扈從入緬。
	張煌言兵部尚書翰林學士。六月以原官兼東閣大學士，仍督師浙海，贊理恢剿軍務。
十四年庚子。駐緬甸。	吉　翔
	煌　言督師。

（續表）

十五年辛丑。閏十月蒙塵，明亡。	吉翔七月爲緬人戕害。 煌言督師。明亡後散軍避居南田，被執不屈，死。
附	
弘光元年乙酉。七月魯王監國紹興府。	張國維太子太保兵部尚書。七月以原官兼東閣大學士入，尋晉少傅兼太子太傅武英殿大學士，督師防江。 宋之普戶部右侍郎。七月以原官兼東閣大學士入，九月罷。 方逢年禮部尚書東閣大學士。七月以原官召，九月入。 大典七月以原官督師金華府，十月晉少師兼太子太師文淵閣大學士。 田仰兵部尚書。八月以原官兼東閣大學士入。 謝三賓太僕寺卿。十二月晉禮部尚書兼東閣大學士入。
魯監國元年丙戌。六月航海入閩，十二月次中左所，尋改次長垣。	國維二月晉上柱國太傅武英殿大學士，六月防江，師潰，走東陽縣，殉節。 逢年六月迎降被殺。 大典六月金華失守，殉節。 仰六月奔閩，封海忠伯，尋迎降。 三賓六月迎降。

（續表）

	章正宸吏部左侍郎。二月晉吏部尚書兼東閣大學士入，六月棄官行遯。
	熊汝霖兵部右侍郎。五月晉兵部尚書兼東閣大學士，仍督師防江，六月隨扈入閩。
	孫嘉績兵部右侍郎。五月晉兵部尚書兼東閣大學士，仍督師防江，六月晉文淵閣大學士，隨扈航海，八月卒於舟山。
二年丁亥。正月駐長垣，七月親征。	汝　霖正月晉太子太傅。
	劉中藻僉都御史巡撫金衢。正月晉兵部尚書兼東閣大學士，督師浙閩。
	馬思理禮部右侍郎。十月以原官兼東閣大學士入。
三年戊子。正月次閩安鎮。	汝　霖正月爲建國公鄭彩戕害。
	中　藻督師。八月晉武英殿大學士。
	思　理十月卒。
	繼　祚正月以原官督師興化府，三月失守，殉節。
	錢肅樂兵部尚書。二月晉吏部尚書兼東閣大學士入，六月卒。
	沈宸荃工部尚書。十月以原官兼東閣大學士入。
	劉沂春右都御史。十月以原官兼東閣大學士入。
四年己丑。正月次沙埕，七	中　藻四月福安縣失守，殉節。
	肯　堂八月以原官入直，晉太傅。

（續表）

月次健跳所，十月移舟山，五年庚寅駐舟山。	宸　荃十月晉太保。
	沂　春十月以病免。
	肯　堂
	宸　荃
	李長祥兵部右侍郎。正月晉兵部尚書兼東閣大學士入。
六年辛卯。七月親征至吳淞，九月入閩。	肯　堂七月留守舟山，九月失守，殉節。
	宸　荃扈從入閩。
	長　祥九月棄官行遯。
七年壬辰。正月次中左所，尋次金門。明年三月去監國號，奉表行在。	宸　荃八月舟覆閩海道，卒。

甲申三月小病，杜門草創是表。今春復檢諸書，參互考訂，始繕清本。至此蓋四易稿已。戊子四月十一日記。

外王父節子傅公，博學多識，喜網羅殘明事實，稗乘逸史，搜剔靡遺。嘗欲纂《明史續編》，未成，歿後原稿零落。此《殘明大統曆》及《辛輔表》，蓋僅存之鱗爪也。今夏刻公《華延年室題跋》竣，遂並槧此以行世云。宣統元年五月餘杭俞人蔚謹識。

雁影齋題跋

〔清〕李希聖 撰
李 慧 標點
杜澤遜 審定

標點說明

《雁影齋題跋》四卷，又名《雁影齋讀書記》、《李氏雁影齋讀書記》，湘鄉李希聖撰。李希聖字亦元，號雁影齋主，又號臥公。生於清同治二年（一八六三），卒於光緒三十一年（一九〇五）。光緒十八年（一八九二）中進士，官刑部主事。李希聖博學宏識，工經史考據地理之學，有名於當世。因發危言譏謗時局，不爲權貴所容。常感世傷事，不幸英年早逝，年僅四十三歲。

《雁影齋題跋》所記爲方功惠碧琳琅館藏書。方功惠，字慶齡，號柳橋。湖南巴陵人。以鹽商起家。光緒間歷任廣東鹽道知事，番禺、南海、順德知縣，潮州知府，道員。方氏自幼篤學嗜書，藏書名滿天下。袁寶璜在《寄䲁廬文集·碧琳琅館藏書目跋》云：「《碧琳琅館藏書目》巴陵方柳橋觀察所藏者。觀察服官粵東，歷仕繁劇，先後垂二十年。廉俸所入，盡供插架之藏。宋元精槧秘本多至數十種，尚汲汲勤求，不以所得自足。噫，盛矣！近時藏書家，浙中有陸氏、丁氏；吳中有瞿氏；廣州有伍氏、孔氏；揭陽有丁氏。搜羅珍秘，皆有可觀。所藏書足與諸家抗衡。」其藏書目錄有《碧琳琅館書目》四卷、《碧琳琅館珍藏書目》二册、《碧琳琅館藏書記》一册、《碧琳琅館集部書目》不分卷、《方氏書目》八册、《明人集目》一册。方氏藏書，多珍本精本，大都經名人收藏。方功惠去世之後，方氏所有藏書由其孫方湘賓於光緒二十四年(一八九八)從廣州海運至天津，再陸續運到北京出售，並請李希聖鑒定。李希聖自云「所謂五十萬卷者，余皆得見之。遇舊槧精鈔，隨意記錄，間加考證，以備遺忘」。李氏因而撰成《雁影齋題跋》。庚子之變後，方湘賓把藏書大部分售歸北京琉璃廠書肆，一部分歸入京師大學堂。不數年間，方氏藏書散失殆盡。

《雁影齋題跋》所記方氏藏書六十六種，其中宋刻二十四種，元刻三十三種。每書均記版刻行款、收藏印識。其題跋於古書源流得失、版本同異考證頗詳，間亦指出《四庫》收錄與否，并對《四庫》所收該書之版本或内容之評價有所論述。如《文選》李善註，明毛氏汲古閣刻本，爲《四庫》所據，唯其中誤入五臣註條文，《提要》據以判定毛氏依六臣本摘出李善註，以意排纂而成。李希聖指出元張伯顔刻李善註本即已如此，并非毛氏排纂。李希聖在題跋中不僅訂正某些前人失誤，還保存若干藏書家遺文佚篇。如元本《六書統溯源》條錄顧千里致袁壽階函一通，爲《思適齋集》、《思適齋集補遺》所未收。則此書於版本考訂，鉤沉索隱，頗具價值。傅增湘序認爲此書「翔實淹賅，與郘亭、蘇隣、藝風諸人差可齊鑣并轡」，是較爲客觀的評價。

當然，該書中也存在若干錯誤。如《集百家註分類東坡先生詩》有「建安黄善夫刊於家塾之敬室」牌記，爲南宋黄善夫刊，而誤爲元刊，當是因不知黄善夫年代而致。傅增湘序中也指出若干誤元爲宋、誤明爲元的版本鑒別之誤，讀者應加以留意。

此書傳世版本有民國二十四年湘鄉李氏鉛印本，又有民國二十五年上海羅振常蟫隱盧石印本。本次標點以李氏鉛印本爲底本。書中明顯訛誤及避諱改字，均予改正。爲便於檢查，書前加編目次。本書由李慧標點，杜澤遜審定。不當之處，敬請批評指正。

李　慧

二〇〇七年十二月

雁影齋題跋目錄

卷二

卷三

卷四

傅增湘序

湘鄉李亦元前輩與余伯兄雨農，壬辰同入詞館，高才閎識，博學工文。官京曹時，有名公卿間。中經戊戌、庚子之变，心懷孤憤，發爲危言聳論，以摩切當世，以此不爲權貴所容，幽憂感歎，不永其年。所著《雁影齋詩鈔》，故人吴松隣爲之授梓以傳。同年王君書衡數爲余言君有古書題跋數卷，尚藏於家。余暮年篤嗜丹鉛，聞此私心嚮往久之。曰者，君之子鑑介鄉人王伯淵寄君題跋遺稿四卷見眎，言將排比付刊，屬爲序而行之。據君自序，知所記者多爲巴陵方柳橋之書。憶光緒戊戌之秋，余以新選庶常，將乞假還蜀，聞碧琳瑯館後人方輦遺書入都，庋置於琉璃廠工藝局中，連楹充棟，爲卷逾數十萬，排列以數十架計。余偶瀏覽及之，未遑深討。洎庚子後，再入國門，則書已四散。存者輸入國庠，尚餘十數萬卷，未嘗不慨然深喟。以方氏搜討之勤，儲藏之富，曾不數年，飄風墜露，渺不可追。求其甲乙簿錄，附於丁、陸之間，而亦不復存，爲足惜也。今篇中所記，視方氏所藏，亦衹存十一於千百。然於古刻秘鈔，爲世所希覯者，固已摽舉無遺，且於卷帙之異同，版刻之行格，收藏之印識，咸條分縷析，詳著於編。使後人一展卷之頃而宛若自見其書，如問影於鏡中，而圖紋於掌上。是則方氏之藏雖散，而獲此一帙，猶足爲異時考索之資。其爲功於典籍，顧不鉅耶？君爲此編，多隨手紀録而成，初非經意之作，然時或考訂其源流，評量其得失，亦復翔實淹賅。與邵亭、蘇隣、藝風諸人，差可齊鑣並轡，亦近代治目録學者所宜知也。顧余詳覽全編，録入宋刻凡二十四種，元刻凡三十三種。第其中如《儀禮圖》、《古今源流至論》、《韓》、《柳》二集皆元刻也，而誤以爲宋本。趙汸《春秋》三種，《宋史》、《稽古録》、《百川學海》、《李文公集》、《歐陽文忠集》、《存復齋集》皆明刻也，而誤以爲元本。殆襲原書之標題，而未加以鑑别，遂致此差失耳。至編中各書，余先後獲見者，如宋本《白氏六帖》爲董授經所得，今歸張石銘。宋本《東萊觀瀾文》，今歸劉翰怡。嚴鐵橋校《初學記》今歸蔣孟蘋，余曾臨有校本。宋本《甲申雜記》、《聞見近録》二書，經藏吴松隣、繆藝風兩家，其後竟歸余齋。斯皆踪迹之可考見者也。若顧亭林之《脩文備史》、朱竹垞之《百六叢書》、杭可菴之《藝餘類纂》，皆號爲秘籍孤本，今竟流轉不知所歸。微君括舉崖畧，並其名亦湮滅無聞。世有嗜古多聞之士，曷徵訪以傳其書，庶不負君晨鈔暝寫之勤也歟。乙亥嘉平祀竈日，江安傅增湘序。

自序

巴陵方柳橋觀察，官廣東四十年。好書有奇癖，聞人家善本，必多方鈎致之。不可得則展轉傳鈔，期於必備。光緒初元，日本方一意變法，視舊籍如土苴。觀察則遣人走海外，輒以賤價購之，所謂佐伯文庫之書，大都歸觀察，故所得秘笈尤多。訖於晚年，最其所藏，爲卷幾盈五十萬，而京師、上海諸書賈，不遠數千里，奔走其門者，猶無虚日。觀察屢權府事，榷鹺金嶺海，故膏腴聞天下，所入頗不資，乃盡耗於書。及其下世，則生計蕭然，於是其文孫湘賓大令盡輦其書至京師。余以辛卯鄉試與湘賓爲舊交，又值戊戌八月，余方持婦服，姬人陳氏復相繼夭亡，幽憂獨居，庭樹哀蟬助余愁寂。時余寓北半截胡同，湘賓賃屋沙土園，頗宏敞，而無車馬之喧，迺請予館其家，爲定書目。於是所謂五十萬卷者，余皆得見之。遇舊槧精鈔，隨意記錄，間加考證，以備遺忘。坐擁百城，往往經旬不出，幾忘其身之在京師人海中也。惟鄭叔進編修、童子諒郎中、蔡皋門觀察、方厚卿舍人、李筠菴大令，時時相過從。瞑寫晨鈔，至廢眠食，自謂天下之至樂矣。迨庚子夏五，紅巾難作，湘賓倉卒南歸，書亦稍稍爲人售去。余所記，蓋不及百種，於方氏藏書，不過九牛之一毛而已。每書皆記其行數、字數，藉以存古書面目，且亦錢竹汀、黄蕘圃、莫子偲諸公舊例。或頗疑記印識太詳，余曰此《四庫總目》例也。《總目》於魏了翁《尚書要義》，記「曠翁手識」印、「山陰祁氏藏書」印、「澹生堂經籍」印，《東萊博議》記董文敏及朱竹垞印，李士實《世史積疑》記文衡山及「天籟閣」印，曾宏父《石刻鋪叙》記「朱彝尊」名字二印，唐《蕭茂挺文集》記「曹溶」名字二印，宋劉一止《苕溪集》記「曝書亭」印，元侯克中《艮齋詩集》記「毛晉私印」，方回《桐江續集》記「玉蘭堂」及「季滄葦」印。集部存目内《斜川集》記「虞山汲古閣毛子晉圖書」僞印。《簡明目録》元方瀾《叔淵遺稿》亦記「顧嗣立」名印。故余因仍之，且亦以考見聚散源流，不爲無益也。癸卯十一月以寫本示王書衡同年，書衡勸付排印，一依舊稿，不復分别部居。時湘賓已死，叔進、子諒、皋門、厚卿、筠菴皆分散四方。京師更大亂，公私塗炭，書籍散亡，文武道盡，重以死生離合之感，家國身世之憂，棖觸前塵，恍如夢寐。遂徇書衡之意，畧序緣起，爲他日作《洛陽伽藍記》、《東京夢華録》者添一故事也。自惟廢學失時，耳目寡淺，大雅宏達，殫見洽聞，覽而陋之，固其宜矣。十一日燈下，湘鄉李希聖自序。

雁影齋題跋卷第一

新雕添注白氏事類出經六帖三十卷 宋本。

卷首有准慶曆二年三月初一日轉運司牒：「准禮部貢院牒，准敕命指揮毀棄淫僞浮淺俚曲穢辭，並近年及第進士一時程式文字不可行者，除已追取印板，當官毀棄外，有小字《六帖》一部，可以印行。今於元印板後錄署看詳定條制，照會施行者。詳定官登仕郎試祕書省校書郎守杭州司法參軍潘說，重詳定官宣德郎守祕書省著作佐郎監杭州裴卸，斛斗錢帛綱運兼粮料院權書記廳公事馬元康。」蓋南宋重繙慶曆本也。每版十二行，行二十一字。卷首有「汪士鐘藏」白文印。考《藝芸書舍宋元本書目》，子部内有此書。又有「茂苑周錫瓚藏於漱六樓」十字，係墨書，及「香嚴」、「漱六樓」二朱文印，又有「汪振勳」及「汝南仲子劉藏」等印。卷尾有「梅原」、「吳下汪三」印，又有「袁廷檮借[二]觀印」。考王深寧《玉海》，《白孔六帖》在宋末已合刊，分爲百卷。《天祿琳琅書目》有單本《孔帖》三十卷，已詫爲希世之珍。此係《白帖》單行本，尤爲難得。吳任臣《十國春秋·蜀毋昭裔傳》：「請後主鏤板印《九經》，又令門人句中正、孫逢吉書《文選》、《初學記》、《白氏六帖》刻板行之。」此本出於慶曆，慶曆本當出於五代，猶可考見蜀本面目。據《儀顧堂題跋》，陸存齋亦有此書。傅維鱗《明書書成於國初。康熙乙亥，其子燮詷刊本。・經籍志》「類書」内亦有《白氏六帖》，無卷數。傅志經籍皆明代藏書，非明人自著，最爲疎謬，然爲目錄家必要之書。

[一] 袁氏有印曰「袁廷檮藉觀印」。此「借」疑當作「藉」。

宗鏡錄節要二卷 宋本。

葉二十行，行二十二字。用蝴蝶裝。卷首有「汪士鐘印」、白文。「閬源真賞」印。朱文。考《藝芸書舍宋元本書目》，「釋家」内有是書，爲汪氏舊藏無疑。又有「賓之」印，白文。其李茶陵故物歟？又有「金匱蔡廷楨藏」印。朱文。廷楨字伯卿，好收藏。流傳舊槧，有「醉經軒」印者，余往往見之。上卷首有「宣和御寶」，白文。又有「烟客」印，朱文。蓋曾入王太常家。卷尾又有「西河毛古愚印」。屢經名家鑒藏。紙墨古黝，筆畫圓秀，真宋槧之佳者。是書《四庫》不錄，乃宋初僧延壽所集。首題「大宋吴越國慧日永明寺主智覺禪師」，乃錢氏時僧也。閩中樵陽比丘了一因延壽之書而節錄之，故曰「節要」。前有左朝請郎尚書禮部員外郎護軍楊傑序，述是書之成，吴越忠懿王寶之。元豐中，魏端獻王神宗弟。始鏤版，元祐初又重刊。是書無刊刻年月，其爲元豐本、元祐本，則不可考。然决爲北宋所刊，故宣和時曾入内府。余於釋氏諸書，粗知涉獵，宋元舊刻，間亦遇之，然未有如此本之精者也。

宋季三朝政要 元本。

每版十三行，行二十二字。卷首有「五硯樓藏」印，白文。蓋袁氏舊物也。又有粤人「吳榮光印」，白文。柳橋觀察宦粤時，所得吳氏舊藏不少，此其一也。張孝達尚書督兩廣，嘗從方氏假觀宋元槧本，故卷首有「無競居士」、白文。「張之洞審定舊槧精鈔書籍記」、朱文。「萬物過眼即爲我有」朱文。等印。卷一下有「廷檮之印」、「袁氏又愷」。皆朱文。六卷末有「五硯樓袁氏收藏金石圖書印」，朱文。末附仁和趙氏跋云：「荷屋廉使得於閩中。此書傳本極少。《四庫》著録本闕淳祐七年後五年事。鈔本流傳，魚魯之訛，觸處皆是。此本完全無缺，亦無訛字。卷首題『陳氏餘慶堂刊』。目録末前一行有『皇慶壬子』四字，考皇慶壬子爲元仁宗元年，蓋元刻也。此書有金山錢氏、南海伍氏、及《學津討原》本，惜無暇校耳。」

通鑑紀事本末 宋版。

每半頁十一行，行十九字。卷首有「菉斐軒藏書記」、白文。「汲古閣」印、朱文。「毛氏珍藏」。白文。又爲王鴻緒、陳玉方、胡薊門所遞藏，卷首有其印記。又有「張之洞審定」、「無競居士」等印。此板明初尚存南雍，故印本流傳不少。此本紙墨確係元印，非明印也。此書在南宋時即有兩本，初刻於嚴陵。淳熙元年，楊萬里出守臨漳，過嚴陵，爲序行之。至寶祐時，宗室趙與簒以嚴陵版字小且訛，易爲大書重刊。讎校亦精，版藏與簒家。至元延祐六年，其孫趙明安售於宣城陳良弼。此本楊、趙二序之後，有良弼序，蓋宋版而元印者也。

增修互注禮部韻畧五卷 元本。

卷一末有「至正乙未仲夏新書堂重刊」。每半頁十一行，卷首有張孝達尚書題跋二行，及「張之洞審定」等印。此書《四庫》著錄者係宋本，云「明代刊版，訛舛頗多」。此本槧刻尚精，可資校正」。考愛日精廬所藏亦元至正辛丑興慶堂刊本，不知視此本何如。其書聞尚在湘潭袁氏，他日當得見之。

文選六十卷 宋本。

每版九行，行十五字。字大如錢，筆畫圓勁，宋本中之精槧也。卷首有「宋本」二字隸書橢圓印，朱文。又有「番禺俞守義藏」印、朱文。「年年歲歲樓珍藏書」印、朱文。「會稽沈氏光烈字君度」印，白文。此書歷經趙承旨、文待詔鑒藏，故卷中有「趙氏子昂」印、朱文。「松雪齋藏書」印、朱文。「停雲生」印、白文。「翰林待詔」印。朱文。目錄有「張之洞審定」、「無競居士」等印，其餘諸印不盡記。書無刻梓年月。每卷後題校對人名，有：左從事郎贛州觀察推官、左從政郎贛州州學教授、州學學諭、齋長、齋諭、直學、司書、左迪功郎贛州司戶參軍、左迪功郎贛州石城縣尉、左迪功郎新永州零陵縣主簿、左迪功郎新昭州平樂縣尉，皆宋官制也。推官、教授等，皆贛州官，是贛州刻本。其零陵主簿、平樂尉二人，蓋贛州人新授官者也。書中凡孝宗以上諱，皆缺筆，光宗諱惇，則不缺，是孝宗時所刻也。考尤延之淳熙辛丑刻本跋云：「贛上嘗刻李善注本，往往裁節語句，可恨。此本亦贛上所刻，並刻五臣注，而無删節，誠善本也。」嘉慶中胡果泉重刻尤氏本時，未見此本。卷末有陳蘭甫跋云：「如『《典引》，今其如台而獨闕也。』尤氏本注云：『《尚書》曰：夏罪其如台。孔安國曰：台，我也。』汲古閣本亦然。嘉應李繡子據此爲《僞孔傳》翻案，有詩云：『諸儒不省太常移，晚出羣將孔傳疑。典引先存安國學，中郎注裏幾人知。』此本『《尚書》曰』上有『善曰』二字，非蔡中郎注也。古本之可貴如此。」以上見《東塾集》。此本自趙氏、文氏以後，展轉歸番禺侯君謨康，由侯氏歸陳蘭甫，沈君度從陳氏購之，方氏又得自沈氏，歷經名家鑒藏，可寶也。方氏所得《文選》舊本有十，因名曰「十文選齋」，然以此本爲冠。

太平惠民和劑方十卷 宋本。

此本得自日本，故無收藏家印記，亦無刊刻年月。但題云「建安雙璧陳氏留耕書堂刊行」，蓋閩本也。余嘗謂醫書最宜校讐，一字之訛，關人性命。虞山張氏據元本刻入《學津討原》，渤海高氏刻入《續知不足齋叢書》。余以兩本對勘，異同甚多。惜無盧抱經、顧千里其人耳。此書在宋時風行天下，自朱丹溪《局方發揮》出，其傳遂微，然固與《聖濟總錄》道光中揚州刻本及日本刻本，均二百卷。《四庫》所收，僅二十六卷。同爲方書之淵海，所宜家置一編者也。

分門集注杜工部詩集 宋本。

每版十一行，行二十字。不著編輯人名字。考王琪序，稱「何君瑑、丁君修得原叔家藏及古今諸集，聚於郡齋，三日而後已」。殆即何、丁二人所編也。分七十三門，極爲繁碎：日月門、星河門、雨雪門、雲雷門、四時門、節序門、千秋節門、晝夜門、夢門、山岳門、江河門、陂池門、溪潭門、都邑門、樓閣門、登眺門、亭榭門、宮殿門、宮詞門、省宇門、陵廟門、居室門、分上下。鄰里門、寄題門、田圃門、仙道門、隱逸門、釋老門、寺觀門、皇族門、世冑門、宗族門、外族門、婚姻門、園林門、果實門、池沼門、舟楫門、梁橋門、燕飲門、紀行門、分上下。述懷門、分上下。疾病門、懷古門、古迹門、時事門、分上下。邊塞門、將帥門、軍旅門、文章門、書畫門、音樂門、器用門、食物門、投贈門、簡寄門、分上、中、下。懷舊門、尋訪門、酬答門、惠貺門、送別門、分上下。慶賀門、傷悼門、鳥門、獸門、蟲門、魚門、花門、草門、竹門、木門、雜賦門。所採集注姓字，自昌黎韓氏以後共百四十九人。書爲汲古閣、謙牧堂按：謙牧堂爲揆叙藏書之所。揆爲明珠子，納蘭容若之弟，藏書甚多。所遞藏，每卷前後有「毛氏子晉」印、朱文。「謙牧堂藏書記」，白文。又有「孫佑宸印」白文。及「孫佑宸前生經眼再來看」印，朱文。又有「廣圻審定」印，每卷前後皆有，朱文。又有萬氏、徐氏等印，不盡記。紙墨既佳，槧印並妙，宋本中之上品也。

朱文公校昌黎先生文集四十卷外集十卷 宋本。

每版十三行，行二十三字。卷首有「崑山顧氏家藏」印，朱文。每册首皆有。又有「賜硯齋」印。朱文。每册首皆有。考賜硯齋爲桐城龍汝言字子嘉之齋名，所著有《賜硯齋集》四卷，道光戊戌年刊。殆即其人也。序文上有「江左周郎」印、白文。「九世卿族」印，朱文。又有「子京父」印。篆法甚劣，則書賈所僞。每册後有「莫氏雲卿」印，白文。其餘前後諸印不盡記。考朱子《韓文考異》係仿《經典釋文》之例，别爲卷帙，附於韓文。至嘉定中，福州王伯大以不便省覽，始散入篇内，寳慶三年刻於南劍州。伯大又自加音釋附於每卷之後，及坊賈重刻，又將伯大音釋散入句下。此本一卷後稱「留耕王先生」，又音釋不在卷後，則麻沙所刊之本也。槧印雖不甚精，然經顧、莫諸名家鑒藏，亦可貴也。韓文自方氏《舉正》、朱子《考異》以後，以陳景雲之《韓集點勘》、王元啟之《讀韓記疑》最爲善矣。

增廣註釋音辨唐柳先生集四十三卷 宋本。

每版十三行，行二十三字。墨色明朗，殆印本之最先者。無收藏家印記，然紙色、墨色確爲宋本無疑。書賈好僞造收藏家印記，而篆法甚劣，致使古書舊槧爲其點污，最爲可惡。此本獨無之，亦幸事也。《四庫》著錄即此本。雖麻沙坊刊，然勝於明刊本萬萬矣。

唐人萬首絶句 宋本。

此紹熙刊本也。自四十五卷後皆闕。前有洪文敏原序一首，自「置諸復古殿」以下亦闕。書賈補綴增一「云時」二字，即接「紹熙元年」云云。而彌縫無迹，亦善於欺人矣。查《萬首絶句》在宋時即有三本，一本一百卷，一本一百一卷。一百卷者，爲文敏所自刊，半刻於會稽，半刻於鄱陽。一百一卷者，爲汪綱守越時刊，合鄱陽、會稽本而併刻之者也。原本五、六言共二十五卷，汪本則分出六言爲一卷，故多一卷。汪本明時有翻本，曾入天祿琳琅。又有吳格重修之本，則僅會稽初刻之一半。據文敏自題云：「越府所刻七言至二十六卷，五言至二十卷。此本正四十六卷，則汪舍人修補越府所刻之一半印行之本也。」曹氏《楝亭書目》有《萬首絶句》，下注四十卷，殆不全之本也。自嘉定辛亥至今幾千年，在洪、汪二本之間別爲一本，爲從來談版本者所未見。自明以來，洪氏全本已不可見。《四庫》著錄本僅九十一卷，已佚其九卷矣。明翻宋本僅七十一卷，而訛謬百出。余將一卷首篇杜詩署一讎校，「不知醉裏風吹盡」，「知」訛作「如」。《漫興九首》，「與」訛作「興」，而此本不誤，足見舊槧之可貴。卷首有「玉蘭堂印」朱文。每册皆有。「吳寬」印、朱文。「匏翁」印。白文。二印每册皆有。歷經長洲文氏及吳文定所鑒藏，雖不全之本，亦可寶也。書用綿紙，神采奕然，殆宋本之初印者。趙氏寒山堂刻本，改易原本分卷之舊，爲錢遵王所痛詆，則又明人之故技也。王漁洋《池北偶談》云：「韓致堯詩『白玉堂東遥見後，令人評泊畫楊妃』。李子田云：『評泊者，論貶人、是非人也。』今作評駁者，非。近諸本或作斗薄，或轉訛陡薄，殊無意義。《萬首絕句》本作評泊，當猶近古。」漁洋所據，蓋明翻汪本也。

修文備史 鈔本。

題崑山顧寧人炎武彙輯。所輯書，曰《皇明帝系圖》，無撰人名。曰《皇明帝后紀畧》，盛元佐編。曰《皇明寶訓》，五卷。宋濂等編。曰《穆皇登極儀》，下題見《世經堂集》。曰《神宗步禱儀》附《謁陵》，曰《獻寶》，四十卷。袁秩撰。明人列傳自徐達起，至徐禎卿止。曰《儲匱餉增疏》，曰《兵制志》，三卷。史繼偕撰。曰《太倉考刪》，曰《太常紀刪》，四卷。蕭彥撰，下題念潛子刪輯。曰《謚紀考》，曰《廠庫須知》，何士晉撰。曰《九邊考》，長沙魏煥撰。曰《北邊世系考》，曰《大同板升考》，曰《平播日錄》，曰《平播碑》，曰《東三邊列傳》速把亥、炒花花大、黑石炭、董狐狸、兀魯思、罕長委、長昂、宣大鎮史二官、車達雞、寧夏鎮哱拜哱承恩回夷、播酋楊應龍、巢賊賴元爵藍一請諸酋、黎岐、十寨諸獞、礦盜王張住、京營叛兵、王之佐、坌虔劉堂艮、草坪石纂祿、浙江大營畔兵馬文英、象山昌國營畔兵何中列、叛兵陸文緒傳胎子、叛兵王禮重承恩張璜兒張勝豪、湖盜殷應采、崇明江陰諸盜、貴州安國亨安智奢效忠、土婦奢世統奢世續、雲南鐭、鎖菁羅、思諸夷、緬甸、羅雄者繼榮必六、安南莫茂洽。以上列傳目。曰《可齋雜記》，彭時撰。曰《水東日記》，曰《守溪長語》，曰《寓圃雜記》，曰《損齋備忘錄》，二卷。梅純撰。曰《清溪暇筆》，曰《瑯琊漫抄》，曰《謇齋瑣綴》，八卷。尹直撰。曰《菽園雜記》，陸容撰。曰《埜記》，四卷。祝允明撰。曰《後鑒錄》，曰《西征石城記》，曰《撫安□□記》，曰《興復哈密記》，曰《東征紀行記》，曰《雲中紀變》，曰《庚戌始末志》，王世貞撰。曰《防邊紀事》，曰《伏戎紀事》，曰《撻國紀事》，曰《靖夷紀事》，曰《綏廣紀事》，曰《平夷賦》，曰《平番始末》，曰《平蠻錄》，曰《炎徼紀聞》，曰《安南奏議》，曰《西南紀事》，二卷。郭應聘撰。曰《議處安南事宜》，曰《史乘考誤》，共數十種。前有趙收菴懷王序，言得自桐鄉金少權，金氏得自汪氏古香樓，桐鄉藏書家也。有抄本，無刊本。所抄各種，間有分卷者，而全書並無卷數。全紹衣精於考核，流覽極博，所爲亭林《神道表》詳載著述，獨無此書。自來序錄家亦未之及。此趙氏之言也。而趙氏前有一序，以爲不出亭林，謂七十五種中，見於《皇明紀錄彙編》、《金聲玉振集》凡三十餘種。二書皆於萬曆中刊行，亭林豈有不見之理？啓禎間事，無一字及之。而《水東日記》、《守溪長語》等書，各已刻入本人之集。《寓圃雜記》、《菽園雜記》又散刻叢書中。以爲決不出亭林之手。序但稱洛，不署姓，俟考。余謂此亭林隨手記錄之書，欲以留備史料。啟禎以後之事，殆欲輯錄而未暇。其中如《兵衛》、《太常》、《太倉》、《廠庫》，詳密瑣屑，可考見一代制度。九邊及西南諸夷，內地畔兵諸傳，皆爲明史諸書所不詳，亦可見當時情事。非亭林留心掌故，決不能爲此。核其體例，與《郡國利病書》用意相同，殆晚年自負國史之重，隨手編輯，未及成書，而先生遽歿，故止於嘉隆以前。平定張穆譔《亭林年譜》，於顧氏著述臚舉歲月，搜采無遺，亦無此書之名，誠非常之祕笈矣。惟鈔手極劣，譌舛甚多。藏書者僅較書之厚薄，率爾付裝，遂使片段不分，有牽連割裂之病。好學如趙味辛何以不爲之校刊，甚不可解。海内好古之士，儻能廣爲流布，將已有傳本者備存其目，不必再刊，庶不負前賢之用心矣。

甲申雜記 宋本。

每版十行，行十九字。吳氏筠清館舊藏也。墨光如漆，蓋宋本之初印者。第四條述阿李國事，末言「鍾傳坐冒賞貶，遂復成其議」。「復」字下空格，注「御名」，以文義求之，當是「構」字。構乃高宗名。此書無刊刻年月，當是建炎、紹興間刊本也。敍述瑣屑，頗多北宋遺聞。其中如言曆日，載幾龍治水，而今所傳寶祐四年會天曆則無之，足以考見宋時制度沿革不同。惟喜談因果，如唐稑在長沙買几子，其後竹脚中破，内有刻字。具述某年月日破，以爲萬物皆有定數。又述馬默貸沙門島流人，東嶽聖帝賜以男女，蔡持正爲第四人過嶺，宰相孫升感夢於前，歐陽大椿見字於壁。如此之類，頗爲荒怪無稽，宜周益公之斥爲妄也，而李仁甫《通鑑長編》頗采之。

揮麈錄 宋本。

每版十二行，行二十字。卷首有「粤人吳榮光印」，白文。卷後有「荷屋所得古刻善本」印、朱文。「吳氏筠清館所藏書畫」印。朱文。無刊刻年月。其中當擡頭之字皆空一格，不別爲一行。宋人刻書舊式多如此。此書乃宋人從王明清《揮麈録》内摘出數十條，託爲楊誠齋所譔。《四庫提要》已駁之。左禹錫誤收入《百川學海》乙集，盧抱經補《宋史藝文志》，亦誤列之小説家。然其書則固宋本也。其中言宋初承五代搶攘之後，三館宋以昭文、集賢、史館爲三館。有書僅一萬二千卷。自乾德以後，加意搜羅，獻書者優與出身。至真宗咸平時，書大備矣。而八年榮王宫火，延燔三館，焚爇殆徧，此書之一厄也。自此以後，廣爲傳寫，且置校勘、校理之官。嘉祐中，獻書者每卷支絹一疋，及五百卷者，與文資，可謂優矣。訖於宣和，天下異書盡登祕閣，靖康之變悉付劫灰，書之又一厄也。方承平時，士大夫家如南都戚氏、歷陽沈氏、廬山李氏、九江陳氏、鄱陽吴氏，俱有藏書之名，今皆散佚。可見從古藏書，無久而不散之理。黄蕘圃平生舊槧亦及身而盡屬他人。甚至絳雲、文選費畢生之心力，聚天下之菁華，盡付一炬，則又不如散在人間之爲愈也。若明之李中麓且以藏書賈禍，《野獲編》，洪朝選撫山東，聞章邱李少卿先芳家富藏書，與借觀不與，因起大獄，破滅其家。李以恚恨死。及洪歸閩，後爲撫臣。勞堪訐其居家不法，庾死獄中，或謂有天道焉。于東阿《筆麈》但記洪芳洲爲少司寇時，逼死故都御史楊順以媚華亭，不知有章邱李中麓事也。洪與中麓同年進士，以此，人尤薄也。武康山中白晝鬼哭，何其癡乎！

聞見近録 宋本。

每版十行，行十九字。亦筠清館舊藏也。其中《揚州后土廟》一條中云：「宋丞相構亭花側，曰無雙。」「構」字空格，注「御名」二字。殆亦建炎、紹興間刻本也。其書皆述北宋遺聞，故曰「近録」。蓋王定國爲王文正之孫，本世家望族，於朝章國典，聞見甚切，故敍述頗詳。然亦有失實者，如「太祖召諸方鎮，置酒大林中，語其所謂十兄弟者：『可殺我而爲官家。』方鎮皆伏地不敢對」。此殆近於《齊東野語》，已爲畢氏《續通鑑考異》所駁。李心傳《舊聞證誤》《舊聞證誤》，《永樂大典》輯本僅一百四十餘條。繆筱珊編修從錢唐丁氏影寫宋殘本首二卷又得二十九條，别爲《補遺》一卷，刻之。亦辨其「張融建宅」一條，「寇準服何首烏」一條，「錢若水罷相」一條，「大旱罷賈文元」一條，「鄭天休諸公會李氏第」一條，「馮當世爲樞密使」一條，然終不以一眚累其全書也。《困學紀聞》云：「李微之《舊聞證誤》，執政不坐奏事，以王定國《聞見録》爲證，與王沂公《筆録》不同。李仁甫修《長編》未見定國書，故專用《筆録》。」則宋人亦甚重其書矣。

初學記三十卷

嚴鐵橋手校其本，即萬曆丁亥徐守銘刻於寧壽堂者也。卷首書後一篇，用硃筆塗改數十字。較刻本而盡於此。下多數行，蓋刻《漫稿》時所删節也。歐陽公《集古録跋尾》流傳真迹，往往與集本不符，不足怪也。《四庫總目》詞曲類《樂府雅詞》卷首有朱彝尊題詞手迹，亦與集不符。此鐵橋用王蘭泉宋板大字本一一對勘，極爲精密。用朱墨二筆塗乙處，極不苟，可見讀書之細，而亦見徐本之譌謬百出。明人所刻之書，往往如此。宋吴明可不肯傳書，以爲校讎不善，貽誤後人，誠篤論也。考陶岳《五代史補》，楊行密以《初學記》

一部饋成汭，其爲刻本、寫本，不可得而知。書有板本始於唐末，其時祇術數、字學小書而已。後唐長興三年始刻九經。今宋本已不可得見。而黑口小字本，及廉石居之元板，亦無從物色。余所見嘉靖辛卯無錫安國本、嘉靖甲午晉府刻本、楊鑨重翻晉府本、萬曆丁酉陳大科本、吳陵宮氏岱雲樓校補陳大科本、古香齋袖珍本，皆多譌謬，惟陳大科本稍善。好古者若能以此校本付雕，庶不負嚴氏四十日之心力矣。

全室集九卷　明釋宗泐撰。

此書得自日本，無刊刻年月，蓋明初本也。乃宗泐字季潭。從子永祚所編。前有徐一夔序一首。考《靜志居詩話附錄》，解縉曰：「詩僧宗泐進所精思刻苦以爲得意之作百餘篇。上一覽，不竟日盡和其韻，則知泐詩精華不過百餘首。」今此本殆數倍之，以和御製詩爲一卷、樂府爲一卷，餘則五七言古今體也，分體不編年，其詩亦頗有風骨。見於集中者，如宋景濂、張來儀輩，皆負一代文名，聲氣所通，淵源有自，宜其詩之無蔬筍氣也。視杼山、白蓮、禪月則不及，然與《鐔津文集》、明支那本。《石門文字禪》明支那本。抗行天壤間，固無愧色也。釋麟洲極推服之，以爲一字一寸珠，一言一尺玉。錢牧齋《列朝詩傳》謂「虞文靖、黃文獻、張潞公皆推重之」，非偶然也。

春秋屬辭十五卷 元本。

每版十三行，行廿四字。前有汸自序，末題：「金居敬覆校，倪尚誼校對，朱升校正。」蓋善本也。惜頗多謬漫，若以通志堂本、趙吉士本一一對勘，則成善本矣。

春秋左氏傳補注十卷 元本。

每版十二行，行二十四字。印本。視前較清朗。趙氏於《春秋》主左氏，又參用公、穀，可謂全無家法，宋以來經學大抵如此。左氏本不傳《春秋》，漢人具有定論。趙氏欲通《春秋》而求諸左氏，可謂適楚而北其轅矣。

春秋師說三卷 元本。

每版十三行，行字多少不定。卷首有「烏程蔣維基記」印、朱文。「咸豐庚申以後收藏」印。朱文。此爲趙氏述其師黃澤之說。卷首題：「至正戊子八月既[二]望，門人新安趙汸敬題卷端。」蓋其時所刻也。末附《黃楚望行狀》一篇，即其所撰。楚望本深於《易》，兼通術數，劉文成傳其學。楊升菴《丹鉛錄》載其從曾義山子得異書胡蘆石洞中，恐不可信。按：近世所傳《燒餅歌》皆以爲出自文成，恐亦如陶弘景之《胡笳曲》、劉藏春之《西江月》，同出於後人依託也。王文祿《名世學山》載劉誠意少讀書寺中，一異人出神，爲僧所焚。其人神返，即附基身。聰明增前數倍，及以金瓜夜叩宫門，救明太祖之厄。則王弇州《史乘考誤》已辨之矣。陳建《皇明通紀》云：「上一日與友諒鏖戰，劉基在御舟忽躍起大呼，上亦驚起回顧，但見基雙手揮之，連聲呼曰：『難星過，可更舟。』上悟，如其言更之，坐未半餉，舊舟已爲敵砲擊碎矣。」則更爲齊東野人之談，不足一噱也。

〔一〕「既」原作「幾」，據《善本書室藏書志》改。

説文繫傳

惠定宇批閲本。細核之，非惠氏手迹，乃傳鈔之本也。惠氏《讀説文記》有刻本。《借月山房》本、《指海》本、《半畝園》本。此本考訂精核者，皆見於《記》。惟此本旁用硃圈及三角圈標出，以備考訂。解口部「孩」字，引《尚書·微子》呼紂爲孩子。僞古文作「刻」字。小徐易下曰：祕書謂下爲「月」字，日月爲「易」，本用許君昳下，祕書瞋從昳之例。不知所指何書。惠氏必以《參同契》當之。解「龍」字爲「後世肉飛仙」。如此之類，則不免於好奇炫博矣。解「克」字爲「仁以爲己任」，可也。必詆王肅、劉炫以「克」爲「勝」，以「己」爲「私」，爲背於理。此不過陰攻朱子，又不出其名，未免門戸之見。解「假」爲「至」，謂真假之説始於王莽。劉歆説《書》，以古文嘉禾假王莅政，爲假僞字，遂有假皇帝之名。至詆許氏非真之説，本於劉氏。則豈所謂蟲生於木還食其木者歟？

蒲菴集六卷　明釋來復撰

書無刊刻年月，蓋明初本也。來復字見心，豐城人，主四明之定水寺。詩分體不編年，乃其門人曇鍟法住所編。前有歐陽玄、宋濂二序。其詩頗有風格，在明初與宗泐齊名，而詩則過之。朱彝尊《靜志居詩話》詆其癡肥，謂不及全室之戌削，非篤論也。所與往還，多王公貴人。黄諳卿、顧玉山、危太樸、丁鶴年又皆一時風雅之士，早年嘗親炙虞伯生、歐陽元功，故學有淵源。在僧詩中，自宋以後，殆無其匹。錢牧齋《列朝詩傳》云：「《蒲菴詩文》，洪武十二年其徒曇鍟釐爲十卷，而元季之作，見賞於道園諸公者，此集皆不載。」則錢氏所見，已非其全。今此本有詩無文。《千頃堂書目》、《明史·藝文志》皆著於錄，而《四庫》不收。陸心源所藏，亦係鈔本，蓋難得之祕笈也。集中《讀鐔津集詩》云：「韓歐外侮見長城。」以入主出奴之見，謂韓歐之闢佛爲外侮，契嵩之護法爲長城，可爲一笑。考《御選明詩》姓名爵里及《明詩綜》，來復所著尚有《澹游集》。《鐵琴銅劍樓書目》有《澹游集》，係舊鈔本。集中皆當時名卿大夫往來投贈詩篇，並寺中碑銘序記。其詩則顧俠君《元詩選》所不錄，殆未見其書也。

虚堂習聽錄　元本。

前有大德改元冬閏十二月立春前二日中山傅夢徵序。書無卷數，但分上中下。卷首題「林老人評唱丹霞淳禪師頌古書堂習聽錄」。亦元槧中之佳者。

新編張仲景註解傷寒百證歌五卷 元本。

每版八行，目錄九行，行十七字。卷首有「安樂堂」印，怡親王府舊藏也。又有「張之洞審定」及「壺公」等印。紙墨精絕，元槧中之初印也。此書爲宋學士許叔微撰。按：《直齋書錄解題》載叔微所著有《類證普濟本事方》十卷、《傷寒歌》三卷，尚有《傷寒治法》八十一篇、《仲景脈法》三十一圖、《傷寒論》二卷、《辨類》五卷，皆云未見。《四庫提要》祇載《類證普濟本事方》十卷，並云《傷寒歌》不傳，不特《四庫》未收，即宋時亦稀有之本。惟錢氏書目有之，其後絳雲一炬，人間孤本盡付六丁。此册前後無序跋，刊刻年月無考。各家書目所載，均係三卷。朱國楨《湧幢小品》亦云《擬傷寒歌》三卷。此本則五卷，其爲分卷不同，或係數目字傳寫之誤，均不可知，然實爲非常之祕笈也。方太守有手跋在卷首，甚致鄭重珍襲之意。此書劉氏刻入《述古叢鈔》，陸氏刻入《十萬卷樓叢書》，惜未能一校勘也。其《傷寒九十論》，仁和胡氏用愛日精廬影本印行。

歷代名臣奏議三百五十卷 明永樂本。

書成於永樂丙申十二月，刷印僅數百本，頒諸學宮，而藏版禁中，故傳本極少。以張天如之博覽，自言生長三十年未嘗一見，最後乃得太原藏本。是此書在明末已稀如星鳳，況今日乎？今通行本即張天如删節重刊之本也。此係足本，惟當時乃奉敕編撰之書，故古今奏議幾於搜采無遺，何以卷首無序，亦無監纂、編纂官職名，殊不可解。考鄭端簡曉《今言》，知是時西楊士奇在南京佐太子監國，正危疑之際。沈德符《野獲編》：士奇之誌贊善梁潛墓也，云永樂十五年，車駕狩北京，上有疾，兩京隔數千里，支庶萌異志者，內結權倖，飾詐爲間，一二讒人助於外，會有陳千戶事連梁潛，遂死非命，十六年九月十七也。所謂萌異志者，蓋指趙王高燧，權倖者，內臣黄儼、江保也。鄭所謂危疑指此。蓋此書本以璽書諭太子，令翰林儒臣編撰故也。

雁影齋題跋卷第一　乙亥秋日男鑑恭校

雁影齋題跋卷第二

曝書亭輯叢書 鈔本。

卷首有「朱十彝尊錫鬯印」，朱文。蓋竹垞稿本也。有「南皮張尚書審定」諸印。所輯之書爲桑悦《思玄庸言》一卷、王禕《華川卮辭》一卷、陳獻章《白沙語要》一卷、岳正《類博雜言》一卷、黎文《黎子雜釋》一卷、陸深《儼山纂錄》一卷、王鴻儒《凝齋筆語》一卷、鄭善夫《經世要談》一卷、何塘《陰陽管見》一卷、王守仁《傳習則言》一卷、鄭梓輯《郁離子微》一卷、徐泰《詩談》一卷、王文祿《文脈》三卷、王禕《青巖叢錄》一卷、馮可賓輯《空同子纂》一卷、崔銑《后渠庸書》一卷、方孝孺《侯城雜識》一卷、黄省曾《擬詩外傳》一卷、《吴風錄》一卷、皇甫庸《近峯記畧》一卷、黄省曾《客問》一卷、黄潤玉《海涵萬象錄》一卷，共二十二種，皆從《學海類編》、《名世學山》二書中錄出。其編次之先後，亦不可解。殆欲賡續，未底於成，而遂中止。書中用硃筆校過，頗爲精審。書無傳本，藏書家亦均未著錄。其集中跋《綏寇紀畧》云：「余鈔入《百六叢書》，歸田之後，爲友人借失。後十八年，復從吴興書賈購得。」今觀此本，殆即《百六叢書》

之餘也，而世亦無傳。蓋竹垞著述，散佚者當不少矣。如《瀛洲道古錄》，張鑑《秀水計氏澤存樓藏書記》言《道古錄》稿本尚在，而盧抱經《館閣續錄跋》言未見。《風庭掃葉錄》、《吉金貞石志》（《吉金貞石志》，李光暎《觀妙齋金石文考畧》引一條，似已有成書，今未見傳本。）亦均無傳。錢竹汀詩云：「鼉尾山房放鶴洲，（《靜志居詩話》：「城南放鶴洲，南渡初，禮部郎中朱敦儒營之以爲墅，洲名其所題。雖不見地志，《觀樵歌》一編多在吾鄉所作，此說近是。」竹垞放鶴洲取此。）偶然隻字亦千秋。」蓋不盡可憑也。

活人心二卷 元本。

無撰人名字。卷首題玄洲道人涵虛子編，又自稱臞仙。前有序文一首，即其自撰。方氏書目誤以爲宋本。錢謙益《列朝詩集小傳》載寧獻王權所著書有《活人心》二卷。獻王爲太祖十六子，博學好古，晚[一]節篤信沖舉，自號臞仙。其書上卷言服食導引之法，而歸本於寡慾清心，其源蓋出於道家，而兼神仙家。下卷列玉笈二十六方，及加減靈祕十八方，多出諸方書之外者。此書得自東瀛，亦祕笈也。（明高儒《百川書志》有此書，又有《臞仙神奇祕譜》三卷、《臞仙文譜》八卷、《臞仙詩譜》一卷、《詩格》一卷、《太和正音譜》十二卷、《詞林須知》四卷、《西江詩法》一卷。）

[一] 原作「脫」，據錢謙益《列朝詩集小傳》寧獻王朱權條改。

太平寰宇記 鈔本。

乾隆壬辰，孔葒谷在京師太僕寺街壽雲簃借周書昌本抄校。書昌即周永年，輯《貸園叢書》者也，永年在四庫館爲纂修官，集部一門提要多出永年與翁方綱之手。與葒谷爲同年。周本即從曝書亭本過錄，朱本乃合濟南王氏、崐山徐氏本合鈔者也。葒谷此本雖展轉傳鈔，而始終無懈筆，又經周萝棠校過，自言正錯簡十餘頁，補脱文三十餘行，改訛字萬餘，蓋精鈔而兼精校之本也。此書有江西兩刻本，萬氏本多擅改，金陵書局據樂氏祠本重刊，亦多訛字。此係舊鈔精校之本，因此可貴。至其闕卷，則宜都楊守敬已據東瀛本補六卷，尚闕二卷有半，則此本亦同，無從再覓矣。按：樂氏此書所敘州縣沿革大概，本之《元和郡縣志》，而以《舊唐書·地理志》益之。其山川事迹，雜採群書，意在務博。往往一卷之中，前後重複。一人之事，彼此牴牾。不獨如竹垞所云不合正史已也。然於龐雜之中，亦有網羅之益，如淮南、山南諸道，可采補《元和志》闕卷，惟後附《外域記》二十九卷，全引《通典》，間有增益，亦不出《舊唐書·外夷列傳》。此則附贅懸疣，竟可直從删汰矣。《四庫提要》及錢竹汀《養新錄》皆盛推之，殆未及詳考耳。

大唐類要一百六十卷 鈔本。

考《讀書敏求記》云：「今行《北堂書鈔》爲吾鄉陳抱中[一]所刻，攙亂增改，惜[二]無從訂正。聞嘉禾藏書家有原書，蒐訪十餘年而始得。」所謂嘉禾藏書家，即指竹垞也。《曝書亭集》跋《大唐類要》云：

「書賈以此求售，反覆觀之，即《北堂書鈔》也。」《愛日精廬藏書志》跋《北堂書鈔》云：「此係永興原本，分甲、乙、丙、丁、戊、己、庚、辛、壬、癸十册，未經常熟陳禹謨增删竄亂者。是書爲四庫所未見，合浦之珠、豐城之劍，不足比其珍貴也。」《鐵橋漫稿》跋云：「康熙中，朱錫鬯得《大唐類要》，有跋見《曝書亭集》。季滄葦得《古唐類範》，見《延令書目》。嘉慶初，《古唐類範》爲吳縣黃蕘圃所得，散片兩包，未曾裝册，有秀水朱氏及季滄葦印。每卷『古唐類範』四字，俱挖補，蓋《類範》即《類要》，《類要》即《書鈔》原本也。」莫友芝云：「同治丁卯冬，來蘇門，獲胡氏琳瑯祕室明鈔本《書鈔》，憶郁氏《宜稼堂書目》有《大唐類要》，欲借一校。適丁雨生方伯藏書有此，乃顧湘舟藝海樓鈔本，不知所出，未知於郁氏本何如。畧校胡本數頁，其舛錯甚於胡本，而足以補正者，亦自不乏。」方氏此本即從持靜齋借鈔莫子偲所謂藝海樓本者也。張金吾所藏，末題「明嘉靖丙午六月十二日，五川居士在萬卷樓記」。蓋從楊夢羽藏本傳錄者，今不知流落何地。張氏藏書多歸湘潭袁氏，今亦散佚矣。士禮居鈔本今歸振綺堂，胡氏寫本爲莫子偲賺去，郁氏本則兵燹後無從物色矣。嚴鐵橋校刻本僅五十五卷，近歲有南海孔氏刻本，而虞氏原書始盛行於世，孔氏本校勘頗精，惟不當改易行款。聞仁和勞季言有校本，未知尚在否。書此以俟世之留心古籍者。

〔一〕《讀書敏求記校證》「中」下有補注：「題詞本、阮本、胡校本中均作『沖』。」

〔二〕「惜」原脫，據《讀書敏求記校證》補。

記纂淵海二百卷

考《四庫》著錄此書僅一百卷，乃明萬曆己卯大名知府王嘉賓刊，並有删改，非潘氏原本也。焦弱侯《國史經籍志》及《內閣書目》卷數相同，葉氏《菉竹堂書目》葉氏原本，非伍氏所刻之僞本。不記卷數，陸氏十萬卷樓所藏，亦一百卷。惟高儒《百川書志》、黄氏《千頃堂書目》、范氏《天一閣書目》、《季滄葦書目》本皆一百九十五卷。《天一閣》係鈔本。陳徵芝《帶經堂書目》本一百九十五卷，從范氏本傳鈔。盧抱經《補宋史藝文志》亦作一百九十五卷，而云今本一百卷，則亦未見其書。此本爲卷二百，多於《四庫》所藏者一倍，較范氏鈔本亦多五卷，蓋非常之祕笈也。每版七行，雙行。行十三字。惟十三卷起至十五卷夾縫上下題：「弘治歲在昭陽大淵獻會通館活字銅板印。」二十八卷一頁、五頁，三十五卷二頁、七、八、十、十二頁，三十六卷二頁、六頁、九、十二、十三、四、五、八頁，三十七卷五頁，三十八卷一、三、四頁，四十卷一頁。蓋明時所補也。《竹汀日記鈔》有《容齋五筆》弘治八年錫山華燧序，板心有「會通館活字銅板印」八字，亦見《養新錄》。余以方氏所藏百卷本對校之，百卷本第一卷爲混元部、五行部，此本則以論議部居首。知《四庫》本爲王嘉賓所移改删節，真所謂刊刻之功不贖其竄亂之罪者矣。考《浙江采進遺書總錄》，范氏藏本，實經進呈，當時館臣倉猝成書，未及詳核，故著王刊本而遺此本。《遺書總錄》謂天一閣本書尾有「泰定乙丑圓沙書院刊行」，而此本無之。核其紙墨，當是宋本，而會通館所補之版，殆即據泰定本也。惟《天一閣書目》載潘自牧嘉定己巳自序云：「凡爲部二十有二，爲門一千二百四十有六，合二百三十六卷，總八十萬言。」較此本又多三十六卷。此本無潘氏自序，又無目錄，僅二十一部，蓋即潘氏原本。書賈嫌其不全，故並去之。然實爲海内孤本，未可以其不全而輕之也。《四庫提要》及《天一閣書目》均作潘自牧撰，考《金華志》作潘景憲，字叔度，而《提要》不引，豈未嘗深考耶？樓攻媿《春秋繁露跋》云：「聞婺女潘同年叔度景憲多收異書。」即其人也。

此本分二十一部，爲論議部、性行部、識見部、人倫部、人道部、人情部、人事部、人已部、敘述部、接物部、問學部、言語部、政事部、名譽部、著述部、生理部、喪紀部、兵戎部、釋部、仙道部、闔儀部。明本分混元部、五行部、天文部、歲時部、節序部、測候部、律曆部、祥瑞部、災異部、地理部、居處部、郡縣部、職官部、仕宦部、科舉部、學校部、人倫部、人道部、性行部、識見部、論議部、問學部、言語部、政事部、名譽部、物理部、人已部、接物部、敘述部、人事部、人情部、著述部、祭祀部、禮儀部、樂部、喪紀部、兵戎部、闔儀部、字學部、文卷部、襟懷部、民業部、釋部、仙道部、伎術部、博奕部、雜戲部、飲食部、香藥部、果食部、花卉部、草部、木部、竹部、禽部、獸部、水族部、蟲豸部，共五十八部。

釣磯文集十卷 鈔本。

唐徐寅撰。《全唐詩》作徐夤。《四庫全書》録《徐正字詩賦》二卷、賦一卷計八首，各體詩一卷，計三百六十八首。阮氏《揅經室外集》大興傅以禮重編名《揅經室經進書録》。録《釣磯文集》五卷，凡賦伍十首。此本前五卷每卷賦十首，惟第五卷《星賦》、《漢武求仙賦》、《伍員知姑蘇臺有游鹿賦》有目無文，計闕三首，不知阮氏本何如。第六卷爲長律八首、五律二十一首、七絕二十八首，第七卷七律五十二首、第八卷七律五十二首、第九卷七律五十二首、第十卷七律五十二首，共二百六十五首。然《提要》所舉五言如：「白髮隨梳少，青山入夢多。歲計懸僧債，科名負國恩。」七言如：「豐年甲子春無雨，良夜庚申夏足眠。鵑聲中雙闕雨，牡丹花畔六街塵。月明南浦夢初斷，花落洞庭人未歸。爭如澗底凌霜節，不受秦王號此官。張均兄弟皆何在，却是楊妃死報君。」皆見於卷中。鄭方坤《荔鄉全閩詩話》所引閩書及劉克莊《后村集》、《后村題跋》，朱國楨《湧幢小品》論寅諸詩，爲《全唐詩》所有者，此本亦一一皆在。其餘諸詩亦盡從《全唐詩》抄出。《十國春秋》云寅所著有《探龍集》一卷、《雅道機要並詩》八卷，亦曰《釣磯集》又有賦五卷，蓋久散佚矣。此本不知何人分析卷第，而藏書家珍爲祕笈，展轉傳鈔，皆不加深考者也。

說文解字補義十二卷 明本。

此書昭文張金吾藏有元至正本，錢塘何夢華錄副，阮氏經進於朝，亦影寫本也。考莫友芝《宋元舊本書經眼錄》，張氏本後歸郁氏宜稼堂，郁氏書多歸方氏，郁氏書至精者爲丁禹生中丞豪奪，餘以萬金售之陸存齋。存齋挑其重本，由上海書賈吳申甫歸方氏。獨無是書。此本爲永樂十八年刻本，前有至正乙未包希魯自序，後有包氏嗣孫產孝及石篪序。按包氏此書，焦弱侯《國史經籍志》、《千頃堂書目》、《傳是樓書目》、錢竹汀《補元史藝文志》、盧抱經《補遼金元藝文志》金門詔《補三史藝文志》未錄。皆著於錄。其補義大抵如王介甫之《字說》，鄭漁仲之《六書畧》，多望文生義，嚮壁虚造之談。故阮氏亦以議論多宋學少之，而張昭文《藏書志》獨稱其精核。考王西莊《蛾術編》詆包氏解毋字云：「女當從一，一則其德不爽，故女加一爲毋。」以爲「膚淺而杜撰」。而張金吾亦引包氏此條，獨以爲有義可通。不免阿其所好。明之趙凡夫於此書亦痛加詆斥，然趙氏所著《說文長箋》爲顧亭林《日知錄》所指摘，甚至漢唐不辨，笑柄甚多，則不足以詆包氏矣。

《日知錄》尚摘《長箋》引「虎兕出於柙」句，誤稱《孟子》，至謂其未讀《論語》。《四庫提要》、《滄浪詩話》條內，頗爲之呼冤。

大易粹言十卷 宋本。

每半葉十行，行二十字。卷首有「大興朱氏竹君藏書之印」、朱文。「潤州笪重光鑒定印」。朱文。按重光字子宣，自號江上外史。又有「張之洞審定舊槧精鈔書籍記」、朱文。「壺公」白文。等印。前有嘉定癸酉五月張嗣古序云：「此書歲久，板漫滅不可讀，因念刊書之難，復爲之修改七百三十有六板，凡二十六萬一千五百九十四字。」此本紙墨甚精，即修改時初印之本也。首册尾有光緒十三年九月南皮張之洞跋，推爲方氏書庫宋本第一。按：此書《宋史·藝文志》作曾穜撰，《四庫提要》據張嗣古序文，定爲方聞一撰，而《天祿琳琅書目》以聞一列名校勘，與作跋之程九萬、李祐之一例，謂不必遠改《藝文志》，近駁《經義考》。余謂曾獻之此書，不過采輯宋人成說，似無須假手於人。方氏或與有編輯之勞，亦事所常有。《四庫提要》必欲改題方名，殊爲過矣。

𣪘音集 不分卷。

明于承祖撰。承祖字孟武，揚州人。據武之望序，稱其膺中祕之命，不知所歷何官也。《四庫總目》無其書，《明史・藝文志》、《千頃堂書目》均不著録。錢牧齋《列朝詩集》、朱竹垞《明詩綜》皆不選其詩。集中姓名亦無見於史傳者。然其詩承七子之餘波，亦頗有風格。五言如「銀燭燒寒短，金尊入夜傾」，「山閣浮鰲背，江帆度酒杯」，七言如「久無朱鯉傳消息，漫有青尊對薜蘿」，「莫上龍堆望鄉國，胡笳一曲淚沾巾」，即集中佼佼矣。陳松珊侍御撰《明詩紀事》，搜羅明人别集最多，亦不知承祖爲何人也。

東萊集註類編觀瀾文七十卷 宋本。

每半葉十一行，行十九字。此書本林之奇少穎所編，分甲乙丙三集。甲乙集各二十五卷，丙集二十卷。所選詩文，自屈原以下，至宋歐陽修、司馬光、蘇軾、秦觀諸人之作皆與焉。稱名稱字無一定體例，即以王安石一人而論，或稱荆公，或稱介甫，亦前後互異。甲集以賦爲首，詩歌次之，書、頌、碑、銘、論、記諸體又次之。乙集則論又在詩前。丙集有各體而無詩。其字句與各家集本亦多異同，文亦駢散兼收。如甲集，既選韓退之《平淮西碑》，丙集又録段文昌作，可謂蘭艾同登矣。吕伯恭本受學於少穎，故爲之注。集中所選，多人人傳誦之文，故吕注録前人成説爲多，亦有不注一字者。朱子謂伯恭好用心於駁雜文字，豈此之類乎？阮氏《外集》，乙集僅五卷，又無丙集，此本視《宋史・藝文志》亦多七卷，乃秘笈也。蓋得自日本。方氏影寫重刊，可謂好古矣。

勉齋先生黃文肅公文集三十五卷 宋本。

每半葉十行，行十八字。梁蕉林舊藏也。紙墨皆佳，惜板頗有漶漫。按：《勉齋集》本四十卷，此本止三十五卷，殆不全之本，書賈割去其闕卷目錄耳。勉齋本講學家，詩文均非所長，甚至婚書、宋人婚書多入集。汪大本刻《豫章先生遺文》亦有之。青詞亦濫登卷內。然其精要，則固布帛菽粟之言也。

漢書 宋本。

每半葉十行，行十九字。卷首有「吉壽堂圖書」及「翁覃溪」諸印，又有「紫珊」印。紫珊爲徐渭仁字，蓋春暉堂物也。以紙墨觀之，的爲宋刻。然訛字頗多，如目錄中「魏豹」作「稱陃」，「樊噲」之「噲」訛作「會」，「中山王勝」之「勝」訛作「膠」，「兩龔」之「兩」訛作「雨」，「宣元六王」之「王」訛作「年」。第一卷注「二千石有予告有賜告」，「有賜」二字倒；「章邯已破項梁」，「破」訛作「故」；「青州俗呼無孑遺爲無瞧類」，「呼」訛作「州」；顏注「吸音翕」訛作「關」；「漢有天下太半」，「半」訛作「平」；「故父有天下」句，脫「父」字；「郭蒙與齊將擊」脫「將」字；「入定代地」，「代」訛作「大」。其餘尚不勝枚舉。其中蓋有補板，殆書賈所謂「三朝板」者耶？題跋舉訛字，用《四庫提要·詞曲類》柳永《樂章集》例。

後漢書

紙墨行款與前書同，蓋一時印行之本也。卷首印記與前亦同，訛字觸目皆是。目錄「鄧禹子訓孫騭」，脱「騭」字。第一卷「太公金匱」之「金」訛作「日」，《左傳》之「左」訛作「右」，「弘農七郡」之「郡」訛作「司」，「日月告凶」之「凶」訛作「内」，注「十三誤也」之「誤」訛作「謨」。第二卷「更謂戍卒」之「戍」訛作「成」，「今選舉不實」之「今」訛作「令」，註「不以政事爲務」之「務」訛作「防」，「詣諸軍營」之「詣」訛作「諸」，其餘未及細勘。世有好思誤書者，當以此爲枕中鴻寶矣。惟此本目錄《帝后紀》一十卷，第一卷、第十卷分上下，汲古閣本亦同。《抱經堂文集》跋吳槎客《漢書》云：「汲古所梓《漢書》當是據北宋本。」今世所翻之汲古本，則作一十二卷矣。局本、韓江書局本均同。第一卷「上下」二字均在「皇帝」字下，今翻本亦已更動。目錄後有「光武起後漢，乙酉歲改建武元年，傳及十二帝，至獻帝建安二十五年庚申，凡一百九十五年。十二帝后紀一十二卷，《志》三十卷，八十列傳八十八卷」。六行。汲古本同。今翻本亦無之矣。兩《漢書》以汪文盛本爲最，湘潭袁氏有劉好[一]問《漢書》，爲海内孤本。袁漱六最所矜異，不知尚在否。至袁氏所贈曾文正之《漢書》，莫子偲定爲宋末元初本者，余曾從曾重伯處見之，其中鈔補頗多，實係元本也。黄蕘圃景祐本見於《百宋一廛賦》者，尚在聊城楊氏，他日或得見之。吳玉搢《金石存·曹全碑跋》云：「陽曲傅山先生云：『謝承《後漢書》余家有之，明永樂間揚州刊本。』初郃陽《曹全碑》出，曾從謝書考證，多所裨益，大勝范書。比寇亂，亡失矣。」今碑中如「攻西域罹黨禍」及「戊部司馬」之類，皆與范書不合，安得謝書一印証之。永樂去今不過五百年，世間容有其書，附志於此，以待留心古籍者物色之。仁和孫志祖頤谷補輯謝承《後漢書》五卷，尚未刊行，見鄭文焯《國朝著述未刊書目》。

〔一〕「好」當作「之」。

證道歌 元本。

歌爲永嘉真覺大師所撰，而宏德禪師爲之註。頌前有至元六年釋大訢序，即其時所刻也。考《祖庭事苑》：「永嘉大師諱玄覺，俗姓戴氏，求證於曹溪六祖，所作《證道歌》，詠播天下，即此書也。按：永嘉卒於先天二年十月十七日，僅後六祖兩月。睿宗命謚無相大師，淳化中詔修龕塔」云云。據朱時恩《佛祖綱目》，作開元二年十月，端坐而滅。與《事苑》所記不同，未知孰是。考葛立方《韻語陽秋》云：「余曾祖通議自號草堂逸老，參佛日契嵩，遂悟真諦，有《註證道歌》行於世。」則此書在北宋時已盛行矣。

古今源流至論別集十卷 宋本。

每半葉十三行，行二十七字。卷首題「新刊箋註決科古今源流至論」。其書蓋備科場之用。首篇即論朱子《綱目》褒貶之意，繼論周子《通書》、朱子《四書》，而以誠字、復字別爲一篇。其於洛閩緒言抄摘亦頗得要領。然以《太極圖》非濂溪作，《潛虚》非温公作，亦頗示異同。朱子亦謂《潛虚》非司馬温公全書，好事者僞成之云。見方回《桐江集》。此本紙墨甚古，然譌字頗多。如「傅堯俞」至譌爲「渝傅堯」，蓋當時麻沙坊本也。

古今源流至論前集十卷後集十卷别集十卷續集十卷 宋本。

每半葉十三行，行二十八字。卷首有范鍇、王夷、張廷濟、蔣維基諸人印。紙墨頗古雅，在麻沙坊本中尚不甚惡劣。方氏所藏尚有萬曆庚寅宗文堂本，則不及此遠矣。

金陵新志十五卷 元本。

書成於至大時，而刊於至正四年。前有索元岱序，據首卷文移，分派溧陽州學刊五卷，溧水州學、明道書院各刊三卷，本路儒學刊二卷，共用中統鈔壹百肆拾叁定貳拾玖兩捌錢玖分九厘。陸文裕《金臺紀聞》曰：「元時州縣皆有學田，所入謂之學租，以供師生廩餼，餘則刻書。工大者合數處爲之，故讎校刻畫頗有精者。」此本則槧印俱劣，而圖尤甚，其板後歸南監，殆明印也。蓋是時元運已衰，江淮之間盜賊蜂起，故刊書事極草草。《養新録》、《平津館鑒藏》、及《廉石居藏書》所記，與此本同。

儀禮圖十七卷儀禮旁通圖一卷 宋本。

每半葉十行，行二十字。字畫遒勁，畧帶隸意，墨光爛然，宋槧中之上品也。每葉夾縫中皆詳列某人校、某人重校、某人刊，幾於每葉異人，無一人校刊至三葉者，可以知其精矣。總校者爲閩何。據《平津鑒藏記》當爲南宋閩中所刻。天祿琳琅及拜經樓本即從此本出。卷首有「吳城」、「敦復」二朱文印。按：楊氏此書，全錄《儀禮》十七篇及注、疏、宋諸儒之説，而附圖以明之，故爲十七卷。末附《旁通圖》則大半皆旁行斜上之表也。其書頗便於初學。自張皋文《儀禮圖》出，其考訂精確處，雖非楊氏所及，亦未能遽廢之也。信齋本朱子門人，引朱子語必稱朱先生，用許叔重《説文》稱賈侍中之例。

白虎通德論十卷 元本。據周廣業云，《白虎通德論》本二書，原題如是，姑仍之。

每半葉十行，行十六字。前有大德九年四月朔日張楷及望日嚴度序，即其時所刊也。據盧抱經云：《白虎通》以吳槎客小字宋本爲最善，大德本次之，其佳處往往與小字本合，視明代傅鑰、吳琯、何允中、程榮、胡文煥本勝處實多。此本「三正」作「三政」，「三綱六紀」分作二條，皆與盧氏所言脗合。按：王鳴盛《尚書後案》據訛本《白虎通》引《書·無逸篇》曰「厥兆天子爵」，爲《書·無逸篇》之佚文。謂其家所藏宋本《白虎通》如是。考此本但作《書·逸篇》，無「無」字。則王光祿所據蓋明本也。宋翔鳳序《鐵琴銅劍樓書目》亦謂宋板大字、小字二本，及元大德本，均作《書·逸篇》。可見此本之善矣。據王西莊《蛾術編·白虎通義》一條，言其所藏者爲元大德九年東平張楷刻。

祖庭事苑八卷 宋本。

每半葉八行，行十七字。前有大觀二年法英序，後有紹興甲戌中秋比丘師鑒及紫雲二跋。其書爲睦菴善卿所編，錄雲門雪竇懷禪師池陽法眼語。而大書分注，僅便於飣餖詞章之用，非彼教中持誦之書也。

理學類編八卷 元本。

每半葉十四行，行二十二字。前有臨川吳當字伯尚。序，卷尾助刊人姓名頗多，不詳錄。是書爲臨川張九韶美和所輯。前三卷均論天文，四卷論地理，五卷論鬼神，六卷論人物，七卷論性命，八卷論異端。以周子、二程子、張子、邵子、朱子六先生之言爲主，而本之六經、《論語》、《孟子》，參以諸儒辨論，亦頗有體要。其中所引之書，今亦有未見傳本者，一鱗片甲，藉是以傳，可見其采輯之廣矣。

存復齋集十卷 元本。

每半葉十一行，行二十字。前有至正九年秋閏七月俞焯序，乃其曾孫夏所編，而項璁爲之校正。卷首有「孝友堂印」，卷尾有「睢陽世家印」，即朱氏家藏本也。朱澤民本以畫名，詩非其所長，然當時如趙孟頫、虞集、黃溍、康里巎巎、鄧文原、周伯琦、馮子振，皆一代勝流，莫不互相推重，豈因其畫遂並重其詩歟。楊仲弘《送朱澤民之京師》詩云：「君有長材希屈賈，好將詞賦重當時。」是仲弘亦甚推服之。楊詩見傳習《元風雅》。《元風雅》有二，一爲《四庫》著録本，一爲阮氏經進本，均未刊刻。余所見皆知不足齋鈔本。顧俠君《元詩選》未見此書，知其流傳甚少矣。然余所見朱氏題畫詩，爲此本所無者尚不少，蓋出其後人所搜輯，勢不能一無所遺也。

宋諸臣奏議百五十卷 宋本。

每半葉十一行，行二十三字。前有淳祐庚戌趙希瀞、史季溫二序。此本乃忠定之孫必愿官閩時梓於學宮，季溫之父史容字薌室。以忠定之客，嘗與編輯之役。故季溫捐金助刻是書，而朱貔孫爲之監梓。忠定是書編輯於閩，而奏進於蜀，當時即已刊行。自淳熙至淳祐六十年間，蜀板已毁，此本乃閩中所刊。王漁洋《居易録》曾見溫陵黄氏所藏宋刻本，當與此本同。據忠定劄子，本名《名臣奏議》，而陳彭年、丁謂、夏竦、陳升之、李清臣、邢恕、秦檜諸人之作皆與焉。《困學紀聞》云：《文鑑》取蔡確《送將歸賦》，猶《楚詞後語》之取息夫躬也。忠定亦猶此意。朱子亦議其將王荆公議廟制文字編作細注，爲不能决擇是非。惟篇後附奏進年月，其例最善。後有作者，尚當效之。《四庫提要》詆朱子《名臣言行録》取呂惠卿，實係紀文達之誤。劉後村云：「考亭論荆公、東坡門人，寧取呂吉甫，不取秦少游。」其説見《文獻通考》。《言行録》並無呂吉甫也。魏默深正紀氏之誤，而不及此一條。至魏氏詆楊升菴杜撰《朱子語類》大顛書乃昌黎死案，則《語類》實有此文。又「盜諸葛」亦係「盆諸葛」之誤。魏氏據訛本不足以服升菴也。

韓非子二十卷 明本。

前後無序跋，刊刻年月無考，惟第四册首行下有「虧四」二字，殊不可解。考《士禮居藏書題跋記》云：「去年在坊間購得明刻《韓非子》，取所校張本核之多合，固知其爲善本也。然究未知其本之何自出，爰假貞節堂袁氏所藏《道藏》本手校一過，見卷中有『同卷』字，又有『虧四』記也，乃知亦自《道藏》本出。」此本與黄蕘圃所藏本同，蓋明重刻《道藏》本號。按：《道藏》以千字文記册數，此書四册，當自虧一至四，今惟存「虧四」二字矣。宋翔鳳云：「《韓非子·二柄》篇『易牙蒸其首子而進之』，證以《墨子》及《漢書·元后傳》，則『首子』爲是，宋板《韓非子》作『子首』非是。」此本亦作「子首」，吴鼒刻影宋《韓非子》，作「首子」。

韻府羣玉二十卷 元本。

每半葉十行，前有滕賓序，字玉霄。《涵虚子論曲》謂「滕玉霄如碧漢閒雲」，即其人也。及至大庚戌臘月姚雲序。目錄後有長方墨印「元統甲戌春梅溪書院刊」十字。元統爲順帝紀元之號，甲戌則元統二年也。《孫祠書目》嘉慶庚午刻本。《書目答問》以爲未刊，誤矣。有明十行本，不知即此本否。方氏又有明萬曆十年趙用賢本，明刻《迂評》本，日本弘化重刊顧澗賓所校宋乾道本。據萬曆時秣陵王孟起刻本，有沔陽陳文燭序，言舊梓本歲久板漶漫，蓋指此本也。陳序言：葉廷珪《海錄》不傳，今其書固在，殊爲失考，附訂於此。此本於凡例後附該載事目，王刻本則改曰事類總目，且有所增益，如類目中散事、地理、人名、姓氏、草木、樂名皆注新增及附字，已非陰氏兄弟之舊，故陳刻自題曰「新增說文韻府羣玉」。書經明人重刻，無不爲之竄亂，然後知舊本之可貴也。是書本與《回溪史韻》並重，故明成祖纂《永樂大典》時，諭解縉等：「朕嘗觀《韻府》、《回溪》二書」云云。朱竹垞盛推《史韻》，而趙子昂謂《韻府》勝於錢氏書，蓋非平情之論也。

雁影齋題跋卷第二乙亥秋日男鑑恭校

雁影齋題跋卷第三

李文公集十八卷 元本。

每版十行，行二十字。卷首有「嚴可均印」、朱文。「鐵橋」印、白文。「汪文柏」印、「柯庭」印、「繆沅」印。白文。冊後有「休寧汪季青家藏書籍」印。朱文。各體文共一百三首，註明原闕二首，核之乃疏《引見待制官》及《歐陽詹傳》也。末附《戲贈詩》一首，而目錄誤作湖增。其他譌字極多，蓋元時坊本也。《李習之集》《唐藝文志》著錄十八卷，而歐陽公所得者僅五十篇，蓋不全之本也。趙汸《東山存稿·書李集後》云：「十有八卷，凡百四篇，乃蘇天爵藏本。某既從公傳寫，復總其篇目」云云。景泰乙亥邢讓從陳緝熙傳鈔本，爲徐養元刻本之祖，亦十八卷。汲古閣本卷數同，所闕二篇亦同。《四庫》著錄乃鮑士恭所進，即汲古本也。光緒乙亥南海馮焌光得東洋文政二年刻本，十八卷，一百二篇，亦闕其二。乃以嘉靖時刻本及毛本對校刊行，又補遺一卷，得集外文八篇，刊於上海。惟《四庫提要》歷數諸本，馮氏又廣爲搜羅，皆不見此本，知其流傳甚少矣。《馬少監墓志》：馮氏本註原闕，從《全唐文》補入。此本目錄不注

「闕」字，而無其篇。《答開元寺僧書》則篇目俱闕，洪盤洲云：建陽小本獨多《答開元寺僧》一書，然不著於目錄。與馮本異，不知海内尚有。《書録解題》之二十卷本，爲閻百詩所欲尋訪者乎？孫馮翼刻《孫可之集》，影宋槧本，頗精。跋云：「《習之集》十八卷，蜀本分二十卷。」所謂蜀本，當指宋本，然孫氏亦未必見其書也。

重訂四書輯釋二十卷 元本。

每半葉十二行，行二十三字。前有至正丙戌長至後七日汪克寬序，及卷首士毅與書賈劉叔簡書，均與《四庫》著録本同。其改題「輯釋章圖通義大成」，與所列名亦同。惟朱公遷「約説」，《提要》誤作「約旨」耳。卷首有「帶經堂陳氏藏書印」。考《帶經堂書目》，此書下註曰「元本」。陸存齋《儀顧堂題跋》云：「周季貺太守謂《陳氏書目》爲其孫星村所僞造。以余觀方氏所得帶經堂本，亦不下數十種，知周氏之言爲誣矣。」錢竹汀《養新録》云：「公叔文子，朱註作『公孫枝』，王伯厚以爲傳寫之誤。予見《四書輯釋》載朱文公《論語》註：公叔文子，衛大夫公孫拔也。又引吳程曰：『拔，皮八反。俗本作枝，誤。即公叔發。乃知今世所行集註本，非考亭之舊。王厚齋所見亦是誤本。」今觀此本，與錢氏所言合，然其書則不過與其所撰《作義要訣》僅供場屋應試之需，猥雜庸陋，棼如亂絲，又爲書賈所增竄，而胡廣等之《四書大全》竟以此爲藍本。《五經大全》皆鈔録前人成説，見李默《續孤樹裒談》。永樂君臣之無識，貽笑至今。故雖明代學究如張自烈，亦知痛加攻駁，至挂彈章。而王船山讀之，魏文毅纂之，則不可解矣。

儀禮十七卷 明繙宋本。

每半葉八行，行十七字。卷首有「佐伯文庫」印，蓋得自日本。據海寧陳仲魚《經籍跋文》云：「相傳爲明嘉靖中徐氏繙刻宋本《三禮》，此其一也。」顧千里跋黄蕘圃嚴州本《儀禮》引《日知録》云：「《十三經》中，《儀禮》脱誤尤多。《士昏禮》脱『壻授綏』云云一節十四字，賴有長安石經據補。而其註疏遂亡。」又言：「《鄉射》脱『士鹿中』云云七字。《士虞》脱『哭止』云云七字。《特牲》脱『舉觶者祭』云云十一字。《少牢》脱『以授尸』云云七字，以爲此秦火之未亡，而亡於監刻。」今各條固儼然具在也，遂以爲希世之珍。此本「敬」字缺筆，「徵」、「讓」等字不避，蓋天聖以前刻本。顧氏所舉經、註脱文，一一皆在，雖係繙刻，而其原則在嚴本之前。紙墨絶精，猶係當時初印，固當與宋本同其寶貴也。顧亭林、張蒿庵皆一代通儒，殫精經學，徧搜舊本，至及於《開成石經》，獨不見此本，則自明代已流傳甚少矣。陳氏以亭林不見真本《説文》、足本《廣韻》，一例病之，非通論也。此本可以訂正今本者甚多，陳氏别有校記，其與唐石經合者，《經籍跋文》已臚舉之矣。

方輿勝覽七十卷 宋本。

每半葉十四行，行二十八字。前有嘉熙己亥良月望日新安吕午序，後有穆自序。卷首有「錢謙益印」、朱文。「牧齋藏書」印、白文。「季振宜印」、朱文。「滄葦」印。朱文。目録前有「何焯之印」、白文。「屺瞻」印，朱文。又有「稽瑞樓」及胡惠孚「當湖小重山館胡氏遂江珍藏」及「蔣維基茹古精舍藏書」等印。方氏所藏尚有一元本，與此行款不同。此本爲絳雲舊物，庚寅之火幸而僅存。考《絳雲樓書目・地誌類》有宋版《方輿勝覽》，即此本也。祝和父以朱子母黨嘗從之游，獨留意詞章，頗與趙蕃相類。其爲此書，據其自序，亦爲四六而設，與其所撰《古今事文類聚》，不過同爲飣餖之資。《四庫目錄》必以失地志古法譏之，則不察其用意之所在矣。方是時，南渡君臣湖山燕衎，已置中原於度外，此書及王象之《輿地紀勝》甘泉岑氏、南海伍氏兩刻本。岑本附校勘記。所記，亦祇東南半壁，江淮以北，即一字不登。與樂史《太平寰宇記》詳列燕雲棄地者，用意各殊。觀於一書，而宋之興亡即可決矣。

戰國策十卷 元本。

每半葉十行，行二十字。前有泰定二年八月吴師道自序，後有至順四年七月吴師道自識。此本紙墨頗精，蓋吴氏自刻本，即《四庫提要》所謂「舊有曲阜孔氏刊本，頗未是正」。此本猶元時舊刻，較孔本多爲可據者也。李錫齡刻入《惜陰軒叢書》中，惜未能一校。

東維子集三十一卷 元本。

每半葉十二行，行二十四字。前有至正二十五年二月貝瓊序。此本爲章琬所刊，屬瓊爲之序。瓊本楊維楨門生也。卷首有「烏程劉氏珍藏」印及「疏雨薰習」、「璜川吳氏收藏圖書」印。吳名泰來，即編《彙刻書目》者也。吳志忠刻仿宋本《四書集註》，亦稱潢川吳氏。《四庫》著錄本，僅從陶宗儀《輟耕錄》增入《辨統論》於卷首，其餘分卷及句讀疑似之處，均旁註一句字，皆與此本同。《四庫》本方氏有震旡咎齋從文瀾閣傳寫者，但譌字甚多耳。

黃四如集四卷 元本。

每半葉十行，行二十字。前有元至治三年清明後一日，清源傅定保序。此本乃仲元之子子材刻於閩。定保與仲元爲宋咸淳辛未同榜進士，故子材屬爲之序。卷首有「繡谷薰習」、朱文。「蟫華」、朱文。「吳焯」白文。印，蓋繡谷亭舊藏也。書用綠色印行，於古今人名皆旁加匡廓，爲從來槧本中所僅見。此本僅四卷，與《提要》所言諸本皆不合，惟杭堇浦《道古堂集》所記與此本同。四如本講學家，而其爲文頗掉弄腔拍，微傷自然。王漁洋稱其文聱牙詰曲，不諧於俗，非知四如者也。所爲諸記，篇末多襲歐陽修《豐樂亭記》之調，層見疊出，未免爲壽陵之學步邯鄲。錢牧齋屢用：「余爲誰？虞山蒙叟錢謙益也。」爲吳殳正《錢錄》所詆，而不知始自四如。其《夢筆記》述見孔子授以二筆，皆圍徑三寸，漬墨甚濃，言之鑿鑿。紀曉嵐痛詆《吳康齋日記》屢夢文王、孔子，尤侗《明史樂府》亦詬之，更不足辨矣。沈景倩《野獲編》云：「本朝大儒吳康齋，每對人輒以兩手作圈勢，自云無時不見太極，浮薄者遂以盧菔投其中。康齋受侮之多如此。」而此則不置一詞，高下在心，宜姚姬傳之斥爲猖獗也。錢竹汀據《韓勑碑》及曲阜縣石刻《大中祥符封鄆國夫人制》、句容縣石刻《封鄆國夫人制》，定聖妃爲幷官氏，非开官氏。畢秋帆《續通鑑考異》又引柯氏《宋史新編》正俗本《家語》之失，在漢學家以爲創獲。而四如敘鄭雲我《孔子年譜》亦作幷官，與黄蕘圃所記之宋本《東家雜記》同，知其誤自元以後矣。李治《敬齋古今黈》卷七亦作幷官氏。集中有註及評語，皆鄙陋無足觀，不知何人所爲。《提要》以爲出其子，亦臆度之辭耳。

嫏嬛記 舊鈔本。

字畫遒勁，明人鈔本中之善者。有「濟陽蔡廷楨」、「金匱蔡氏」、「醉經軒」、「讓王故國人家」等印。卷尾有黄蕘圃手跋，爲潘氏刻《士禮居題跋》時所未見，錄之於此，以當補遺。跋云：「道光甲申長至月，予有滂喜園之設，一時故家多有以書籍來售者，然爲長孫美鎏習業所收，在於易爲脱手，非儲藏可比。因遇舊刻名鈔，老人書魔復動，不免流涎。近所收如黄山谷之《大全集》，此可爲吾家世守之寶，其餘經、史、子類，亦復檢取一二，蓋欲重舉祭書之典，即不能盡屬宋刻，無妨稍變其例也。此舊鈔《嫏嬛記》不知誰所鈔，骨董鋪擕來求售，始云祝京兆書，又云桑民懌書，此徒見序文而爲此言，毫無影響，其實就書中編次云云。又按諸圖記，當是姚汝積茂善手鈔，惜其人未知其詳耳。卷中又云國朝吳一標建先校，序中又云建先剞劂，是必先有刻本，而此從刻本鈔出者。乃舊刻未見，而今世傳本衹有毛氏《津逮》中本。其跋云『有新安黄氏刻』，與此序所云不同。而毛氏似亦未見此本。桑祝及屠之序，或明言之，或晦言之，初不知其何故。而尤可笑者，在『隱其序傳其書』一語，更不知其何故矣。通校一過，與此序次迥殊，且有異同，詳略似此鈔爲勝，惜舊刻不傳，無從識其面目爲恨。歲闌無閑錢置此，姑留此以待友朋之向我索《塵賦》中物，而歸價者與之，亦可謂好事之至。季冬之二十二日爲乙酉新春後五日，見復生識。」

藝餘類纂四十卷

國朝杭機撰。機字可菴，仁和人，杭堇浦之父也。其書第一卷爲帝學聖文，二卷至三卷爲天文，四卷至七卷爲地理，八卷至九卷爲政術功勳，十卷爲刑法，十一卷、十二卷爲禮儀，十三至十五爲祭祀，十六十七爲音樂，十八至二十爲經典藝文，二十一至二十四爲武功，二十五至三十二爲人事，三十三爲釋道，三十四爲方術巧藝，三十五、三十六爲居處，三十七爲產業，三十八爲珍寶布帛，三十九爲儀飾，四十爲食物。每門之中又各分小目。所引之書皆自本書錄出，與轉相稗販者不同，在類書中尚爲有體要。卷首有序，乃雍正四年其子世駿所作，有「篋而藏之，貽我後嗣」等語，係堇浦手迹。此書世無刊本，故詳記之。

文選六十卷 元本。

每半葉十行，行二十二字。前有昭明太子序，及李善《進文選表》，呂延祚《進五臣集註表》。每卷標題於李善註上，次行有「奉政大夫同知池州路總管府事張伯顏助率重刊」。皆與《天祿琳琅書目》所言脗合。惟《書目》謂張伯顏無考。按錢竹汀《養新錄》引鄭元祐《僑吳集》有《平江路總管致仕張公壙誌》云：「公諱世昌，字正卿，成宗賜名伯顏。由將作院判官，累任慶元路同知。延祐七年，陞奉政大夫池州路同知。泰定五年，改福寧州尹。後遷漳州路總管，告老以平江路總管致仕。」即其人也。按《伯顏壙誌》原石尚存，已破。據卷首余璉序稱張正卿，證之竹汀之言，爲不謬。當時館臣如彭元瑞，號爲淵博，何以疏畧至此。又考蔣生沐《東湖叢記》載陳仲魚《元本文選跋》云：「凡六十卷。日一卷，每葉二十行，行二十一字。每卷首題『奉政大夫同知池州路總管府事張伯顏助率重刊』，惟不列年月，然余定爲延祐本。錢遵王《讀書敏求記》云：『善註有張伯顏重刊元版，不及宋版遠甚。』以余所聞，中吳藏書家所有宋版，已多不全，似未若斯之完善。復借鈕君非石所藏元版校之，惟末卷後鈕本無『監造路吏劉晉英郡人葉誠』十一字，此已剝蝕，其行款字畫纖毫畢合。或云明萬曆間金臺汪諒所刊，未必然也。爰繙一過，始知汲古本所脫者。如《上林賦》脫標郭璞註，《思元賦》脫『爛漫麗靡，以迭遏』二句並註，《陸士衡答賈長淵詩》脫『魯公戾止，衮服委蛇』二句並註，曹子建《箜篌引》脫『百年忽我遺，生在華屋處』二句，鮑明遠《放歌行》脫『今君有何疾，臨路獨遲回』二句，《七發》脫自『太子有悅色』至『然而有起色矣』二段共十九行並註，《宣德皇后令》脫標『任彦昇』三字，曹子建《求通親親表》脫『有不蒙施之物』一句。若斯之類，遽數難終。惟《封禪文》脫『上帝垂恩儲祉，將以慶成』二句，元刊已脫。又如《西都賦》註引《三倉》誤作《王倉》，《閑居賦》註引《韋孟詩》誤作《安革猛詩》。元刊亦然。汲古本蓋仍其誤，而何義門亦不能校正」云云。以陳氏所言考之，此本惟《上林賦》脱標郭璞註，餘皆不脱。《封禪文》所脱及《西都賦》、《閑居賦》誤字亦同。據卷首余璉序「大德九祀越十有三載，再明年，又未幾」計之，當刻於英宗至治初。陳本行二十一字，故數《七發》所脱爲十九行，此本則十八行。陳本有卷末監造一行，即《天祿琳琅後目》所載之本，與此截然爲二。明弘治元年唐藩重繙此本，行款、字數纖悉皆同，但紙墨畧新耳。《文選》自《書錄解題》有六臣之本，而單行李註，世遂罕傳。近世所通行之本，惟汲古閣本耳。然《四庫提要》謂汲古本陸雲《贈當作「答」，《提要》字誤。兄機詩》註中有「向曰」一條、「濟曰」一條，又《贈張士然詩》註中有「翰曰」、「銑曰」、「濟曰」、「向曰」各一條，及左思《魏都賦》本張載註，乃俱題劉淵林名，《羽獵賦》用顔師古註，則竟漏本名，《幽通賦》用曹大家註，則散標句下。又《文選》之例，於作者皆書其字，而杜預《春秋傳序》則獨題名。二[二]十七卷末附載樂府《君子行》一篇，註曰：「李善本古詞只三首，無此一篇，五臣本有。」以爲毛氏「因六臣之本，削去五臣，獨留善註，故删除不盡，未必眞見單行本也」。此本亦雜入五臣註。其他諸條與《提要》所謂舛互者均合，蓋已非崇賢原本。然則毛氏所稱從宋本校正者，其言當亦不誣。《提要》疑爲毛氏所排纂，蓋館臣未見此本，故坐毛氏以贋古之罪耳。

[二]「二」原誤「上」，據《四庫提要》改。

六書統溯源十三卷 元本。

元楊桓撰。每半葉八行。序文上有「季振宜字詵兮號滄葦」印朱文。卷一上有「文徵明印」、白文。「玉蘭堂」印。白文。卷首有顧千里手札一通，蓋與袁壽階者。卷尾有孫爾準跋。此書《四庫》已著録，然僅十二卷。焦弱侯《國史經籍志》亦同，此本十三卷。疑十二卷本在前，嗣以末卷太多，故析而爲二。惟《千頃堂書目》及錢竹汀《補元史藝文志》、盧抱經《補遼金元藝文志》、金鳳誥《補三史藝文志》均作十三卷，即此本也。《提要》稱其卷三至卷十二皆諧聲字，此本則作「形聲」，又言獨缺象形一門，名之曰六書，實止五也。然楊氏原書並無假借，然則名爲六書，實止四矣。《提要》蓋未嘗深考也。

附顧千里札

壽階吾兄先生閣下：奉到手示，並各册，循覽一過，皆眞舊刻本。內《六書統溯源》乃元槧之至精者，考核既極精微，收羅尤爲宏富，惜不爲佞宋主人所見，刻入《士禮居》內，以餉海內六書家。留案頭十日，遲遲奉繳，愛不釋手耳。

詩經疏義二十卷 元本。

每半葉十二行，行十五六字不等。第一卷下題：「後學番陽朱公遷克升疏義，野谷門人王逢原夫輯録，松塢門人何英積中增釋，書林安正堂劉氏重刊。」元槧中之善本也。《四庫》本爲葉氏所刊，與此本異。朱子《詩集傳》自輔廣、劉瑾遞相發明，遂成門户。朱氏此書，作於輔、劉之後，於《集傳》，如註之有疏，故曰疏義。然劉瑾不甚攻小序，朱氏則於《葛藟》之刺平王、《緇衣》之美武公，皆謂其無據。即如清人之刺文公，明見於《左氏傳》者，亦以無據斥之。其餘諸條，亦逐加辨駁。惟《白華》刺幽后一條，獨以爲可信耳。朱子《詩集傳》未成，吕伯恭即有異議，其書初出，葉水心、見《習學記言》。陳君舉見《四朝聞見録》。皆起而攻之。而朱子自負特甚，謂「後世有揚子雲，必好吾書矣」。其弊遂流爲王魯齋之改二南、删鄭衛。閻百詩《毛朱詩説》至以《詩三百篇》非孔子原書，爲漢人取孔子已删之詩，一切湊合。其説出於程篁墩，篁墩出於許魯齋。馮景《解春文集》已駁之矣。師心自用，古義寖微，則又非朱子所及料也。

景德傳燈録三十卷 元本。

每半葉十三行，行二十四五六字不等。每卷末有四方木印，署「延祐三年刻梓於湖州道場禪幽之菴」，或署「延祐丙辰重刊於湖州道場山」。其字或篆、或隸、或楷，亦前後不同。考宋龔明之《中吴紀聞》云：「永安禪院僧道元纘佛祖訖近世名儒禪語爲《傳燈録》三十卷以獻。祥符中，詔翰林學士楊億、知制誥李維、太常丞王曙刊定，刻板宣布。」則此書在北宋時即有官刻，不知海内藏書家尚有之否。

古今事文類聚前集六十卷後集五十卷續集二十八卷別集三十二卷新集三十六卷外集十五卷遺集十五卷 元本。

前、後、續、別四集，宋祝穆撰。新、外二集，元富大用撰。遺集，元祝淵撰。每半葉十四行，行二十八字。《四庫》著録者，與此本同，所謂元代麻沙板者也。宋元人此等類書，幾於汗牛充棟，本無足觀，不過以其舊籍舊板而録之耳。祝和父本朱子母黨子姪行，故其人倫部外祖孫一門，采入朱子記外大父祝公遺事。和父幼孤，朱子育之於家塾，命黄勉齋爲行冠禮，所以提挈之者，無所不至。嘗訓之云：「記問之學，不足爲人師。記得十件，只是十件。記得百件，只是百件。」其箴砭可謂切矣。而其自序則謂：「此書善足以爲法，不善足以爲戒。講學之士亦將有取，豈徒類書之云乎？」殆亦自知其非，而故爲解免也。

宋史四百九十六卷 元本。

每半葉十行，行二十字。前有阿魯圖等表，及修史提調官等銜名。後有至正六年中書省咨浙江等處行中書省文云：「精選高手人匠，依式鏤板，不致差訛。所用工物，本省貢士莊錢内應付。如果不敷，不以北監本作「拘」。是何錢内放支，年終照算。仍禁約合屬，毋得因而一概動擾違錯。工畢用上色高紙印造一百部，裝潢完備，差官赴都解納外，合行移咨須至咨北監本誤「盗」。者。」此本每葉均有刊寫人姓名，而紙墨甚精，尚是當時官本。錢竹汀謂監本、汲古本《孝宗紀》缺一葉。此本獨完，其餘可以補正者尚多。

卷首有「徐渭仁」印、白文。「紫珊」、朱文。「張叔未」、白文。「清儀閣」朱文。等印。

歐陽文忠公文集一百五十三卷附錄五卷 元本。

每半葉十行，行二十字。此本爲周益公所編定者，即《四庫》著錄本也。然《提要》謂無曾三異編校姓名，此本亦無之。考明天順時所刻本，行款、字數與此悉符，似即從此本繙出者。後附編定校正人姓名，於孫謙益、丁朝佐、王伯芻、羅泌諸人之外，有「紹熙四年郡人鄉貢進士曾三異字無疑」，則此本原有曾名，《四庫》本偶脱耳。方氏藏本亦脱去周益公序文。卷首有「張之洞審定」及「壺公」、「無競居士」等印。

三國志六十五卷 元本。

每半葉十行，行大字十九，小字二十、二十一字不等。卷首有梁山舟及蔣維基印，前有大德丙午桐鄉朱天錫跋云：「江左憲臺命諸路學校分派十七史鋟梓。池庠所刊者《三國志》。」又有「池之爲郡，士類率多貧窶，學計歲入寡羸，是舉幾至中輟。總管王亢宗、博士孔淳孫董提以底於成」云云。《魏志》十九、二十一、二十三、二十七、二十八、三十後，均有「右修職郎衢州録事參軍蔡宙校兼監鏤板，左迪功郎衢州州學教授陸俊民校正」兩行，則此本實從宋本繙出。紙墨尚精，而譌字不少，如首卷第十葉「紹使人說太祖，欲連和」，宋本「紹」作「紿」，誤矣，此本不誤，間亦可資校正。其餘畧一對校，勝監本實多。《日知錄》馮夢禎爲南祭酒，手校《三國志》，猶不免誤，終勝他本。方氏有顧千里校《三國志》，所據即南監本也。

集百家註分類東坡先生詩二十五卷 元本。

每半葉十三行，行二十三四字不等。卷首有「張之洞審定」等印。前有趙夔及王十朋序。所采諸家姓氏後有「建安黃善夫刊於家塾之敬室」長方木印。紙墨甚精，元本中之初印也。《四庫提要》以王十朋及趙夔二序皆係依託，以年月及《王梅溪集》考之，其僞顯然。其標題稱王狀元，而諸家姓氏內有王龜齡、王夢齡、王昌齡名，必係當時書賈射利者之所爲。惟《提要》稱趙夔序分五十類，實止二十九類，蓋有所合併。此本分七十九類，溢於趙夔原序，豈又有所分析耶？所錄諸家姓氏共九十六人，稱爲百家，亦不爲過。《提要》以千家註杜詩、五百家註韓柳文之故示誇誕者相況，殊爲失平。《四庫》著錄者爲三十二卷本，與此本不同。

稽古錄二十卷 元本。

每半葉十行，行字大小不等。卷首有「墨林珍賞」朱文。及「陳繼儒印」。白文。考《書錄解題》，此書宋刻有二本，越本彙聚諸論於一卷，潭本則分係於各代之後。此本與潭本合，即《四庫》著錄本也，然不言潭本爲何人所刻。考《朱子大全集》有《與鄭知院書》：「某嘗在長沙，嘗得溫公《稽古錄》正本，別爲刊刻。殊勝今越中本。」始知潭本爲朱子在長沙時所刻，不知海內藏書家尚有之否。

精選東萊先生左氏博議句解八卷　宋本。

每半葉十行，行二十一字。觀其標題板式，蓋閩中麻沙坊所刊也。此書《通考》作二十卷，而《四庫》著錄者爲二十五卷。《提要》稱「楊士奇謂別有一本十五卷，題曰『精選』」。黄虞稷稱明正德中有二十卷刊本，坊間鬻本又僅十二卷，非惟篇目不完，併字句亦多妄削」云云。此本僅八卷，又出諸本之外。蓋宋自熙寧後，改用策論取士，此書實爲揣摩應試之資，而坊賈亦視爲射利取贏之計，故刻本紛如亂麻，不可究詰。而呂氏原書，世久不見全本，近人胡月樵刻入《全華叢書》者，乃足本也。此本删節過甚，其註亦陋畧無足觀，不過以其爲南宋舊刻而錄之耳。

韻補五卷　元本。

每半葉八行，行二十字。有「鮑靚山農」、「袖海道人」、「胡爾榮」、「陸恩熾」諸人印。此書汪鈍翁有刻本，其序見《堯峯文集》，盛推其淹洽，謂朱子悉采之以協《詩三百篇》，則實沿朱竹垞《經義考》之誤。《提要》不辨汪說，殆未見其書也。至鈍翁《序》謂「近世好古之儒，往往譏排協韻之非，甚而上之疑孔子之繫《易》，次之黜顏師古、章懷太子之註兩《漢書》」，其說蓋爲顧亭林而發，此則鈍翁之褊衷，而不顧其說之謬矣。

校本孟東野集十卷

周香嚴手校。末有其自跋，稱黃復翁於乾隆甲寅秋得小字宋刊《孟東野集》十卷云云。其跋已見楊紹和《楹書偶錄》及《士禮居題跋記》。惟黃蕘圃跋爲潘伯寅尚書搜輯所未得者，附錄於下。跋云：「古人藏書，最重通假，非特利人，抑且利己。如予與香嚴居士爲忘年交，所藏書必通假。通假之妙，人知利人，我爲利己。此何以說？即如此集，余所藏共有三本，香嚴跋已詳言之。予自歲乙亥以來，百宋一廛中完璧斷珪，一旦俄空焉，殆天與我以好不與我以力耶？然書魔故智未克盡除，故鈔寫校讐之力，尚可副我所好。前香嚴在日，曾借手錄敝藏《陶淵明集》宋刊精本，影寫一過，其籤題圖記無不影摹。茲《孟東野集》亦宋刊精本，未及假錄而香嚴作古，因從其文孫處假歸，因珍重不便假手鈔胥，命三孫美鎬錄之，閱歲始就。還書之日，重感故人子孫不忘通假高誼，俾予鈔錄，以還舊觀。且多香嚴手校異同，尤得所指南云。甲申五月蕘夫。」卷首有「金匱蔡氏醉經軒」及「廷相伯卿甫」等印。

雁影齋題跋卷第三乙亥秋日男鑑恭校

雁影齋題跋卷第四

百川學海 元本。

每半葉十四行，行二十八字。前有「康熙壬辰長至月蘿花居士吳焯記」，即其手迹也。卷首有「勘書巢珍藏」、「鐵華珍賞」、「新畬審定」、「尺鳧」、「繡谷薰習」等印。此書明弘治時華汝德有刻本，將左氏原帙改分，又移易其先後次第，如元本《聖門事業圖》後爲《學齋佔畢》，明刻本則爲《漁樵對問》，其他次第亦多改動。此本脱去目録，乃吳尺鳧手鈔補入者，蓋就本書編輯，故不分甲乙十集，吳氏殆未見明本。然吳氏所鈔目録，其標目下間附考訂，如《釋常談》三卷下附案《文獻通考》云：《釋常談》一書不著名姓，秘書丞龔頤正續之。《漁樵對問》一卷下云：案晁氏《讀書志》云宋張載撰。邵氏言其祖之書也。《文獻通考》又引晁氏云皇朝邵雍撰。《國老談苑》二卷下云：案《文獻通考》作《國老閑談》稱夷門君玉，不著姓。按：撰者爲王君玉。《道山清話》一卷下云：案《文獻通考》云不知何人撰。書尾有其孫暐一跋，不著姓。《庚溪詩話》二卷下云：《國史經籍志》有此目，亦失名。今書中有一條，稱宋光宗爲皇太子，在恭邸時，巖肖備員講官，姓侯再考。按：係宋陳子象撰。《四庫總目》已著錄。《司馬溫公詩話》一卷下云：案晁氏《讀書志》作《續詩話》，司馬光撰。據光自序，係續歐公者。《端硯譜》一卷下云：案跋尾云：縉雲葉樾傳此譜，稱徽廟爲太上皇。當是紹興間人作。《歙州硯譜》一卷、《歙硯說》一卷、《辨歙硯說》一卷下云：案《硯譜》有邁跋，云：「景伯兄治歙，刻《硯說三種》。」《國史經籍志》作洪景伯，則邁當是洪邁。案《文獻通考》，《歙硯譜》唐積撰，後二種云不知何人。據跋尾只言刻不言自作，《通考》之說，必有據也。《硯譜》一卷下云：案晁氏《讀書志》，《硯譜》宋唐詢撰。以紅絲石爲第一，端石次之。此譜列紅絲於端石之前，當是唐書。如此之類，亦頗有裨於考證。此本字大不及明本，而實爲左氏原書，又係繡谷亭舊藏，印識宛然，手迹狼籍，殊爲可寶。至明人刊刻古書，無不爲其所亂。顧亭林謂有明一代之書皆盜竊。豈惟著書，即刊書亦然矣。

通志二百卷 元本。

每半葉九行，行二十一字。前有至治二祀壬戌夏五吳繹序，及至治元年五月疏。是書先刻於三山郡庠，及吳繹守閩，乃捐俸摹褙五十部，傳之北方，乃至治二年九月印造者。附列江浙等處行中書省所委官：將仕佐郎太平路當塗縣主簿袁矩，承務郎福建道宣慰使司都元帥府都事江王紀昱，福州路總管府提調官經歷侯維清，福州路總管府提調官知事楊也先，福州路總管府所委提調官福州路儒學教授李長翁，福州路總管府所委提調官，福州路錄事司判官。蓋從祀七人，銜名與《平津館鑒藏記》本同。

高麗史一百三十九卷 明鈔本。

卷首有朱竹垞跋二首。跋見《曝書亭集》，此則其手迹也。印識宛然，蓋曝書亭舊物。又有「吴省蘭」印、「稷堂」印、「讀史精舍」印、「馬玉堂」印、「笏齋」印。卷尾有「道光辛卯歲武原馬氏漢唐齋收藏書籍」長方楷字印。此書《四庫》在《存目》中僅二卷，《提要》以爲偶存之殘帙，非完書矣。平津館影寫本作一百三十七卷，蓋不連目錄二卷計數耳。王漁洋《居易錄》所見本亦一百三十九卷，頗譏其以太祖王建之祖，引金寬毅《編年通錄》，謂爲唐肅宗子，閔漬《編年綱目》則以爲宣宗，皆誕而不可信。《居易錄》云：「《世家》四十六卷，《志》三十九卷，《表》二卷，《列傳》五十卷。」

南北朝雜記 舊鈔本。

題新喻劉敞原父撰。所采南北史事共八十條，皆從《紀傳》錄出。其體例與洪邁《南朝史精語》不同，《精語》僅摘字句，此則於本人紀傳中錄其一事，而首尾完具。王洙《談錄》記歐公云：「凡看史書，須作方畧鈔記。」殆當時風氣如此。故其時如楊侃之《兩漢博聞》、丁度之《前史精要》皆盛行於世。《宋史·藝文志》因别立史鈔一門。然原父此書，《宋史·藝文志》無其目，存之於此，姑以志疑。蓋《藝文志》脫漏之書，見於錢竹汀《養新錄》者，尚不少也。此本元錢塘陳世隆、天台徐一夔刻入《藝圃搜奇》。

袖珍方四卷

前有洪武二十四年八月望日序，又有永樂十三年乙未季秋月序，言「數年以來，印板模糊。今令良醫等復校訂正，刊行於世」。蓋洪武先有刊板，至永樂時又重刊也。此本卷尾有「皇明弘治壬子仲春楊氏清江書堂重刊」，蓋不及百年，已三易板矣。其書計方三千七十又七，分八十一門，而不著撰人名字，作序者亦不著名。據序文知其輯於雲南，而洪武、永樂二刻，亦均在滇中，蓋邊遠多瘴，故方書盛行也。

元文類七十卷目錄三卷 元本。

每半葉十行，行十九字。前有元統二年四月戊午鄭王理及五月五日陳旅二序。觀其卷首文移，乃西湖書院刊本。又有中書省移咨一道云：「江浙等處行中書省劄付本司刊板印行。當職近在大都，於蘇參議家獲睹元編集，檢草較正，得所刊板本。第四十一卷內缺少下半卷，計一十八板，九千三百九十餘字，不曾刊雕。又於目錄及各卷內較正，得中間九十三板脫漏、差誤，計一百三十餘字。蓋是當間較正之際，失於鹵莽，以致如此，宜從本司刊補改正，庶成完書。今將缺少板數，漏誤字樣，錄連在前，關請施行。

准此，儒司今將上項《文類》板本刊補改正，一切完備，隨此發去。合下仰照驗，收管施行，須至指揮。至正二年二月日施淵。」此本蓋當時印行之本，紙墨甚精。卷首有「張之洞審定」、「無競居士」等印。後有「元統三年三月三日太原王守誠題」，即葉盛《水東日記》所謂至正初元刻大字本也，《四庫》著錄者乃從此本翻雕。

通鑑續編二十四卷 元本。

陳桱撰。每半葉九行，行二十二字。前有至正二十一年周伯琦、至正十八年陳基諸人序。桱本元人，入明爲翰林編修，以附楊憲，遷待制。《四庫提要》改稱明人，爲得其實。然此書則實在元時所刊，不得以其爲明人而疑之耳。卷首有「馬玉堂」、「笏齋」印。

朝野僉載十卷

影鈔本。其中「構」字空格，註「御名」，蓋從宋本過錄。有「士禮居藏」及「黄丕烈」、「復翁」等印。其「甲」字、「毛晉私印」、「汲古主人」諸印，則書賈所僞造也。按：此書《四庫》著錄者係六卷，此本分十卷，與《唐書》、《宋史・藝文志》及《郡齋讀書志》、《書錄解題》、《文獻通考》所記皆不合。《提要》謂張鷟爲開元時人，而書中有寶曆元年資陽石走事。寶曆乃敬宗年號，與鷟時代不相接。此本亦有「石走」一條，乃在第八卷，而孟宏微對宣宗事，則此本竟無之。其第九卷「宗楚客」一條，三行以後所記諸珍物，及李可及進百年曲，皆懿宗女同昌公主事。前後既不相蒙，時代尤不相及；疑亦《僉載補遺》中語。而《提要》未嘗指摘，豈内府本無此一條耶？抑當時秉筆者未嘗細勘耶？考宋人所撰《五色線》按是書本三卷，汲古閣刻者僅二卷。引此書共三條，而「太歲在午，人馬食土，歲在辰巳，貨妻賣子，歲在申酉，乞漿得酒」一條，此本亦無之。則自宋時，流傳之本已不一矣。其中如「鄭愔、崔湜掌選」一條、「李盡忠破營府」一條、「桑條韋」一條、「突厥鹽」一條、「武媚娘」一條、「杜曲誅諸韋」一條、「索元禮」一條、「喬知之婢碧玉」一條、「侯思正獮豸豈識字」一條、「吉頊請誅來俊臣」一條、「仙人獻果玉女登梯」一條、「侯敏妻董氏」一條、「高叡妻秦氏」一條、「天后夢鸚鵡」一條、「先天二年正月張燈」一條、與《舊唐書·嚴挺之傳》合。「張易之母阿藏」一條、「安樂公主定昆池」一條、「張昌儀屬天官侍郎」一條、「朱前疑謟諛」一條、「常元楷被誅」一條、「韋后隔簾拜周仁軌」一條、「周仁軌過秋分一日平曉斬之」一條、「宋之遜告王同皎」一條、「白鐵余埋銅佛」一條、「李日知行杖」一條、「薛懷義造夾紵大像及明堂火」一條、「胡超合長生藥」一條、「武三思謂張易之是王子晉後身」一條、「突厥破萬榮新城」一條、「久視二年三月大雪」一條、「田歸道不屈默啜」一條，皆爲《通鑑》所采。其「劉仁願以仁軌檢校帶方州刺史」一條、「李敬玄爲元帥」一條、「程務挺平稽胡爲儀鳳中」一條、「駱賓王爲徐敬業畫策取裴炎同起事」一條、「魚思咺造匭」一條、「七寶臺散壞爲姚璹語」一條、「來俊臣、徐有功先進狀」一條、「王孝傑戰死」一條、「來俊臣三月三日在龍門題朝士姓名」一條、「孫彥高頑愚」一條、「武懿宗射閣知微」一條、「鳩集鳳池驅驢宰相」一條、「司刑寺囚作聖人迹」一條、「宋景畢構見鬼人彭君卿」一條、「崔湜妻及二女皆幸於太子」一條、「王琚去官侍母」一條、「薛訥八萬人沒於契丹」一條、「姚崇縊殺趙海」一條、「張説諂事王毛仲」一條，皆見於《考異》中，爲《通鑑》所不取。合而觀之，其書之疏密均可見矣。然如「補闕連車載拾遺平斗量欋推侍御史盌脱校書郎」及「沈全交續之」云云一條，《通鑑》採之，而胡註乃引《容齋隨筆》以爲此語出於張鷟。則梅磵蓋未見此書，故其註引長孫無忌，以「烏羊毛爲渾脱」及「如意初黄麞歌」皆不知源出此書也。

孫耕閑集一卷

宋孫鋭撰。鋭字穎叔，吳江平望里人。咸淳十年進士，授廬州僉判。值元兵南侵，遂絶意仕進，掛冠東歸，年七十九卒於德祐初。其集爲元至元十八年趙時遠編，前有時遠序，稱「其集累若干卷，多散佚不傳。予忝世誼，因搜其遺稿，或扇頭壁上，或蠹簡鼠穴，得數十首」云云。此本計詩僅三十五首，即時遠原編之本也。鋭生值亂離，鴻冥物外，本不欲以文章自名，故其詩多模山範水之詞，格調不高，而一邱一壑自得天機。如《漁父詞和玄真子》、《得家書和陶淵明》，又作《玄真子吟》，至以爲仙去，可以知其所尚矣。然其詠鴟夷子皮及孔明八陣石亦時露英氣，殆與陶淵明「刑天舞干戚，不用周必大《二老堂詩話》説。沈壽《交翠軒筆記》則謂「刑天」當仍作「形夭」，惟「無千歲」三字實「舞干戚」之訛，其説甚辯。猛志故常在」者託興相同歟？此書《四庫》未錄，阮氏經進書亦無之，乃舊帙之僅存者。《兩宋名賢小集》內無鋭詩，厲鶚《宋詩紀事》選鋭詩僅三首，吴之振《宋詩鈔》、曹廷棟《宋百家詩存》均未入選，則皆未見矣。此本爲知不足齋舊鈔，丹黄燦然，蓋鮑廷博手校本也。《玉雨堂叢書》所刻即用鮑氏校本。沈西雍跋云：「《宋詩紀事》曾見此集，仕履不全，似未附墓誌也。」翁海雒跋云：「《石湖别墅詩》收入顧菉崖《宋人名賢小集》。元真《釣磯歌》、《重建殊勝寺記》、《鶯湖説》收入《平望志》。」

東園客談一卷廣客談一卷

明孫道易撰。錄名人嘉言懿行，及近代軼事遺聞。據當時友朋所書，共三十二則。每條下各出其名，凡錢惟善、全思誠、陶宗儀、趙宜滔、夏文彦、夏頤、孫道明、朱武、郭亨、邵煥、吴祐孫、李垚、孫元鑄、周景方、楊依孫、《提要》作楊孫，誤。李升、曾朴計十七人。《廣客談》共二十三則，凡錢惟善、李升、唐志大、蔣堂、高晋、陸友仁、郭亨、莫晋、黄璋、全思誠、姚廷美、謝晋、錢應庚、夏文彦、莫昌、陳亨道計十六人。卷末署「洪武十二年歲次乙未八月二十九日壬辰雲間映雪老人孫道易寫於華亭平溪草舍，時年八十又三。」按：《客談》《四庫存目》於小説類，而所數人名與此有異。陶宗儀《説郛》所刻者則僅三分之一，且更其名曰《友聞》，曹溶《學海類編》又沿其誤。其《廣客談》一卷，《四庫》既未存目，傳本尤稀。此本爲知不足齋從錢曾述古堂鈔本傳寫者，滿紙丹黄，鮑廷博所手校也。

明十一朝實錄

自永樂至萬曆計二百餘册。每册首有「東海蟣蝨臣錢容保拜手恭讀」印，蓋明時舊鈔也。明之《實錄》，是非顛倒，本不足憑，王弇州《史乘考誤》糾正頗多。沈德符《野獲編》亦載「馬昂妾事，《武宗實錄》與《世宗實錄》自相矛盾。桂萼令董中峯玘於《武廟實錄》中，譏刺王文成縱兵劫掠，南昌爲之一空，皆懟筆也」。又謂「本朝無國史，以列帝《實錄》爲史，已屬紕繆。乃《太祖錄》凡三修，當時開國功臣，莊猷偉畧，稍不爲靖難歸伏諸公所喜者，俱被剗削。建文帝一朝四年，蕩滅無遺，後人搜括捃拾百千之一二耳。景帝事雖附《英宗錄》中，其政令尚可考見，但曲筆爲多」云云。是明代已有攻之者。閻百詩《潛邱劄記》云：「《實錄》之所載，以方正學之抗節，而史臣至誣之爲乞哀，《史乘考誤》及朱竹垞《高麗史跋》亦痛斥之。以謝餘姚之特正，而史臣至詆之爲媚后。弘治元年，太監郭鏞請選女子於宮中或諸王館，以待上服闋，册封二妃，廣衍儲嗣。左庶子謝遷諫止，謂六宮當備，而三年未終，山陵未畢，諒陰猶痛，不宜遽及此事。焦泌陽秉史筆，謂謝進此諛詞以誤孝宗繼嗣之不廣。王弇州《考誤》中駁焦云：此泌陽懟筆，蓋陰刺中宮之擅夕，而譏謝公之從諛。時上聖齡甫十九，中宮何以有擅夕之聲。謝疏議甚正，焦乃小人無忌憚耳。閻氏之論指此。《野獲編》又載楊儀《明良記》云：謝初在詞林，上疏力止孝宗册妃，以故中宮德之。後來推閣員，一時殆盡，俱不得旨。最後以李長沙及謝名上，始並荷簡用。其後中宮妹入宮，上用內意欲册爲妃。謝又奏娶堯二女爲比，上是之。竟以外廷力爭而止。此則恐不免有意迎合矣。然則佞如泌陽固不足以信矣，而賢如文貞抑果可謂之信史乎？《憲宗實錄》詆陳白沙甚厲。《瑣綴錄》以爲丘濬。《憲章錄》以爲張元禎。他如世、穆兩朝，獨裁於江陵，則簡核而可喜。《野獲編》：

「今諛永嘉相業者大抵多溢美，則江陵公秉史筆時，以聲氣相附，每追頌其功也。」然則當時亦致不滿矣。神宗一代，補綴於衆手，則躊駁而不倫。光宗欲正其訛而不果，懷宗欲補其闕而未能。」觀於閻氏此論，其得失均可見矣。然當時《實錄》之進，焚草於太液池，藏真於皇史宬。在朝之臣，非預纂修均不得見，自申時行當國，始流布於外，得者至艱，況傳至今日，亦甚可寶也。

漢泉漫稿十卷後錄一卷

汲古閣影鈔本。每册首有「元本」及「甲」字印，又有「毛晉私印」、朱文。「子晉」、朱文。「汲古主人」、朱文。「毛扆之印」、朱文。「斧季」朱文。等印。卷末有「子晉藏書」印、朱文。「汲古得修綆」等印。此書《四庫》著錄，所謂《曹文貞詩集》者也。然《提要》據吳全節跋稱有張夢臣、歐陽原功、蘇伯修、呂仲實四序，今皆無之。此本前有張起巖、呂思誠序。夢臣即起巖之字，仲實即思誠之字也。惟歐蘇二序，則此本亦無之。其總目所列《御史臺咨文》、《太常博士謚議》均有錄無書。目中提調校刊謄寫姓名一條，亦未載入，皆與《四庫》本同。此本每卷下有「文林郎江南諸道行御史臺管勾男復亨類集」及「國子生浚儀胡益編錄」二行，《四庫》本蓋無之，故據吳全節跋又譌作「江南諸道御史臺管勾」，殆因原文之誤耶？至曹伯啟詩及樂府，皆庸音俗調，無一可觀。《提要》乃以春容和平，中原雅調推之，非篤論也。

南詞八十七卷 鈔本

明李東陽編輯。首有天順六年夏四月上浣東陽自序，言從故藏書家得珍祕繕本《宋元諸名家詞》，凡六十四家，計八十七卷，目爲《南詞》，藏於家塾。其曰《南詞》者，序所謂六代《江南》、《采蓮》諸曲，去倚聲不遠也。此書世無傳本，《四庫》既未著録，各家書目皆不載，惟德清許氏《鑑止水齋書目》有《懷麓堂詞選》二十四本，西涯所録皆全集，不得稱選。未知即此書否。此本係南昌彭文勤所藏，卷首有文勤硃筆題辭數行，署「癸卯中元日雨窗，芸楣。」總目下有「南昌彭氏」印、朱文。「知聖道齋藏書」印、朱文。「遇讀者善」印，白文。又有李之郇印。序下有「宣城李氏瞿硎石室圖書印記」。朱文。按：西涯此集在汲古閣毛氏之先，當時並未付刊，所集六十四家，除已爲虞山毛氏、錫山侯氏，及近人臨桂王氏所刻者，餘皆久不經見之書。考陳振孫《書録解題》列詞集九十二家，而總註其後曰：「自《南唐二主詞》以下，皆長沙書坊所刻，號《百家詞》，其最末一家爲郭應祥。」振孫稱嘉定間人，則諸人皆在寧宗以前矣，今已大半不傳。嘉靖任良幹所刊楊升菴《詞林萬選》《四庫提要》疑其依託。至《提要》引劉子翬《汴京書事詩》曰：輦轂繁華事可傷，師師垂老過湖湘。縷衣檀板無顔色，一曲當年動帝王。以爲師師流落楚南。此語大誤。按劉詩所指乃蕭山之湘湖，非楚南也。考張邦基《汴都平康記》云：政和間，汴都平康之盛，而李師師、崔念月二妓名著一時，李生門第尤峻。靖康中，李生與同輩趙元奴，及築毬、吹笛、袁綯、武震輩，例籍其家。李生流落來浙中，士大夫猶邀之以聽其歌。然憔悴無復向來之態矣。是爲李師師未嘗流落楚南之明證。附訂於此。序稱升菴藏有《唐宋五百家詞》。升菴去直齋時三百年，安得有五百家之多？其言未免欺人失實。何元朗序顧氏所刻《草堂詩餘》亦衹稱家有宋人詩餘六十餘種。毛子晉窮蒐宋本，所刻自晏殊《珠玉詞》至盧炳《哄堂詞》共六十一家，可謂詞林之淵海矣。然汲古閣所藏宋人詞集，實不止此。如阮文達《四庫未收書目》所進之宋曹冠《燕喜詞》一卷、朱敦儒《樵歌詞》三卷、《王以凝詞》卷，王佑遐給諫所刻之《章華詞》，皆從汲古舊鈔過録，而未嘗付刊。蓋毛氏本擬刊宋詞百家，並不以六十一家爲限也。《四庫總目》於詞曲一門，自晏殊《珠玉詞》至國朝曹貞吉《珂雪詞》，僅五十九家，簡畧已甚。今自汲古毛氏外，合之侯文燦所刻張先《子野集》、賀鑄《東山詞》、葛剡《信齋詞》、吴儆《竹洲詞》，趙以夫《虚齋樂府》五家，專學宋人。及王給諫之潘閬《逍遥詞》、李彌遜《筠溪詞》、鄧肅《栟櫚詞》、朱敦儒《樵歌拾遺》、朱雍《梅詞》、倪稱《綺川詞》、高登《東溪詞》、兵崇《文定公詞》、曹冠《燕喜詞》、姜特立《梅山詞》、趙磻老《拙菴詞》、袁去華《宣卿詞》、李處全《晦菴詞》、管鑑《養拙堂詞》、王炎《雙溪詩餘》、陳亮《龍川詞補》、陳人傑《龜峯詞》、許棐《梅屋詩餘》、方岳《秋崖詞》、李好古《碎錦詞》、何夢桂《潛齋詞》、趙必瑑《覆瓿詞》、歐良所編《撫掌詞》、《章華詞》尚不及九十家。此本宋人詞集爲毛、侯、王三家所未刻，及世無刊本者，尚十三家，真非常之祕笈矣。書爲陽湖董綬金比部所藏，余假觀頗久，乃明鈔本，字句與毛刻異同頗多，惜王給諫及朱古微侍郎、文叔問舍人均不在京師，未能一校耳。兹將《西涯總目》列後，其有刻本者附註目下，使覽者易於檢尋焉。王漁洋《居易錄》言宋牧仲所得李長文學士昌垣鈔本數十家詞，不甚流傳者尚多有之，未知其書尚在否。

南詞總目

宋

南唐二主詞一卷　侯文燦刻入《名家詞》，以後衹稱侯刻。

龜峯詞一卷陳人傑著　王鵬運刻入《宋元三十一家詞》，以後衹稱王刻。

蓬萊鼓吹詞一卷夏元鼎著。字宗禹。

逍遥詞一卷潘閬著　王刻

耐軒詞一卷王達著

文湖州詞一卷　此係喬吉《夢符樂府》。章丘李中麓有刻本，不知何以嫁名湖州。

珠玉詞一卷晏殊著。字同叔。　毛刻《六十一家詞》卷數同。以後衹稱毛刻。

六一詞四卷歐陽修著。字永叔。　毛刻《六一詞》一卷。

半山詞一卷王安石著。字介甫。　附集

小山詞二卷晏幾道著。字叔原。　毛刻《小山詞》一卷

虛靖真君詞一卷

屯田樂章詞三卷柳三變著。字耆卿。　毛刻《樂章集》一卷。

東坡詞二卷蘇軾著。字子瞻。　毛刻作一卷。

山谷琴趣詞三卷黄庭堅著。字魯直。　毛刻《山谷詞》一卷。

姑溪詞一卷李之儀著。字端叔。　毛刻同

後山詞一卷陳師道著。字履常。　毛刻同

壽域詞一卷杜安世著。　毛刻同

丹陽詞一卷葛勝仲著。字魯卿。　毛刻同

溪堂詞一卷謝逸著。字無逸。　毛刻同

竹友詞一卷謝邁著。字幼槃。

信齋詞一卷葛郯著。字謙問。　侯刻。《常州先哲遺書》刻。

省齋亦一卷廖行之著。字天民。

聖求詞一卷呂濱老著。　毛刻同

初寮詞一卷王安中著。字履道。　毛刻同

酒邊詞一卷向子諲著。字伯恭。　毛刻同

樂齋詞一卷向鎬著。字豐之。

簡齋詞一卷陳與義著。字去非。　毛刻同

樵歌詞三卷朱敦儒著。字希真。　王刻別行

竹齋詞一卷沈瀛著。字子受。

逃禪詞一卷楊無咎著。字補之。　毛刻同。據《四庫提要》「楊」應作「揚」。

稼軒詞四卷辛棄疾著。字幼安。　毛刻同

知稼翁詞一卷黄公度著。字師憲。　毛刻同

于湖詞二卷張孝祥著。字安國。　毛刻四卷

松坡詞一卷京鏜著。字仲遠。

竹洲詞一卷吳儆著。字益恭。　侯刻

晦菴詞一卷李處全著。字粹伯。　王刻

養拙堂詞一卷管鑑著。字明仲。　王刻

白石先生詞一卷姜夔著。字堯章。　毛刻同

龍川詞一卷陳亮著。字同父。　毛刻同

龍洲詞二卷劉過著。字改之。　毛刻一卷

西樵語業詞一卷楊炎正著。字濟翁。　毛刻同。作楊炎。《四庫提要》已糾其誤。倪燦《補宋史藝文志》亦作楊炎。

石屏詞一卷戴復古著。字式之。　毛刻同

樵隱詞一卷毛幵著。字平仲。　毛刻同

履齋先生詞一卷吳潛著。字毅夫。

文溪詞一卷李昂英著。字俊明。　毛刻同

空同詞一卷洪瑹著。字叔璵。　毛刻同

烘堂詞一卷盧炳著。字叔陽。　毛刻同。烘應作哄。

蒲江詞一卷盧祖皋著。字申之。　毛刻同

克齋詞一卷沈端節著。字約之。　毛刻同

王周士詞一卷王以寧著。

金谷遺音詞二卷石孝友著。字次仲。　毛刻一卷

白雪詞一卷陳德武著。

綺語詞一卷張東澤著。

僑菴詞一卷李祺著。字禎昌。

樂府補詞一卷　知不足齋刻

金

東浦詞一卷韓玉著。字溫甫。　毛刻同

元

松雪詞一卷趙孟頫著。字子昂。　侯刻

鳴鶴餘音一卷虞集著。字伯生。　此書本八卷

蛻巖詞二卷張翥著。字仲舉。　知不足齋刻本

竹窻詞二卷沈禧著。字廷錫。

古山樂府二卷張埜著。字埜夫。　侯刻作張野

雲林樂府一卷倪瓚著。字元鎮。知不足齋刻本

貞居詞一卷張雨著。字伯雨。讀畫齋刻本。《詞學叢書》本。

草堂詩餘三卷

元風雅十二卷 鈔本

《前集》六卷，傅習所采集。《後集》六卷，孫存吾所續輯也。此書《四庫》著錄，作二十四卷。然《提要》稱《前集》首劉因，凡一百十四家，《後集》首鄧文原，凡一百六十六家。此本目錄、家數皆同，殆《四庫》本析每卷爲二，其實一本也。卷首有知不足齋諸印及「蔣維基印」，凡遇當時應擡寫之處，皆一一擡寫，蓋從元刻本影鈔者。錢竹汀《補元史藝文志》亦稱《元詩前集》六卷，傅習采集，孫存吾編類，《元詩後集》六卷，孫存吾編。是錢氏所見本，亦衹十二卷，必元本如此也。顧嗣立《元詩選》凡例所數元詩諸選本，自蘇天爵《文類》外，如偶武孟《乾坤清氣》、曾應珪《元詩類選》、蔣易《皇元風雅》、揭軌《光岳英華》、宋公傳《元詩體要》、孫原理《元音》、顧瑛《草堂雅集》、潘訒叔《宋元詩》皆所采錄，而獨不及此書，知爲顧氏所未見。乾隆中開四庫館時，江浙采進遺書，凡宋人集大半經厲樊榭點勘者，元人集大半經顧俠君點勘者，二公所見固博，而遺漏亦復甚多。王鳴盛《蛾術編》譏樊榭《宋詩紀事》漏收伊川程子之母侯氏《聞雁憶外》五律一

首，然實不止此也。吳蘭修跋宋方信儒《南海百詠》亦詆樊榭未見其書。《愛日精廬藏書志》所載元人《才調集》中仕履始末，如盧昭、葉廣居、馬琬、李瑣、不花、帖木兒等，《元詩選》俱未載，或顧君未見其書云云。樊榭宋人集多假之馬氏玲瓏山館，俠君元人集多假之徐氏傳是樓也。至《提要》所謂「范氏天一閣所藏有《元朝野詩集》二册，亦題曰《元風雅》，不知何人所編」云云，當即錢氏《藝文志》所載《皇元風雅》八卷，無撰人名，或云宋褧核其卷數，與《提要》所言二册，多少亦合，是又在阮氏《未收書目》、蔣易《元風雅》之外，然則同時有三《皇元風雅》矣。

懷古録三卷　鈔本。

宋陳模纂。模字子宏，號月庭，廬陵人。前有寶祐二年甲寅四月既望模自序。此書《四庫》未録，各家書目皆無之，惟上元倪燦《宋史藝文志補》文史類有此書，亦作三卷。然諸書從無徵引及之者，實孤本矣。其書上卷、中卷論詩，下卷論文，頗多入微之論。惟模本江西人，故推服黃、陳、歐、王甚至。其論詩則謂後山勝於山谷，至以呂居仁《江西詩派》不應收後山，後山集中似江西者極少云云，其意似不甚主江西，頗能破除鄉曲之見。錢大昕《養新録》云：「呂本中《江西詩派圖》意在尊黃涪翁，並列陳後山於諸人中。後山與黃同在蘇門，詩格亦與涪翁不相似，乃抑之入江西派，誣甚矣」云云，而不知陳氏此書已先論及，竹汀蓋未見其書也。故於李義山絶句摘舉十數首，推爲唐人冠冕。視方回《瀛奎律髓》之獻媚陳、黃，力排崑體者，其識解亦能出當時風氣之外。其中頗多宋人遺事不見於他書者，如所舉王荊公詩「眠分黃犢草，坐占白鷗沙」二句，則爲本集所無。實慶初，大理評事胡夢昱上書直言濟王事，貶象州。方回《桐江集·讀胡評事夢昱書跋》言：「評事在象州作《皂角詞》，有鐵漢之語」，而不記其詩。蔡光工於詞，靖康間陷虜中，辛幼安常以詩詞參請之。如此之類，亦頗有裨於考證。在宋人譚藝諸書中，實爲佼佼，而傳本甚稀。嘗舉以告張孝達尚書、樊雲門按察，皆詫爲未見。此本卷首有「知不足齋」諸印，其中丹黄，猶係鮑渌飲手校也。

古今姓氏遥華韻九十六卷 鈔本。

元洪景修撰。景修字進可，號達觀，臨川人。自稱布衣，其事迹當考《臨川志》。據景修至大元年戊申自序稱「自咸淳戊辰始著是書，積歲月得姓九百有奇，鈔爲《姓氏遥華韻》叁章，定類稿千一百八十九姓，無其人者，無信不徵」云云。殆窮一生之力，以從事於此書者。首有至人三年程鉅夫及至大元年門人姜性仁二序。其書自甲至癸分十集。甲集十卷、乙集十卷、丙集十一卷、丁集十卷、戊集十一卷、己集八卷、庚集十卷、辛集十卷、壬集八卷、癸集十卷。此書見《文淵閣書目》，《四庫》未録，阮氏《經進書》亦無之。方氏蓋從豐順丁氏傳録者。其書以韻隸姓，又采古今名人事迹，按次時代分隸各姓之後，爲凌迪知《萬姓統譜》之藍本。《四庫》録凌氏書而不數景修此作，蓋未見其書也。考姓氏諸書，自唐林寶《元和姓纂》、宋鄧名世《古今姓氏書辨證》以後，如洪忠宣之《姓氏指南》、洪書今不傳。章定之《名賢氏族言行類稿》、元人之《排韻氏族大全》，作者甚衆。蓋由南宋啟劄盛行，務切姓氏，類書雜出，便於獺祭之資。蘇東坡贈張子野孔毅父諸詩及山谷「化鶴看羊」之句，亦均切姓，不獨駢偶爲然也。至鄧名世且以著書得官，景修殆亦聞風興起者歟？其書採摭既繁，榛楛不剪，如收辛幼安而載其上梁一文，未免支離已甚。收秦少游而謂爲東坡妹婿，至沿市井之談。《愛日精廬藏書志》稱其「戊集末附載董更生《王烈女傳》一篇，備錄全文，與全書體例不符，爲褒揚忠烈之意」，似爲得之。然所引元以前諸書，頗有足資校正者。如《元和姓纂》今從《永樂大典》錄出者，已非全書，景修所引猶完本也。

書 名 索 引

0

著者索引